丹心胜金
傅丹艺术人生

楼伟华　帕蒂古丽　著

宁波出版社

傅丹

1947年出生于浙江临海。琵琶演奏家（国家一级演奏员）、中国音乐家协会会员、中国音协琵琶学会顾问、浙江省音协琵琶专业委员会首任会长。曾任宁波市第十二、十三届政协副主席，九三学社中央委员、九三学社浙江省委员会常委、九三学社宁波市委员会主委，浙江省文联副主席、宁波市文联主席。现任宁波中华文化促进会主席。

1964年开始从事专业琵琶演奏工作，1977年进入上海音乐学院民族器乐系，师从国乐大师卫仲乐先生和殷荣珠女士。毕业后多次举办个人独奏音乐会，创作和演奏的乐曲被录制成盒带和唱片，并被收录进中国琵琶精粹曲集。与吴玉霞、范慧英共同编著的《零基础学琵琶》一书，受到广大琵琶教师和学习者的喜爱，数年间多次再版。主编《艺术悦生活》系列丛书。

工作50余年间，一直致力于民族音乐的传承传播，举办琵琶名曲赏析讲座百余场。2014年举办从艺50年专场音乐会，同年获中国音协琵琶学会特殊贡献奖。2021年荣获中国民族管弦乐学会颁发的"民乐艺术终身贡献奖"。

金藝雙馨

傅丹同志雅存

辛丑年高占祥書

序言

傅丹，国乐名家，中华优秀传统文化普及推广者、民族音乐传承传播者，自幼钟爱艺术，遍访名师，潜心学艺，数十载指上磨砺，静心修炼，琴音空灵，古风卓然，遂为浙江民族音乐领军人物之一。

力学如力耕，勤惰尔自知。外婆的琵琶旋律，开启了幼年傅丹的艺术之门；名家的悉心教诲，圆熟了青年傅丹的琵琶技艺。她从社会底层走来，"穷且益坚，不坠青云之志"，不断探索艺术之路、人生之路，历经磨难，逆流而进，苦心志劳筋骨，终成受人尊敬的艺术家，一方文化执牛耳者。她的人生经历，就是一部成长励志史。

傅丹初出道时，凭着泠泠四弦，艺惊江西乐坛，曾担任南昌歌舞团团长。20世纪90年代初，傅丹结缘甬城，来到东海之滨的宁波，在一片虚空中，树起宁波市歌舞团大旗，广揽天下艺士才人，历数载砥砺琢磨，愣把新生的宁波市歌舞团打造成浙江省一支文化劲旅，先后出访日本、法国、德国等十几个国家和地区，是国内较早走出国门的地方文艺团体之一。

大弦嘈嘈，小弦切切，嘈嘈切切，韶华易逝。直至晚年，傅丹依然苦心孤诣，深入社会各阶层，为传承传统文化、弘扬国乐艺术不遗余力：主办全国琵琶大赛、全国小金钟琵琶展演、"大师回响"音乐会，创办多个宁波琵琶传承基地……在傅丹的努力与精神感化下，宁波镇海终于获得中国音乐家协会授予的"中国琵琶之乡"称号。

成功的花，人们只惊羡她现时的明艳，往往淡忘了孕育花蕾时，洒下的泪水，付出的心血。年少时，傅丹琢之磨之，玉汝于成，如今秋水夕照，傅丹"老而弥壮，宁移白首之心"，琴韵悠悠，丹心不移，她没有止步于个人的功成名就，一直躬行在中华优秀传统文化和民族器乐传承振兴之路上……

是为序。

2021 年 10 月 8 日

（高占祥：文化部原常务副部长，中国文联原党组书记）

目录

序曲：
琴声如诉 ……001

第一章
寻寻觅觅,雁过伤心时 ……009

第二章
嘈嘈切切,请问弹者谁 ……081

第三章
春泥护花,灯火阑珊处 ……127

第四章
艺无止境,永远在路上 ……235

附　录　-336
丹心最美是精神 / 吴玉霞

后　记　-343

序曲：琴声如诉

这一夜，姚江之水显得尤其宁静，夜风中，桂花飘香，飞鸟式造型的宁波大剧院，沉浸在一片静美的氛围之中。

剧院内，琴声时而铿锵，时而柔和。

2014年10月11日夜晚，宁波市首届市民文化艺术节的重头戏——傅丹艺术生涯50年金秋音乐会彩排，正在进行中……

傅丹的学生们弹完《送我一枝玫瑰花》最后一个音符，傅丹笑盈盈地走到学生们中间，跟大家一起谢幕。

"OK！今天的彩排结束，等待明天晚上的正式公演，大家继续加油。"总导演拿着话筒说。

傅丹怀抱琵琶向舞台左后方走去，后台灯光暗，舞台与后台衔接处有一级台阶，傅丹没有看清，一脚踩空，她的脚又被地上的电缆线勾了一下。她下意识紧抱琵琶，"扑通"一声，右肩着地，重重地摔倒在地。

大家紧张地跑过去，想把她扶起来。

"别动别动，帮我拿好琵琶，我自己慢慢起来……"傅丹的学生接过了琵琶，过了一会儿，她在别人的搀扶下，缓缓地站起来。

1 傅丹艺术生涯50年金秋音乐会演出照

2 傅丹艺术生涯50年金秋音乐会后接受各方祝贺

她右肩胛像脱臼了一样,感觉一阵剧痛传遍全身。有人建议马上送医院,至少打一枚封闭针。

"我坐一会儿。"右肩胛越来越痛,她下意识地用右手手指试着做了一下轮指动作,还能行。

女儿瑄萱知道妈妈摔跤了,赶紧找来特效虎骨伤膏。

"应该不会骨折了吧?先回家。"她淡定地说。

瑄萱和大家一起把傅丹护送到家。老伴韩耀东给她在伤处贴了三张伤膏,用电吹风对着贴伤膏处吹,以增强药效。

宁波市歌舞剧院院长严肖平,带着一位医生赶到了傅丹家。医生把带来的医用冰袋垫在傅丹的手臂底下,初步诊断,应该没有骨折,但还是建议傅丹去医院进一步检查治疗。

傅丹躺在床上不肯走,说:"有冰袋消肿,有膏药止痛,没有骨折,就不去了,等明天演奏会结束再说。"

她的右手臂整整痛了一个夜晚,根本没法入睡。

这个夜晚,宁波市中华文化促进会常务副主席李浙杭的心是悬着的,他连夜召集相关人士,在办公室里做预案:如果傅丹明天手臂伤势严重,那么就让她的学生——琵琶演奏家叶晓红上台演奏《秋水夕照》等曲目,同时大屏幕上播放傅丹演奏琵琶的视频。这当然不是李浙杭所希望的,他心里希望傅丹没事,不然,所有的节目都得重新安排。根据和傅丹一起工作多年的经验,李浙杭料想她不会轻易下火线。

次日上午是演员走台,傅丹在家里休息。排练现场所有人都在担心:傅老师晚上到底能不能参加演出?

下午四点,傅丹出现在彩排现场,所有人都围拢过来,每个人的眼里都带着关切的问号:"傅老师,您的伤怎么样?"

"没事,一切都不用改变,演出照常进行。"

晚上 7 点 30 分,宁波大剧院 1500 个位子座无虚席,场内正在播放国内外艺术家的贺词。宁波市四套班子主要领导和来自北京、上海、杭州、广州等地的艺术家们济济一堂。中华文化促进会主席王石专程从北京赶来,他说"傅丹是中国琵琶界一个特殊而重要的符号",并上台宣读了中国文联原党组书记、文化部常务副部长高占祥的贺词,展示了高占祥专门为此次演奏会撰写的书法作品——《琵琶行》。

灯光突暗,一束追光打向舞台左侧,一位端庄大气的中年男士走到台前,他是南京艺术学院电影电视学院院长蔡伟,当晚的主持人。

他富有磁性的声音响起:"泠泠乎四弦,皎皎乎一心。大弦嘈嘈,小弦切切,嘈嘈切切,半世烟云,筑就丰华。今晚,我们将见证一位艺术家50年的辉煌成就。她就是国家一级演奏员、中国音乐家协会琵琶学会杰出贡献奖获得者、著名畲族琵琶演奏家傅丹。有请傅丹老师——"

暗红色的幕布徐徐拉开,一束灯光追随着身着墨绿色旗袍、仪态端庄的傅丹缓缓走向舞台中央。面对掌声雷动的观众,她深深地一鞠躬。

傅丹创作的琵琶乐舞《秋水夕照》舒缓抒情的旋律荡漾开来。古韵清雅,琴声淙淙。她身后民族管弦乐乐队的协奏,平添了乐曲的层次感;长袖飘飘,曼妙动人的伴舞,又给乐曲增添了"落霞与孤鹜齐飞,秋水共长天一色"的优美意境。

继之,武曲《霸王卸甲》金戈铁马、银瓶乍破的古战场氛围,通过她灵动的十指传递给了每位观众。"霸王别姬"雄浑悲壮、凄楚婉转的旋律中,有无奈,更有不屈的抗争。此刻,她完全忘记了手臂上的伤痛,进入了乐曲的意境之中。

琴韵悠悠,丹心如诉,命系琴弦,仿佛不是傅丹在弹琴,而是琴在弹她,是命运在拨弄她。五十年来,她把自己的命都系在那几根琴弦上,她就是那把琴,琴就是她,交融在一起,已经分不开了。琴载着她,

傅丹艺术生涯50年金秋音乐会上与外孙女妞妞同台演出

沉沉浮浮,她的魂系在琴弦上,琴就是渡她的方舟。

在座的观众谁能知道,这位年届古稀的艺术家,是带着伤痛在演奏呢?其实傅丹额角已经沁出一颗颗汗珠。

演出中,傅丹的好友和学生加盟,表演了精彩绝伦的节目。古琴大师龚一的《平沙落雁》、中国"评弹第一人"盛小云的《蝶恋花》、"琵琶仙子"韦红雨与宁波琵琶琴童合奏的《阳春白雪》、中国五弦琵琶传承人方锦龙演绎的傅丹作品《上茶山》、曾被称为"甜歌玉女"杨钰莹的《我不想说》,使演奏会高潮迭现。

最后,在傅丹学生们的琵琶齐奏《送我一枝玫瑰花》的乐曲声中,"傅丹艺术生涯50年金秋音乐会"圆满落幕。

谢幕的时候,傅丹说:"我年轻时,就选定了自己喜爱的事业,一辈子有音乐伴随着我行走,这是何等的幸福,此生足矣。最后,让我借用刘三姐的歌声,再次表达我的心声——多谢了,多谢四方众乡亲,今没有好茶饭,只有山歌敬亲人!"

话音刚落,宁波市歌舞团初创时期的十来位傅丹的"孩子们",在宁波市歌舞剧院院长严肖平的带领下,把一只大蛋糕推上了舞台。顿时,全场响起了"祝你生日快乐"的歌声,此情此景让傅丹热泪盈眶。

台下一片欢腾,许多观众手捧鲜花涌向舞台。

同时参加这次演出的傅丹那刚满6岁的外孙女妞妞,向外婆飞奔过来,傅丹迎上去拉住了妞妞的小手。

"外婆,今天是个好日子,我画了一幅画送给您。"妞妞举起手里的画。

"妞妞,你送给我的画真漂亮。"傅丹展开画,看到画的顶端打了一个蓝色的蝴蝶结,这个蝴蝶结让傅丹眼前一亮,她想起了自己在妞妞这个年龄时在舞台上,曾经拥有过一个大红的蝴蝶结。

画面中心是一把顶天立地的琵琶,彩色的音符飘飞在琵琶四周。琵琶顶端那一珠丹红就像一颗丹心,那是妞妞特意装饰的。在傅丹眼里,那画中的不是琵琶,而是她自己。

"外婆,我以后要好好练琵琶,您教我弹《送我一枝玫瑰花》,下次我要跟大姐姐们一起弹。"

"好!外婆回去好好教你弹琵琶。"

小时候,傅丹的外婆曾对她说过:"阿丹,等你长大点,我教你弹琵琶。"可惜外婆这句承诺落空了。傅丹的外婆说这句话的时候,傅丹刚好是妞妞这个年纪。如今,人世轮回,妞妞多像小时候的那个阿丹,那个爱做公主梦的阿丹啊!但妞妞比阿丹幸运得多……傅丹的外婆想做而未做到的,傅丹做到了——教外孙女弹琵琶。

有妞妞来续自己的琵琶梦,傅丹真高兴。

序曲：琴声如诉

1 傅丹在艺术生涯50年回乡音乐会（临海）上接受当地电视台的采访

2 回家乡临海举办傅丹琵琶名曲赏析会

纪念自己从艺50周年的特殊时刻,傅丹有种历经岁月沧桑的感觉:"妞妞,你愿意听外婆的故事吗?外婆小时候的公主裙和蝴蝶结,幼儿园的迪老师……外婆的故事很长很长,我慢慢讲给你听。"

傅丹《秋水夕照》

第一章

寻寻觅觅，雁过伤心时

旧时记忆

1947年3月7日清晨,傅丹出生在台州府樱珠巷傅家大院。傅丹的祖上傅家和雷家,都是浙江临海的望族、紫阳街上的大户人家。傅家祖上经营"傅天益"银楼,是整个临海银楼界翘楚。

雷家祖上是开粮行的——在灵江边有很大的码头,码头边是雷家大宅,大宅既作为经营粮食的货场和店铺,又用来住家过日子。

傅丹出生的时候,正值新旧时代变更之际。她的长辈们觉得祖上虽是大户人家,却向来以仁义治家,乐善好施,不曾苛待于人,所以根本没有考虑要出走临海。但"家庭成分"这个看不见、摸不着的东西,注定要在以后的日子里,给傅丹的人生带来种种坎坷。

傅丹出生不久,就随家人搬出了傅家大院,来到了紫阳街同受和居住。傅丹的外婆住在灵江边的雷家老宅,有时也到紫阳街这边来看傅丹,一家人还能聚在一起吃个饭。

傅丹母亲雷玉娟的生母在她4岁时就去世了。继母洪如杏对雷玉娟视如己出。洪如杏是一个大家闺秀,前清秀才的女儿,写字、画画、吹箫、弹琵琶、下棋、看戏,就是她的日常。

洪如杏开心时,会弹奏琵琶曲《春江花月夜》《阳春白雪》,每当此刻,傅丹就像是中了魔法,看着外婆弹琵琶,一动不动。

"外婆外婆,我要听你弹琵琶。"梳着两根羊角辫的傅丹经常缠着外婆,让她弹琵琶。

"等你长大点,外婆再教你弹琵琶。"外婆向她承诺。

傅丹长到5岁那年,患上了白喉,连续高烧许多天,发热、胸闷、声音嘶哑,时不时伴着犬吠样的咳嗽,雷玉娟心如刀绞。

医院诊断,咽部肿胀,组织坏死,已经无药可救,医生无可奈何地说:"回去办后事吧。"

可是,母亲不死心。

一位邻居老婆婆来看望傅丹,说城东十里外有一个普贤庵,据说那里的老师太有个秘方,曾经治好过得了这种病的孩子,可以去试一试。

雷玉娟背着小傅丹,哥哥傅安跟在后面,走山路去尼姑庵。

迷迷糊糊中,傅丹听见母亲说,快到普贤庵了。

庵门前有个小院,小院一侧有棵高大的桂花树,一个小尼姑穿着半长及膝的格子对襟棉袍,坐在一把藤椅上,低着头一根接一根扯棉袍上的线。母亲抱着傅丹走近她,见尼姑那棉袍前襟的纬线已经被抽掉了许多,稀疏的经线下露出白色的棉絮。

母亲上前跟小尼姑打招呼,并询问:"老师太在不在?"

小尼姑说:"很不凑巧,师太下山去了。"

母亲的泪扑簌簌落下来,雨珠一样洒在傅丹的额上、脸上、嘴唇上。

小尼姑的目光落在傅丹脸上,好像惊了一下,赶忙停下了扯线的手,仓皇间留下一句——"我去找师太!"就跑出了小院。

雷玉娟抱着傅丹,等在院子里的桂花树下。傅丹眯了一会儿眼睛，有"噔噔噔"的脚步声传到了院子里，只听小尼姑喘着大气说道："师太走到半路，忽然想起有东西要拿，正好回转来了。"说罢又转头奔出小院。

雷玉娟把傅丹放在傅安怀里，急急地跟着小尼姑迎出山门去。傅安抱着傅丹坐在刚才小尼姑坐过的藤椅上，小尼姑抽出的一小堆棉线堆在藤椅一角。

高大的桂花树静静地挺立在藤椅背后，树影在傅丹和哥哥傅安身上晃动。

只一小会儿，母亲和小尼姑一左一右，搀扶着老师太进了院子。

老师太摸摸傅丹的额，看看她的脸色，没有吱声，她走进里间屋子，端出一个盆子，盆子里面放了很多草木灰。老师太拿出一只小小的瓷瓶，把一根麦秆伸进小瓶，灌了一些紫黑色的粉末，用筷子撬住傅丹的上下颚，将粉末一股股吹进傅丹的喉咙里，如此反复吹了三四回，傅丹嘴里涌上一股腥臭，脓血从她嘴巴里冒出来，喷在盆子里的草木灰上面。老师太扶起傅丹揽在怀中，将她的头朝下，手掌在她背上轻叩。傅丹觉得头很重，整个身子瘫软在师太怀里。

等傅丹睁开眼睛，老师太弄了点温开水灌到她嘴巴里。她本来连嘴巴都张不开，一会儿的工夫竟然可以吞咽了。

老师太对雷玉娟说："已经无大碍，可以先回去，明后天再来。"

第三天去尼姑庵时，傅丹高烧已经退了，可以喝稀饭了。第四天、第五天上山，傅丹可以自己慢慢地走上去了。

第七天，雷玉娟买了豆腐、豆面（红薯粉条）、黄花菜、木耳，上山去感谢师太。

雷玉娟见了老师太，要跪下来谢救女之恩，被她拦住。老师太说："不用谢我，她自有佛缘，小姑娘命里多坎坷，最终会达到圆满的境地。"

师太送雷玉娟母女出了庵门，嘱咐道："回去慢慢调养，病来如山倒，病去如抽丝。"

傅丹真的感觉身体里的病痛和不适，就像小尼姑从棉袍前襟抽掉的棉线一样，一点一点的被老师太从身体里抽了出去，喉咙透气轻松了，五脏六腑都变得舒畅，咳嗽也渐渐消失了。

那天最后一次去尼姑庵，临走的时候，傅丹回头，又看见了那个小尼姑，坐在桂花树下的那把藤椅上，晒着太阳，一根一根扯她棉袍上的线。

老师太走过去，把堆在椅子一角的线头收起来，揉成一团，转身进了小院。那个小院，那棵桂花树，那个小尼姑抽线的画面，还有老师太的背影，牢牢地刻在了傅丹的记忆里。

白雪公主

在幼儿园里教傅丹演《白雪公主》的迪老师，齐耳短发，两只眼睛鼓鼓的，一唱起歌来，脸上拢着一层亮闪闪的光晕，人一下子变得很漂亮，她的声音好听极了。她弹风琴教孩子们唱歌、跳舞、演话剧，在傅丹心目中，她就是美的化身。

迪老师操着一口标准的普通话，给孩子们排练《白雪公主》，把他们装扮成长颈鹿、仙鹤等可爱的动物。学校里有许多动物面具，供孩子们上台表演的时候戴起来，唯独没有可以装扮白雪公主的公主裙和美丽花冠。

迪老师说："傅丹，看你那双漂亮的大眼睛，睫毛像两把小扇子，忽闪忽闪的,脸蛋像小桃子,长得真像童话里的小公主。你回去告诉妈妈,老师想让你扮演白雪公主,如果没有漂亮的服装,你就没法演小公主,只能演长颈鹿或者仙鹤。"

母亲忙里忙外,顾家养孩子都忙不过来,哪有心思帮傅丹做公主裙。

傅丹告诉了小姨雷一华:"小姨,我很不开心,因为没有公主裙,我没法扮演小公主。"

小姨说:"那你为什么不扮演长颈鹿和仙鹤?"

"长颈鹿的头那么大,那么笨重,仙鹤要戴一个长长的尖嘴巴,不好看。小公主是舞台上最漂亮、最吸引人的,被人包围着,人人都喜欢她。小姨,我就想扮演小公主。"

只比傅丹大8岁的小姨雷一华,成了帮傅丹完成梦想的那个人。她把傅丹外婆压在箱子底的绸缎被面偷出来,粉红色的那块做了公主裙,大红被面的边,剪成了绸带,做成了扎辫子的蝴蝶结。

后来,傅丹的外婆要缝被子,发现被面小了,有的被面被剪掉了一圈,就问雷一华怎么回事。雷一华说:"傅丹想演小公主,没有演出服,我裁了给她做公主裙和蝴蝶结。如果我向你要被面,你肯定舍不得,我只好先斩后奏了。"

外婆警告说:"这次算了,下不为例。"

小姨给傅丹编了两条五股辫,扎了两个大红的蝴蝶结。傅丹穿着粉红色的漂亮公主裙,走上了校园里那个小小的舞台,完全就是一个美丽骄傲的小公主,"长颈鹿"和"仙鹤"围着她跳舞,她成了所有人瞩目的中心。

那时候,傅丹在幼儿园里是幸福的,舞台上满满的都是她的影子,她心里满满的都是当小公主的欢喜。公主的位置一直被她占据着,老师从来没换过别人。老师说傅丹长得像公主,而且别人都没有漂亮的公主裙和蝴蝶结。

傅丹的舞台梦想，就从那时起埋下了种子。

傅丹喜欢上了舞台，舞台是唯一一个可以让她实现公主梦的地方，可以尽情地扮演心目中最美好的自己。在生活中，她是那个连菜泡饭也吃不饱的灰姑娘，可到了舞台上，摇身一变，她就成为锦衣玉食、骄傲尊贵的小公主。

舞台是有魔法的，能把她像变戏法一样变到她希望的生活里去。尽管她看似华丽的公主裙和丝带，是用被面剪裁、缝制的，那又有什么关系？在舞台下的观众看来，那依然是公主的华丽霓裳。

她依稀觉得，置身一个众人瞩目的舞台，身份和角色这两样奇妙的东西，会给一个人浑身镀上光环，她不再是那个紫阳街上家道中落的家庭里，穿着粗布鞋、扎着两根羊角辫的小女孩，在舞台上她是王宫里的贵族千金，笑得甜美，美得夺目。

演完了《白雪公主》这一出小话剧，她脸上带着公主的妆容，身上还穿着公主的裙子，下了台的那一刻，没有了舞台，没有了灯光，心中忽然有了一种失落。她多想重新站在舞台中央，施展公主的魔法。

舞台这块世界上最诱人的魔幻场和具有强大吸引力的磁场，把她的心牢牢地牵系住了，她回头看着灯火辉煌的舞台，心中认定了，这将是她毕生的梦想，她要为此不停歇地努力追求。

从幼儿园回来的路上，紫阳街上那一溜铺子的老板们，都乐呵呵地喊她"大眼妹小公主"。难道是没有抹去的舞台痕迹，隐藏在她的眉眼顾盼之间？难道是有种神秘的力量，还留存在她的步态神情中，泄露出一些与众不同的东西？难道是她脸上的妆容，让人们认出了她就是那个刚刚从舞台上走下来的小公主？

在紫阳街上有个摆摊子卖糖人的，见到傅丹走过来，伸出大拇指对她晃了晃，一把拉住她，热情地塞了一个糖人给她吃。糖人甜滋滋的味道，多少给刚从舞台上下来，心情黯然的傅丹一种补偿，让她变得

第一章 寻寻觅觅,雁过伤心时

母亲雷玉娟怀抱幼年时期的傅丹,左三为小姨雷一华

开心起来。

回到家,傅丹对母亲晃了晃手中的糖人说:"我的演出很成功,回家的路上有个卖糖人的,夸我漂亮,还奖励我一个小糖人。"

母亲很警觉,厉声对她说:"小孩子不能白吃人家的东西。"她牵着傅丹的手去紫阳街上,把钱给了那个卖糖人的。

卖糖人的说:"这么可爱的小公主,吃一颗小糖算什么?"说完摸摸傅丹头上的蝴蝶结,一副很遗憾的样子。

傅丹听到母亲对卖糖人的说:"谢谢你的好意,我是想让孩子从小知道,凡事都要自食其力,不能占小便宜。"

站在一边的傅丹,虽然心里很委屈,但她也似乎懂得了母亲话里隐含着的道理。

脱下公主裙,摘下蝴蝶结,生活似乎又变了一次戏法,一双看不见的手抹去了她头顶的光环,把她打回生活中灰姑娘的原形。周围的色彩立刻黯淡下来,她深深地有了一种台上台下判若两个世界的感觉。

在幼儿园,傅丹度过了最幸福的时光。这一年里,外婆箱子里所有的被面都小了一圈,有好几块颜色鲜亮的被面,在小姨的捣鼓下,变成了她的公主裙。但开心的日子也就只有那么一年。世事难料,没等到这些裙子被她穿小变旧,迪老师就要离开她了。

那天天蒙蒙亮,傅丹就起来,准备到汽车站去送别迪老师。家里的南货店旁边,外公跟别人合开的糕饼店一早就开门了。傅丹从糕饼店抓了两把红枣装进包里,连蹦带跳朝着汽车站跑去。那个时候,她还不知道什么是离别,只是很急切地想见到迪老师。

傅丹跑到车站时,很多同学已围在迪老师身边,迪老师一个个拥抱他们,红着眼睛说:"我会回来看你们的。"

傅丹扑过去,把红枣塞进她的衣兜里说:"老师,给你路上吃。"

不知道谁第一个哭了,然后大家一起哭起来,傅丹抱住迪老师呜呜地哭,迪老师抱着傅丹,身子颤抖着,傅丹知道老师也哭了。

一个男人走过来拉迪老师,催促她:"快走快走,车要开了。"

迪老师被那个男人拉上了车。车开走了,傅丹的心里一下子空落落的。那一刻,她觉得迪老师把一切都带走了,她的歌声,她的风琴声,那个光亮的舞台,还有傅丹的公主梦,统统被她带走了,席卷一空。

傅丹的心仿佛被车轮碾压似的,一切都碎裂了,像一地碎玻璃摊在阳光下。

人生中第一次离别,让傅丹伤心欲绝。唯一能把她变成公主的那个人走了。迪老师这一走,她连扮演长颈鹿和仙鹤的机会都没有了。

傅丹伤心难过,一路哭着回来,进了自家院子,站在院子里大哭。父亲正为生意不好发愁,看到傅丹哭哭啼啼,怒从中来,朝她怒吼:"大清早,好端端的,哭号什么?"

父亲不知道她为什么伤心,女儿失去的东西对她来说有多么重要,他根本不懂。懂她的那个人已经离开了。傅丹被父亲的怒吼声一下子拉回到了现实。

"我要我的舞台,我要演小公主……"

可是,到何处去寻她的舞台,有谁能把舞台归还给她?

她跑回房间,抱着她那粉红色的公主裙和红艳艳的蝴蝶结,放声大哭。

迪老师走了以后,再也没有排练和演出了。傅丹也离开幼儿园,开始上小学。公主裙和蝴蝶结被小姨叠好,放到了箱子里。傅丹依旧想念舞台,家里没人的时候,她会把公主裙从箱子里偷偷翻出来,穿在身上,在镜子前面扮演公主。演啊演啊,她觉得自己演得好极了,可是没有观众,没有掌声,也没有长颈鹿和仙鹤在她身边跳舞,没有迪老师弹风琴。她好想念迪老师,好希望她能再给大家排练,她好想念在舞台上做公主的那种感觉。

戏馆寻梦

人生一大痛苦,就是在凄惨的处境中回忆幸福。傅丹失去了迪老师,失去了舞台,又变回了那个紫阳街上扎着羊角辫的灰姑娘。她每天都想着,怎么去寻回失落的舞台梦。

学校隔壁有个两湖会馆,两湖会馆里面有一个剧院,平时剧院戏台上都在演戏,下午一场,晚上一场。母亲带傅丹去会馆看过几场戏,戏台上女演员个个貌美如花,翘着兰花指,在舞台上莲步轻移,水袖一甩,煞是好看。舞台上的才子佳人,别有一种风雅,不像她演的公主戏那么幼稚,看过几次,她就爱上了戏台。

学校和两湖会馆中间隔着学校的厕所,靠着厕所土墙跟摆了七八个大粪缸,学生们就在粪缸上搁一块板蹲厕所。

下午放学后,傅丹踩着学校厕所的粪缸,翻过土墙,到了两湖会馆的戏院大门前。去得早了,戏院是要买票的,只有到了最后一场,才会打开大门放人进去。

傅丹经常一下课就跑去看最后一场戏。时间久了,剧场守门的也认识她了,看到她来蹭戏,不管是不是演到最后一场都会放她进去。

那天下午一放学,傅丹又踩着粪缸的边缘,打算翻过土墙去会馆看戏,结果脚下一滑,一只鞋子掉到了粪缸里,她翻下墙来,弯着腰,低头把手伸进粪缸去捞鞋子,脚离开地面的一瞬,人一下子栽到了粪缸里。幸好粪缸每天都要清理,里面的粪便不是很满。即便这样,她的头发、衣裤和鞋子都沾上了粪汤。戏看不成了,傅丹满身污浊地回到家里,还没来得及换洗衣服,就被父亲发现,劈头盖脸骂了一顿:"不好好读书,为了看戏,去爬粪缸,让你再去看戏,让你再去爬粪缸!"

第一章　寻寻觅觅，雁过伤心时

1
2

1　童年时期的傅丹（左一弟弟雷佳，左二母亲雷玉娟，左三傅丹）

2　青少年时期与家人合影（左一弟弟雷佳，左二母亲雷玉娟，左三大哥傅安，左四傅丹）

母亲一边帮傅丹清洗,一边心疼地说:"为了看戏掉到粪缸里,浑身弄得这么脏,你说你这是何苦呢?"

有一些日子,傅丹不敢再去戏院,每天上完课早早就回到家里。可她人在曹营心在汉,还是想念着戏台。她把床单抽下来裹在身上当戏服,在镜子前模仿戏中的千金小姐。床成了她的戏台,她身上披挂着床单,甩着毛巾做的"水袖"咿咿呀呀地唱。

演着演着,她还是忍不住想去看戏。她登上厕所墙边的那只粪缸,奋力爬上那堵泥墙,泥墙外有她向往的世界。

戏院那道门紧闭着,大门里边的胡琴鼓板、婉转唱腔一缕缕飘出来,撞击着她的耳膜,激荡在她心里,缠绕在她的指尖发丝上。陶醉在酷爱的鼓乐丝竹声里,眼前幻化出戏台上一幕幕场景:她多么想站在舞台中央,灯光打在她的身上,台下掌声如暴雨,欢声雷动……

就在这时,戏院的大门轰然打开了。华丽的舞台和辉煌的灯光让傅丹如梦初醒。每晚的戏到了最后一幕,戏院总会敞开大门,所有的人都可以看到戏的落幕,她一遍一遍看到的都是戏的结局。

直到曲终人散,傅丹还如痴如醉地站在舞台前,梦幻和现实没有了边界,她一时分不清哪个是台上的演员,哪个是台下的自己。她太迷恋舞台了,戏剧能将她全身心带入,好像自己是那戏台上长袖善舞、莲步轻移的女主角。

就是这种吸引,让她置父母的责骂于不顾,每天放晚学后,冲进学校的厕所,登上粪缸,跨越那座泥墙,来到戏院的门外站立、徘徊。孤零零地等在大门外的她,在黑暗中,将向往与梦幻杂糅在一起,将内心的梦预演了无数遍,她知道那扇大门最终会向她敞开。只等着戏院大门轰然洞开,哪怕她看到的只是一段盛大华美的尾声,那一束艺术之光,也像爱神之剑,穿透她小小的心脏。

紫阳街上

2001年的清明,傅丹又回到临海。五十多年过去了,来到紫阳街上,傅丹总能找到儿时的记忆。

傅丹记得小时候,正月十四吃糟羹,紫阳街上每家每户传出剁菜的声音,到下午四五点钟,整条街飘出糟羹的香气。母亲告诉傅丹,正月十四如果吃上七户人家的糟羹,眼睛就会又亮又大。

那时候的傅丹,是紫阳街上有名的"大眼妹",母亲与姨婆洪如玉都是紫阳街上的风景,那正是母亲雷玉娟貌美如花的年华。洪如玉是紫阳街上的"织布西施",人们每天都要特意路过她敞开的织布店,只为看一眼这位紫阳街上的美人。如今的紫阳街修旧如旧,一切如昨,只是当年的"佳人"已不见芳踪。

傅丹还记得母亲带着她还钱给卖糖人的情形。这条街上的卖糖人,已经换了几茬了。当年卖酒酿的中年妇女挑着担子,一边走一边唱,那一声高亢嘹亮的"卖白酒酿嘞 ——"那个调子在记忆中挥之不去。

有的时候,傅丹做梦都能听到卖白酒酿的声音,紫阳街上白酒酿甜醉的味道仿佛就萦绕在舌尖。

她一直记得母亲教她的那首童谣《蚂蚁搬家》的旋律:

> 蚂蚁叫,叫娘来,
> 一叫叫到十字街头来。
> 有叫卖,吓叫卖,
> 蚂蚁叫娘排阵大 ……

恐怕那就是傅丹受到的最早的音乐熏陶了。后来她把《蚂蚁搬家》的曲谱写下来，教女儿瑄萱用二胡拉这段曲子，一边拉一边唱这首"临海童谣"。在南昌长大的瑄萱，临海话讲不了完整的句子，只能蹦出傅丹经常跟她讲的几个字词，唯独《蚂蚁搬家》她能用地道的临海话唱出来。

六十多年了，傅丹还能完整地唱出小时候母亲教过的这首童谣。

当年，雷玉娟就住在巾山脚下，灵江边上的轮船码头旁。环绕临海的灵江，源头主要来自两条溪。一条是天台山流下来的始丰溪，一条是括苍山流下来的永安溪，它们在府城西边十里处汇合，然后奔流向东。东海的潮水则溯江而上，每天潮起潮落，一直涨到永安溪。每年台风季节，山洪下来与潮水在府城外汇聚，一旦形成"三碰头"，则会水漫府城。

有一年发大水，紫阳街上的水没过了膝，哥哥傅安吃了一碗黄酒炖猪肉，醉倒在木楼梯拐角下。母亲雷玉娟以为傅安出去玩了，蹚着水一路找过去，家左边是傅丹外公与账房先生合开的糕饼店，右边是南货店。对面是傅安喜欢去的扁食店，再往前走是"傅天益银楼"分店。雷玉娟蹚着大水一家家找过去，走遍紫阳街，一直找到继母洪如杏住的城墙那头，也没找到傅安。她回到家大哭，以为儿子被洪水带走了，傅丹也跟着母亲大哭。傅安被母亲和妹妹的哭声惊醒，从楼梯一角爬出来，睡眼惺忪问母亲怎么哭了。雷玉娟一把抱住儿子，好似失而复得。那一年傅丹8岁，哥哥傅安12岁。

紫阳街曾经有好几位雷玉娟在台州女子师范时的同学。年纪大了以后，雷玉娟还经常从宁波回紫阳街上，看望旧日同学和住在轮船码头的继母，还有住在紫阳街上的傅丹小姨雷一华。后来，雷玉娟的同学一个个去了另一个世界，她去临海的次数也渐渐少了。

傅丹从临海宗教局原局长那里打听到，那个小时候救过她的尼姑庵的老师太，早已作古了，但老师太的牌位被保留了下来。

过去紫阳街上扎着羊角辫的小姑娘,如今已作为文化名人走进了临海的乡贤馆。雷玉娟如果看见那张傅丹回乡时捐赠琵琶给临海师范附属小学的照片挂在乡贤馆的墙上,一定会为女儿骄傲的。

乡贤馆的墙上,还挂着当年与傅丹一起考上海音乐学院的卢乐群的照片,他现在已成为浙江省书法家协会的副主席。几十年未见,看到照片上的英俊少年,如今垂垂老矣,傅丹才猛然觉得自己也老了。人总是感觉不到自己的衰老,当年紫阳街上的"小公主"阿丹,如今已年逾古稀了。

傅丹又去了那座普贤庵,每走一步,都想起母亲一次次背着她上山,去找老师太为自己治白喉的情景。一回眸,七十多年了,傅丹仍记得母亲急切的脚步,焦灼的神情,还有滴在她脸上咸涩的泪水。

傅丹去祭拜了那位救她于疾患的老师太的牌位,她还记得当年那棵桂花树的位置,母亲抱她进庵后在那里坐过。

拜过师太牌位,傅丹带着女儿瑄萱,去给母亲扫墓。

这座俗称黄狗盘的山好高,手杖在右,后生搀扶在左,傅丹缓步挪上一级级石阶。

墓前松柏,1996年3月植种至今25年,已长成大树庇荫坟土。

香蛳、青团、青饼、桂圆、香榧、乌饭麻糍,一一摆上墓前的石头祭台,这些都是临海的特色小吃。大嫂已为雷玉娟和生母斟好椒江同康黄酒,且请来山神,唤来亲人。酒过三巡,孝子贤孙,叩拜祭奠。

傅丹的大嫂买了白百合和白菊供在墓前。她知道雷玉娟喜欢白色,晚年一头银丝的雷玉娟,穿衣最喜淡色,尤爱碎花布,从来不穿黑色。瑄萱刚刚有了工资,带外婆去剪头发,买了块碎花布给她做衣服,雷玉娟表现出难得的喜悦。

雷玉娟最喜欢茉莉花和白兰花的香味,白兰花开的时节,总要买来挂在胸前。碎小的茉莉花,她会串成一个小花球别在胸襟上,瑄萱总是说，外婆的枕头上、身上有股香味。她一直喜欢跟外婆同枕而眠，喜欢闻外婆身上的香味，觉得外婆像是花仙。就连雷玉娟晚年瘫痪在床的时候，她的枕头和整个人都是香的，断然没有老人迟暮所散发的那种气息，正应了那句"零落成泥碾作尘，只有香如故"。

闺秀粗工

傅丹的母亲雷玉娟是畲族后裔，祖上由湖南迁徙至浙江临海。雷玉娟自小集家人宠爱于一身，父亲用心培养她，先是聘请了家庭教师，后来让她上了台州女子师范，培养她成为知书达礼的大家闺秀。

雷玉娟从女子师范毕业后，教了三年书。可惜由于家庭成分的缘故，她被学校辞退了。从此，她的生活一落千丈。

失去了工作的她，赶集市摆地摊，给人织毛衣，到酱菜厂切大头菜，在古长城搬砖头，闺秀干起了粗工。好在雷家的"执着于中，躬行在道"的家风深入骨髓，她深信天无绝人之路，要活下去，还须靠自己。

雷玉娟写得一手好字，颇有柳公权遗风，城关镇街头墙体上的很多标语，皆出自她之手。这些劳作之事，都是居委会主任派的工。

居委会主任和她丈夫，新中国成立前都曾是傅丹外祖父家里的帮工。以前傅家待他们不薄，新中国成立后双方的地位颠倒了，居委会主任还是很照顾傅家的人。那些粗活，很多人都抢着干，为的是多挣几个辛苦钱，居委会主任总会先想到雷玉娟。只要能够维持家庭生计，凡是自己能够干的活，雷玉娟照单全收。

傅丹的父亲，有一段时期被下放到乡下，很难照顾到家里。母亲就成了家里的主要劳力，是一家人的主心骨。

春季割菜时，雷玉娟会带着傅安、傅丹和雷佳（雷玉娟以畲族的习惯给小儿子用了母姓）三个孩子到田头，捡菜叶，挖菜根，回家烧菜泡饭，再佐以雷玉娟从酱菜厂里廉价买来的"下脚料"，腌制一下，一家人吃得有滋有味。

哥哥傅安正在长身体，往往想多盛一碗菜泡饭，傅丹和弟弟雷佳眼巴巴地看着他。于是，半饥不饱的傅安放下了碗。雷玉娟默默拭泪，匀出自己碗里的菜泡饭，分给三个孩子。

夜深人静时，雷玉娟安顿好三个孩子，磨墨、展纸，写上一会儿毛笔字，她用秀丽的柳体写黛玉的《葬花吟》，然后呆呆地看着《葬花吟》，默默叹息。

本是食花饮露的胃，适应了酱菜下脚料，黛玉葬花的锄，换做挖野菜的铲，那写柳体字的手与用来搬砖头的是同一双手。

幼年的傅丹，当时不懂这些，当白天奔东忙西、操持家里家外的母亲，夜晚偶尔回归到那个气质娴雅的大家闺秀，这种粗细反差隐隐地让傅丹觉得，生活在什么地方出了岔子。

休学的"貂蝉"

傅丹就读于临海师范附属小学，这个学校在临海很有名气。傅丹学习优秀，平时又积极参加文艺活动，深得老师们喜爱。

傅丹小学毕业后,因为成分不好,小学升初中的机会就没了,只好休学在家。

看着先前的同学们每天高高兴兴地去上学,傅丹站在家门口,心情很落寞。

雷玉娟看女儿郁郁寡欢,就对她说:"要不你先去爸爸那里住一段时间。我再想想办法,让你继续上学。"

傅丹的父亲,被下放到临海白水洋区双岗镇的一个小村庄,在村里开了个小卖部。无奈之下,傅丹只好去了父亲那里。

村里的山民很朴实,对父亲的生活很照顾,经常送些土豆、红薯之类的给父亲。白天,父亲忙着,懂事的傅丹就跟随山民上山砍柴,到傍晚,她背一捆柴回到父亲的屋里,帮着父亲一起烧饭。

晚上村民们会围成一圈唱戏,傅丹也参与其中,来上一段《楼台会》,她很快成了村民们喜爱的"小演员"。

傅丹看父亲平时给当地农民读报,关系相处得很融洽,觉得父亲也是一个忠厚善良的人。

有一回,傅丹跟随山民砍柴,山上滚下一块大石头,在她的右腿弯处砸出了一个口子,鲜血直流。乡亲们背着她赶紧下山,与她父亲一起去双岗镇卫生院包扎伤口。

之后,每两天都要去镇上换一次药,父亲就挑着货郎担子,让傅丹坐在前面的箩筐里,把几十斤重的石块放进担子后面的箩筐,挑着担到镇上,从镇上回来时,一头装着货物,一头是傅丹。

这样一来一去,要走二十多里山路,这个曾经的大少爷,使出了浑身的力气。以前在家里,都是母亲照料傅丹,这次父亲如此照顾她,让她觉得父亲也是很爱她的。

大半年后,傅丹又回到了临海城关镇。这时政策有所放宽,傅丹得到了一个读书的机会,她考入了台州一中。

好景不长，读到初二，班主任找她谈话："接到上级通知，我们班上你和另一名同学要被精简回家。"

傅丹听了很伤心。班上另外一位同学叫冯济芬，家里以前是开大药房的，也因成分不好被精简了。

那天傍晚回家，傅丹对正在厨房烧饭的母亲说："我明天不上学了。"

"为什么？你犯错了？"母亲急切地问。

"我被精简了。"傅丹的眼泪扑簌簌落下来。

"精简……"母亲顿时明白了是怎么一回事。

那天的晚饭，一家人吃得默默无语。

"那你先在家休息一段时间，记住，要好好看书，学业不可松懈。"母亲叮嘱着，傅丹抹着泪点点头。

休学期间，傅丹除了继续自学文化课，还去参加了业余的临海词调乐社的活动。先是敲敲碰铃，演些配角，后来慢慢地成为主角。1962年，浙江省文化厅在宁波举办全省"曲艺调演"，临海词调乐社以坐唱形式选送的《小宴》《断桥》《拜月》等曲目，还得了奖。

有位叫安莉的演员，比傅丹大两岁，也是因为家庭成分不好休学进了乐社。同病相怜的两个人，很快成了好朋友，并一起参加《吕布与貂蝉》的演出。

为了给饰演貂蝉的傅丹准备行头，雷玉娟在"美孚灯"下用闪闪发光的"米碎珠"，亲手串好漂亮的凤冠、凤钗，帮傅丹戴在头上，端详又端详，露出了难得的笑容。

《吕布与貂蝉》在临海各个场所演出，傅丹和安莉成了"草根明星"，只要见到她俩从紫阳街上走过，临海人十有八九都会认出她俩就是演吕布和貂蝉的演员。

当时临海词调乐社归临海城关文化站分管，文化站的负责人叫林灿，是一位版画家，还专门为傅丹刻了一幅弹琵琶的版画。过了不久，

$\frac{1}{2}$

1　小学毕业时的傅丹

2　傅丹15岁时在临海业余词调社扮演貂蝉

他安排安莉和傅丹，到临海县松山乡的吉利大队，与农民同吃同住。白天跟农民一起做砖头、割猪草，晚上为乡亲们演出。

那天，在池塘边割猪草的傅丹，不小心脚下一滑，掉进了池塘，脚被猪草根钩住了，她在离堤岸三四米的地方挣扎，可越挣扎越往下陷。

她能看到天，那么蓝，看到岸，那么远。绝望中，她觉得自己可能没救了。她第一次意识到死亡离自己那么近，而生命是如此珍贵。她越想用力脱身，就越往池塘底部沉去，不由连连喊"救命"。

幸亏路过的农民看见了她，跳下去把她捞了上来，她终于爬上堤岸。

当晚，傅丹发烧说胡话，乡亲们用土方为她治病，熬了鸡汤给她补身子，没过多久她就恢复了元气。这让傅丹想起自己小时候患了白喉，普贤庵的老师太帮她治病的情形，她庆幸自己遇上了好心人，又躲过一劫。

自从这次在农村池塘里差点送命，哥哥傅安就教傅丹学会了游泳。傅安希望好不容易救回来的妹妹，不要再碰上灾祸。

断线的风筝

傅丹很喜欢演戏，嗓子却不尽如人意。她去考县剧团，人家就说："小姑娘人介漂亮，唱戏怎么会跑调？"在业余剧团里，她还演白蛇、演貂蝉，演得多了，她自然而然学会了台步、身段和运用眼神表现内心感情，她摸索着自编自演，在家里披着被单，把毛巾吊在手臂上当水袖，舞来舞去地反复练习。

真正使傅丹确定"将艺术作为终身努力目标"的那个人，是临海樱珠巷居委会主任的儿子叶万青。

叶万青年少时曾经拜中国著名笛子演奏家赵松庭为师。1957年，赵松庭作为"右派分子"，被下放到临海大田镇前山村劳动改造，叶万青每个礼拜走30多里路，去跟他学笛子。赵松庭心里喜欢这个徒弟，私底下悄悄地教叶万青。

一年后，叶万青考上了台州师专音乐系，毕业后被浙江歌舞团录用。可惜遇到了国家暂时经济困难时期，叶万青被精简了，只得回老家，进入台州杂技团吹笛子、拉二胡。业余时间，叶万青还带着十几个喜欢民族器乐的孩子，傅丹也是其中之一。

傅丹跟叶万青学的第一首二胡曲，是周大风先生创作的《采茶舞曲》。她太喜欢这个曲子了，就根据这个旋律，自己编了一段采茶舞，晚上把床当成舞台，边唱边跳，乐在其中。

练习舞蹈让傅丹在拉二胡时，表情和肢体语言也更加丰富。叶万青夸她："傅丹拉起二胡曲子，表情像是会说话，脸上光彩四射，全身的细胞都调动起来了。"

临海有一首民谣叫《放风筝》，"风和日丽天晴好，我带风筝去踏青"，歌词很美。傅丹根据自己对音乐的理解，编了一支舞蹈，把戏曲中的"手眼心步法"运用到舞蹈动作里，她跳得很传神，手里始终像牵着一根无形的"风筝线"，一会儿跟着"风筝"往前跑，一会儿拉着"风筝"向后拽。风筝飞到哪里，她的眼神就追到哪里。

叶万青看到傅丹如此痴迷舞蹈，教傅丹学艺之余，开导傅丹："不要因为家庭出身不好，就自暴自弃。有机会要去闯一闯外面的世界，多一些历练。你悟性好，只要努力，一定会走出临海，闯出名堂来。"

机会来了，叶万青听说浙江民间歌舞团在招收年少的舞蹈演员，马上叫傅丹去考试。他说："搞艺术一定要去大城市，别一辈子待在这个小地方,你要想办法走出去。"

傅丹对母亲说:"妈妈,我心里一直有个舞台梦,我真想像风筝一样飞出去。"

雷玉娟说:"我也想把你放飞,飞得越高越好。"

有母亲和叶老师鼓励,傅丹勇敢地去追寻自己的艺术梦,她决定只身去杭州。

杭州,对从未出过远门的傅丹来说,就已经是远方了。公共汽车一早开出临海,中途在黄土岭停车吃中饭,她买了米饭咸菜充饥,吃完后上了车继续颠簸,晕车晕得快要把五脏六腑都吐出来了。

时间过得真慢,路程这么遥远,好像永远到不了杭州。傅丹坐了一整天公共汽车,破旧公共汽车的车窗玻璃,令人厌烦地响了一路。

到了杭州考场,傅丹一点也没怯场。看完基本条件,过了必考的科目后,考官对傅丹说:"你会跳什么?"

傅丹歪着头想了想说:"我会跳《放风筝》。"

老师说:"没听说过。"

傅丹说:"我自己编的。"

傅丹哼着音乐翩翩起舞。没有实物风筝,而她手中始终像是牢牢拽着一根无形的风筝线,亮晶晶的眼睛追着虚拟的线和风筝,风筝飞到哪里,她的目光就追到哪里,时喜时忧——喜的是风筝乘风冲上天,忧的是风筝突然断线掉下来……

在自编的舞蹈《放风筝》里,傅丹用了许多戏曲动作,她把自己在业余剧团学到的舞台表演手法,灵活自如地融入了这段舞蹈。

考官们都很喜欢这个富有灵气的小姑娘,觉得她是一个可塑的苗子。当考官的舞蹈队队长当场拍板:"小姑娘太有灵气了,肢体语言很到位,一双眼睛太会说话了!小姑娘,你被录取了!"

去的时候傅丹只是想,到浙江民间歌舞团见识见识,没想到当场就被录取了。回来一样是坐在破旧的公共汽车上，傅丹唱了一路越剧、词调，几乎没有停过。车也不晕了，心也不烦了，哗啦哗啦的车窗玻璃声，被她当成了音乐伴奏。唱着唱着，一天的路程，在不知不觉中结束了。回到家她才发觉，嗓子完全唱哑了。

听傅丹说被浙江民间歌舞团录取了，叶万青很高兴。傅丹的家人更是欣慰，雷玉娟开始为女儿准备起行装了，可是，入职的通知书却迟迟没有到。

后来叶万青打听到，浙江民间歌舞团得知傅丹是台州一中的学生，就去学校政审，结果学校老师说："她家庭成分不好，已经被学校精简了。"

浙江民间歌舞团领导觉得很遗憾。傅丹失去了去浙江民间歌舞团的资格，她的"风筝"还没有放飞，就掉到了地上，被现实碾碎了。

雷玉娟宽慰女儿："你年纪还小，以后还有机会，只要不放弃努力就行。"

雷玉娟心里很清楚，这只是一句安慰的话，机会又在哪里呢？

傅丹没能进入浙江民间歌舞团，她跳的《放风筝》这支舞蹈却火了，后来有很多人跳这支舞蹈，有很多活动也邀请傅丹去参加并跳这支舞蹈。

第一次满怀希望去追梦，以破灭告终。命运让她如临谷底，如坠深渊，她百思不得其解，难道这是老天在考验她对艺术的虔诚，试探她对艺术的爱够不够坚贞？她心有不甘。这份不甘，让她更加努力地积聚起浑身的力量去冲刺。

不能放弃舞台，放弃梦想，她觉得自己天生就属于舞台。夺走了她的舞台和艺术梦想，无异于夺走了她的生命。

女儿大了

傅丹再次开启她的艺术追梦之旅，在这个时候，她遇到了一位知音。

傅丹15岁那年，临海词调乐社到宁波参加"全省曲艺汇演"。在乐队中打碰铃的傅丹，听到了浙江省曲艺团章婉萍的琵琶独奏《阳春白雪》，那是外婆最爱弹的曲子，傅丹很小就听过。弹琵琶的短发少女章婉萍，神色清澈明媚，面如满月。在章婉萍的琴声里，傅丹感受到万物知春、雪竹琳琅之音，唤起了傅丹儿时的记忆。

演出结束后，主办方组织大家参观天一阁，傅丹与章婉萍恰巧被安排在一辆三轮车上。傅丹了解到章婉萍父母都在上海，她小小年纪已经是浙江省曲艺团的评弹演员了，很钟爱琵琶。渴望友情的傅丹，与年龄相仿的章婉萍一见如故。傅丹清澈的眸子满含钦羡地看着章婉萍说："你琵琶弹得这么好，我可以跟你学吗？"

"可以呀，我现在就教你。"章婉萍也很喜欢眼前这个清纯的小姑娘，当即拿出一把小竹弓，在小竹弓的琴弦上，给她演示琵琶的基本指法轮指、弹挑。每个简单的动作，仿佛都被婉萍白皙修长的手指赋予了艺术的美感。

傅丹揣着章婉萍送给她练指的小竹弓回到临海，急切地告诉母亲："妈妈，我想学琵琶。"

雷玉娟脸上一点也没有显出惊奇，似乎早就预料到女儿有一天会说这句话。母亲向词调乐社的老艺人借了一把破旧的樟木琵琶，傅丹开始用章婉萍教她的方法摸索练习。

这样过了快一年，雷玉娟总觉得孩子不能一直闷在家里，应该去读书。恰逢城关镇新办了一所民办的城关中学,允许那些成分不好的失学孩子读书。傅丹没有读过初三,就直接考进了高中,她一直牢记母亲"自学文化知识不能忘记"的教诲,功课从没有落下。

傅丹就读的中学,老师多为被打回老家的"右派分子",他们的文化水平都很高,这反倒成了这帮学生的幸运。

城关中学设在临海龙兴寺南山殿里,傅丹的座位就是以前供奉着四大金刚之一的持国天王的位置,他手持琵琶,手指一拨,甘霖普降。冥冥之中,似乎注定了傅丹这一生要与琵琶结缘。

公立学校的大门已经对傅丹关闭了,城关中学是一所民办学校,条件差,费用高。傅丹知道家里的经济条件很差,高二暑假她和同学们一起去临海江南古长城参加劳动,正巧看到母亲正弓着腰吃力地搬砖头,傅丹跑过去,要帮母亲一起搬砖头。

"你来干什么?快回去读书。"雷玉娟严厉地对女儿说。

看着母亲满头大汗艰辛地劳作,傅丹的眼泪在眼眶里打转,她对母亲说:"妈妈,我16岁了,应该为家里做些事情了。我要退学,找工作赚钱,为妈妈分担。"

"你必须继续读书,人不能自甘低微。"

傅丹觉得母亲并没有真正懂得自己的心思,她说:"妈妈,我放弃学业,但不会放弃艺术梦。我还是要去考正规的艺术团体,这样既可以延续艺术梦,也能帮家里分忧。"

雷玉娟听了这番话,对傅丹刮目相看 —— 女儿长大了。

虚拟的墙

傅丹执着地去报考台州各地的艺术团体,但由于成分不好,没人敢收她。雷玉娟一位老同学的儿子在宁海越剧团当导演,他告诉雷玉娟,宁海越剧团在招人,让雷玉娟带女儿去宁海试试。

临行前,临海文化站的负责人林灿,送给傅丹一只墨绿色人造革手提箱。

"不要放弃你的艺术梦,坚持下去就会成功。"林灿是看好傅丹的。

"谢谢林老师,不管多难,我都会坚持下去。"傅丹很动容地说。后来这只小箱子跟随傅丹好多年,傅丹去哪里都带着。

傅丹跟母亲来到宁海,见到了母亲老同学的儿子——宁海越剧团的导演李庚辰。他觉得傅丹不太适合唱越剧,便介绍傅丹去宁海平调剧团。平调剧团资深的作曲家黄永清,很喜欢傅丹的灵气,愿意收下她。

在宁海平调剧团,傅丹有了第一份工作,这里成为她艺术寻梦之旅的第一站。

女儿第一次离家要去外地工作了,母亲雷玉娟用家里的大花被面,给女儿做了一件对襟布衫。这布衫若是穿在别人身上,十有八九会显得土气,但穿在傅丹身上,配上一条又粗又黑的大辫子,反倒衬得她像出水芙蓉,清纯无比。

傅丹要去报到的平调剧团,正在奉化乡下演出,傅丹的表姨夫刚好到奉化出差。傅丹提着墨绿色手提箱,带了铺盖,随表姨夫乘长途汽车,到了剧团演出的山清水秀的小村庄。村边小溪旁一群人在洗衣服,全是平调剧团的演员,看到傅丹走过来,他们窃窃私语:"又来了一个新团员,小姑娘长得真好看。"

表姨夫把傅丹交给剧团负责人就走了,傅丹独自来到了一个陌生的环境里,一时间感觉很无助。

"小姑娘,你叫什么名字?来,我带你到剧团的住处。"叫她的这个女孩叫鲍玉英,与傅丹同龄。

晚上,傅丹坐在乐池里,第一次看平调剧团演出《金莲斩蛟》,鲍玉英演的金莲那么鲜活,傅丹暗自惊叹:原来这个与自己同龄的女孩,已经是剧团的"当家花旦"了。

戏那么好看,音乐又那么好听,剧情和演员的演技,把喜欢戏剧的傅丹给迷住了,傅丹一下子就喜欢上了这个剧团。

第二天,一群团员围着傅丹问:"你想当演员,还是到乐队去?"

"我好想当演员,可是我唱歌会跑调,只好做乐手。"傅丹除了会拉二胡,只会弹一点琵琶,觉得自己能到乐队已经不错了。

"可惜了,模样这么好,只能当后场。"有人替她惋惜。

剧团负责人把傅丹交给乐队队长项振华,交代说:"好好带带她。"

傅丹开始了演艺生涯,跟剧团到宁波、绍兴、舟山的城镇、乡村演出。团员们很照顾这个新来的漂亮妹妹,乐队里有位拉二胡、打鼓板的男孩,也与傅丹同龄,走到哪里,都帮她搬行李。

傅丹跟随剧团坐船去象山石浦演出,风大浪急,晕船吐得昏天黑地。到了演出地,都半夜三更了,演员们还要练功,乐队要练琴,剧团的生活很辛苦。好在下乡演出,乡亲们总是有鱼有肉招待剧团演员,夜餐还有泡饭面条。这在1962年缺衣少粮的饥荒时期,已经是难得的好生活了。

在宁海平调剧团的那些日子,傅丹很开心,每天晚上边拉二胡边看戏,沉浸在戏剧音乐氛围当中。有一次,到舟山群岛演出一个月,天天有海鲜吃,傅丹正在长身体,控制不住食欲,吃了一个月的海鲜,竟然重了15斤,本来苗条清秀的她,变成了"小胖妞"。

傅丹想到在江南长城脚下搬砖头的母亲,还过着半饥不饱的日子,而自己在这里每天吃海鲜,她很想与母亲分享。

舟山的演出结束,可以直接放假回家,傅丹让同事把铺盖带回宁海,只留下那只空的墨绿色小手提箱。她去鱼市上买了很多带鱼,剖开鱼肚洗干净,用报纸一条一条包起来,放在箱子里,想带回家给母亲吃。

雷玉娟看到瘦丫头变成了"小胖妞"回来,满面喜色。只是"小胖妞"从舟山带回来的一箱子带鱼全都发臭了。雷玉娟舍不得扔,用盐把带鱼腌了,说:"这么好的带鱼,蒸一蒸还是很好吃的。"

带鱼把手提箱都熏臭了,雷玉娟里里外外洗刷了好几遍,又晒了好几天。

"傻闺女,带鱼怎么能放到箱子里呢?"

"我上车前一天买好的,洗好了才放在箱子里,谁知道会发臭呢?"

傅丹看得出,母亲其实心里可高兴了。休完假,傅丹要回宁海了,雷玉娟又在小提箱里塞满了炒米磨的粉,让傅丹带到单位跟同事们分享。

回到宁海平调剧团,傅丹坐在熟悉的乐池里,盯着文武双全的男女主角,她心里崇拜极了,好多时候眼睛盯着台上入了迷,忘了拉二胡。

这个剧团行当齐全,演员年轻,充满活力,平时看着不怎么起眼的同伴们,一上台都变成了鲜活靓丽的才子佳人。拉了三个月的二胡,傅丹心里突然感到躁动不安。有时候拉着二胡,她会有想弹琵琶的冲动。

平调剧团的柳梅成既是鼓板手,也是个琵琶手,傅丹向柳梅成提出:"我可以跟你学弹琵琶吗?"

柳梅成爽快地答应了傅丹,他成了傅丹的琵琶老师,开始指导她琵琶演奏的基本指法和技巧,他说:"你要好好学,以后我就打鼓板,不弹琵琶了。"

一人三艺——拉弹唱

傅丹很珍惜这个机会，没日没夜地练，没多久就成了乐队的琵琶乐手。

跟梅柳成学琵琶以后，傅丹回家见到母亲，郑重地说："我正式开始学琵琶了。"

冬天，梅柳成要傅丹把手指弹热了，插到雪堆里去冰，冰透了，再把手指弹热。傅丹老老实实照做不误，只要能把琵琶学好，吃什么苦她都乐意。

自从跟梅柳成学习琵琶，傅丹就经常想到章婉萍在舞台上弹琵琶的样子。有时候，她会把自己当成章婉萍，想象自己在舞台上，给无数观众演奏琵琶。当台上的戏幕合上，观众席响起急雨般的掌声，她这才如梦初醒般想起，掌声不是献给她的，是献给台上的演员们的，自己依然坐在乐池里，根本没有人在意她的琵琶伴奏，她有一种强烈的失落感。

"我就要这样一辈子在县级小剧团混下去吗？我只能在乐池里弹一辈子琵琶吗？我为什么就不能像章婉萍那样，抱着琵琶走上舞台中央，成为万人瞩目的琵琶明星？"傅丹问自己。

有一回，傅丹随宁海平调剧团去宁海乡下演出，一位在《金莲斩蛟》中扮丫鬟的演员生病了，新昌籍的导演看傅丹外貌不错，就临时叫她顶上去，他吩咐傅丹："你只要在墙边戤咚就可以了。"

傅丹不明白新昌话"戤咚"啥意思，导演告诉她："靠着幕布一角站站就可以了。"傅丹一上台就"戤咚"在幕布黑暗的一角，没想到幕布后面是空的，结果，她从台边"戤咚"到了地上，引来满场观众哄堂大笑。好在舞台不高，她只是擦破了一点皮。这时她才明白，幕布是虚拟的墙，不能真的去"戤咚"。

傅丹突然醒悟，她在这个剧团所"戤咚"的，始终是一堵虚拟的墙，她今后的舞台艺术人生的大幕还未拉开，一切都是那么的不确定，就像一道虚拟的墙，没法让她踏实地依靠。那一次"戤咚"，仿佛是命运之神的巨掌，一把将她打下了戏台："这不是你该待的地方！"

把"戤咚"在幕布边的她打醒的这一掌，看似断送了她的舞台生涯，殊不知却点燃了她的另一段艺术生命。也许梦想与现实之间，只是隔着一堵虚拟的墙，从这一天开始，那一堵虚拟的墙倒下了。

仿佛是命运在召唤她，她总听到有个声音在耳边说：你不能再跑"三关六码头"混迹江湖，让大好的时光白白流淌，不能就这样得过且过。

夜深人静时，傅丹会较劲地告诫自己：你应该志存高远，走出去，一定要走出去，好好学点看家本领。

别有天地

外面别有一番新天地,必须想办法走出去,正规地学习琵琶弹奏。傅丹渴望像心目中的偶像章婉萍那样,能够在更大的舞台上演奏琵琶曲《阳春白雪》……

傅丹常常拿出章婉萍送她的小竹弓,睹物思人,她给章婉萍写信,诉说自己的苦闷:"我也开始弹琵琶了,好想跟你学琵琶。"

章婉萍在回信中说:"我已经辞掉浙江省曲艺团的工作,回到上海,在家里跟老师学琵琶。你到上海来,我教你弹。"

这一声召唤,让她欣喜若狂。

她跟母亲说:"我想去上海学琵琶。"

在平调剧团干了半年之后,傅丹毅然决然离开剧团,打算到外面的世界闯一闯。

傅丹背着琵琶,站在千年古城的东湖边,抬头望着江南古长城,彩绢般的霞光,正在古长城上空冉冉铺开……

她的脸颜如渥丹,灿若明霞。

傅丹要去上海学艺了。

母亲和外婆,还有哥哥和弟弟,依依不舍地送她远去,看着她的身影,融入早晨的太阳光环里。

母亲和外婆,回到家里,默默地坐着。

"阿丹走了?"外婆自言自语着。

"阿丹走了。"母亲回应着她。

这个时候,紫阳街上热闹起来了,"白酒酿咪——豆面碎,麦油脂咪——味道赞——"富有临海词调韵味的早餐店吆喝声,响彻巷头巷

第一章 寻寻觅觅,雁过伤心时

少女时期的傅丹

尾;"叮铃当叮铃当——"倒马桶的车子,碾过紫阳街的青石地板,拉车人的铃声摇得特别响亮;孩子们正疯奔而过,互相追逐着去上学……

"阿丹年纪还这么小,就一个人出远门了。"外婆担忧着。

"您放心吧,阿丹胆气大。"雷玉娟安慰着她,眼神里却明显地流露出了忐忑。

"这个家族的人,就这么一个个离散了。"

"妈,阿丹会回来的。"

"雷玉娟,走啦。"门外,传来居委会主任的声音,叫她去古长城那边搬砖头。雷玉娟很珍惜这份苦力活,至少有几个小钱可赚,能够补贴家用。

"妈,我走了。"雷玉娟边给母亲打招呼边往外走。

"走吧,干活小心点。"

雷玉娟应了一声,脖子上系了条毛巾,手捧一只大号搪瓷茶杯,匆匆地跟着居委会主任,往工地赶去。

傅丹的外婆一个人一直坐了好久,朝阳透过窗棂照进屋子,外婆的脸上被笼上了一层金黄色的光。

外婆本来很想为外孙女弹一曲琵琶曲,可惜她的琵琶早已经被人砸烂了。

傅丹到了上海,住在位于工人新村的舅公王明法家里。王明法是雷玉娟亲娘的小弟弟,早年到上海做了工人,上海市第一批劳动模范,八级钳工,这是工人中的最高"职称"了。工人新村就是政府为劳动模范们建造的。

开始的时候,傅丹坐公交车去找章婉萍,到她家里向她学琵琶。章婉萍的母亲曾是上海百老汇的舞女,后来在家做了全职太太,依然美得像上海滩画报上走下来的女子。

章婉萍的父亲是医生,喜欢评弹,章婉萍从小跟父亲学评弹。在傅丹心目中,章婉萍的琵琶已经弹得很好了,她父母还请了"上海大世界"歌舞团的琵琶演奏员杨根根,每周教她弹琵琶。

章婉萍家在江阴路一座洋房的底楼,白天全家人的生活基本上都在一间客厅里。后来为了学琴方便,章婉萍让傅丹住在自己家的客厅里,晚上用四把椅子拼成一张床给傅丹睡。

章婉萍的父亲下班,会从南京路上买话梅、华夫饼干之类的零食回来,傅丹第一次吃到那些好吃的零嘴,就是在章婉萍家。

一开始章婉萍教傅丹弹琵琶,后来章婉萍干脆说:"让杨根根老师直接教你弹《春江花月夜》。"

弹这首曲子,指法并不难,傅丹一学就会,弹出韵味来却很难。这支古代文人借景抒情的琵琶曲,由杨根根弹出来那么好听,在他的讲述中,傅丹明白了这首曲子中蕴含的优美意境。傅丹忽然领悟到,那天章婉萍在台上弹的《阳春白雪》那么美的原因,直击她的心扉。

章婉萍家里保持了上海知识分子的做派,傅丹很喜欢她家的氛围。章婉萍的妈妈穿着旗袍,梳着精致的卷发,即使做饭烧菜,都保持着一份上海小资女人的精致和优雅,还经常买几枝鲜花插在花瓶里,让屋子里萦绕着一股淡淡的花香。在这样的生活环境熏染下,傅丹学会了弹《春江花月夜》。这支曲子与章婉萍家的氛围很吻合,傅丹每次弹琵琶总觉得每个音符里,都透着春江花月与阳春白雪的情致。

一个多月后,章婉萍考进了北京解放军艺术学院,离开了上海。傅丹送别伙伴,心里空落落地回到了舅公家。

此后,傅丹练琴遇到难题时,依然会写信向章婉萍请教,她与章婉萍的友情,一直持续了20多年。章婉萍是傅丹心里亦师亦友的好姐妹,可惜后来在那场史无前例的运动期间,俩人失去了联系。

傅丹一直没有忘记章婉萍这位"启蒙老师",后来在几次媒体采访中,傅丹都提到过章婉萍这个名字。

也许是上天也被傅丹对章婉萍的深切思念所感动,2020年初,傅丹忽然接到了一个来自意大利的电话,一个年轻姑娘的声音传来:"傅阿姨,我是章婉萍的女儿。"

这意外的来电,让傅丹喜出望外,禁不住眼眶潮湿了。

"傅阿姨,我有个同学是宁波人,从她爸爸发的微信朋友圈得知,您是我妈妈的好友,所以冒昧地打电话给您。二十多年前,我父母离异,我跟了父亲,后来就一直没有母亲的消息。我现在意大利读医学博士。傅阿姨,我很想知道我妈妈的近况。"

其实,多年来傅丹一直四处打听章婉萍的消息,似乎冥冥天意,这次通话后,意外地从旅美琵琶演奏家汤良兴那里得知,章婉萍早已去了另一个世界,她的墓地在无锡。

傅丹给章婉萍的女儿回复了这个信息,决定陪她去无锡,到墓前祭奠章婉萍。可是新冠肺炎疫情阻挡了她们的行程。傅丹与章婉萍的女儿相约,等疫情过去,一起去她母亲墓前祭奠。傅丹又想起第一次听章婉萍在台上演奏《阳春白雪》,那年她们才15岁,台下的她惊异于那琴音美如天籁,为她暗暗献上心香一抹。

六十多年时光飞逝,章婉萍虽不在人世了,但她女儿的出现,为这段知己之情再续前缘,这对于傅丹来说也是一份慰藉。

拜师孙雪金

舅公的大儿子听傅丹说,章婉萍去了北京,没人教她弹琵琶了,就

傅丹(左一)与恩师孙雪金(左四)、叶万青(左二)等人合影

跟傅丹说:"我在曹阳中学读书时,有位一条长凳上坐过的同学孙雪金,如今在上海音乐学院读大四,是琵琶大师卫仲乐的学生,听说毕业后准备留校当老师,我带你去见见他。"

傅丹一听有这么好的事,高兴得晚上睡不着觉,一个劲地催舅舅。舅舅劝她:"不要急,人家星期天才能回家。"

舅公家在工人新村的曹阳二村,孙雪金家在曹阳一村,相隔不远。傅丹跟着舅舅来到孙雪金家,舅舅见了孙雪金,开口就喊孙雪金的外号:"老孙头,这是我外甥女傅丹,想跟你学琵琶。"

孙雪金也直呼舅舅的外号,"老阮,你还有这么个外甥女,以前没听你说过。"孙雪金一米八几的个头,戴着一副眼镜,显得很儒雅,他站在对面打量傅丹:"是从乡下来的?"

在上海人眼里,傅丹是个乡下妹。

孙雪金的母亲进屋看见傅丹,接了一句:"这姑娘这么水灵,一点也不像乡下人。"

孙雪金的母亲在弄堂里帮街道便民服务站烧"老虎灶",免费供应别人打开水。傅丹见这个上海女人朴实强干的样子,与小资情调的章婉萍的母亲截然不同。

傅丹跟宁海平调剧团的柳梅成学琴,算起来前后也有一年时间,她在剧团打过碰铃、拉过二胡、学过跳舞,对曲子的理解力已经有了一些积累。后来,又跟章婉萍和杨根根学会了几首曲子,她认为自己是会弹琵琶的。

"弹弹吧!"孙雪金摆好了架势要听她弹一曲。

傅丹操起琵琶,弹了一曲。

"弹完了?"孙雪金脸上一副为人师者的严厉。

"完了。"傅丹弱弱地回应他。

孙雪金沉吟了片刻,说:"音乐感觉还不错,指法太不规范了。要跟我学啊,得把指法重新规整,从头再来,你愿意吧?"

傅丹点点头,心里想,本来也没有什么头,从头再来就从头来吧。

孙雪金又问:"你给我说说,你学琵琶为了什么?"

"我喜欢琵琶,琵琶很美,弹起来声音很好听,学会琵琶,也可以找个工作,减轻家里的负担。"第一次有人这么问。

"错了,是为了更好地为人民服务。"孙雪金一本正经地说。他这一句话,傅丹用了一生去理解,才知道它不只是一句口号,为了这样一句话,几乎要付诸一生。

"我平时都在学校,周末不回家时,你也可以到学校琴房来找我。"孙雪金告诉了傅丹一个琴房的号码。

就这样,孙雪金成了傅丹的老师,让她从此走上了规范学琴的道路。

"五个手指依次弹出,轮指要呈半握拳状,弹起来像车轮滚滚。"轮指怎么打开,弹挑动作怎么在放松的基础上求力度,孙雪金开始以规范来要求傅丹。傅丹一边练指法,一边跟他学一些琵琶曲子,比如《阳春白雪》，还有《送我一枝玫瑰花》。

从舅公家到上海音乐学院，要转两次公交车，舅公每天给她车钱。前面那段路的公交车傅丹坐车，下车后徒步到上海音乐学院，省下后半段路的坐车钱买曲谱和教材，傅丹还抄过不少曲谱。

傅丹从心底感激舅公，不仅管她吃住，还要另外给她车钱、午餐钱。

舅公的女儿王雪云比傅丹小两岁，喜欢帮她背着琵琶，陪她一起去上海音乐学院。雪云长得很像当时一部电影《蚕花姑娘》里的演员尤嘉。她俩穿着打扮并不时尚，却都清秀可人。母亲雷玉娟把自己的旧旗袍剪掉下半段，上半段改作上衣，傅丹穿上显得很清纯。傅丹和雪云走在校园里，路过的师生都会多看上几眼。

十年以后，当傅丹再去上海音乐学院就读时，当年见过她的一些大学生已经成了教授，还能一眼认出她来，说："这不是孙雪金的学生傅丹嘛。"

遇见雪春

那年夏天，傅丹遇到了孙雪金的弟弟——孙雪春，白色的运动衫，白色的西装短裤，一双雪白的球鞋，满头乌发带着自来卷，脸上的皮肤透着运动健将特有的黝黑。

傅丹正在跟孙雪金学琴，大概听到家里的琵琶声好像有些稚嫩，雪春走到门口，停了下来，与傅丹的眼睛对视的一刹那，他愣了一下。孙雪金介绍说："这是我弟弟孙雪春，在同济大学桥梁专业读书，业余

初见孙雪春

体操运动健将。"

雪春笑盈盈地看着傅丹,牙齿雪白闪亮。那天雪春给傅丹的感觉是:一个意气风发的阳光少年,英气逼人。

这是雪春与傅丹的初见,接下去傅丹就埋头学琴了。自从初见之后,雪春每次碰到傅丹,都对她格外友好。

这期间,还有一个小插曲。

舅公通过朋友,给傅丹介绍了上海电影制片厂的导演杨小仲,他曾经导演过《宝葫芦的秘密》,在当时红极一时。杨小仲见了傅丹,觉得她很有灵气,特别是一颗小虎牙,显得非常可爱,是一个当电影演员的好苗子,当时就让摄影师给她拍了一组照片。

傅丹的普通话发音不那么标准,分不清前鼻音、后鼻音,杨小仲要她去制片厂的演员剧团培训。傅丹从小就有很强的舞台表现欲,想到能当电影演员,心里乐翻了。

这件事很快被孙雪金知道了。

那天,孙雪金路过淮海路,看到一家照相馆的橱窗里,居然挂着傅丹的三张照片。

练琴之余,孙雪金问傅丹,那照片是怎么回事。

傅丹说明了原委。

"你想当电影演员?"孙雪金问话的语气中透着不悦。

"我从小很想当电影演员。"傅丹觉得自己很无辜。

"你要想明白,要么学琴,要么去当电影演员。一个人,只能专心做一件事情。你一个学生,把照片挂在大马路边,感觉很荣耀吧?"孙雪金的口气已经很严厉了。

那天,在不愉快中,傅丹很委屈地离开了孙老师家。

纠结了好几天之后,傅丹觉得自己舍不下琵琶,再去孙雪金家上课时,她表明了自己的心意:"孙老师,我选择了琵琶,不会再改变。"

孙雪金看她认错了,说话的语气缓和了很多:"其实,我也不是反对你去当演员,你在琵琶技艺上,已经有了一定的基础,放弃太可惜了。以后记住,做人要实在,别贪图虚荣,学琴就学琴,别一心二用。"

孙雪金带傅丹去了淮海路那家照相馆,让他们把橱窗里的照片撤了下来。

傅丹的明星梦,像那张照片一样,被撤出了她的生活,她没有遗憾。在孙雪金这里,她学到了正规的琵琶技艺。她领悟到人还是要实实在在学本领,不能贪图虚荣。虚荣如同她曾经"戤咚"的那道幕布,是一堵虚拟的墙,表面看着华丽,背后是空的,随时可以被撤走。

有一次,孙雪春请傅丹和王雪云去他学校看运动会。看着孙雪春玩吊环、单杠、双杠、木马,王雪云看得兴致勃勃,直夸雪春身手敏捷,身姿矫健。

傅丹看得眼花缭乱、头晕目眩,看到后来,竟然坐在体育馆的座位上睡着了。等到那场运动会结束,傅丹和王雪云遵照雪春的嘱咐,在门口等他,他坐公交车送两个女孩回家,一路上很兴奋,不停地对她俩讲比赛的体会。

后来傅丹才知道,初次见面之后,雪春就求助哥哥孙雪金,介绍傅丹给他当女朋友。孙雪春对哥哥说:"哥哥,我喜欢你的这个女学生,你给我介绍介绍,做我的女朋友吧。"

孙雪金马上表示反对,说:"人家是来学琴的,你不要有非分之想,她年纪还这么小。这种事,我怎么好跟自己的学生说。"

雪春上大学期间,对傅丹一直像对妹妹一样。傅丹的日子,就在学琴、练琴中一天天过去。

初考"上音"

傅丹跟孙雪金学了一年多时间,她从一个草根琵琶爱好者,渐渐成为学院派的琵琶学生。孙雪金说,凭她目前的水平,应该可以考入上海音乐学院预科班,成为一名琵琶专业的大学生。

1964年初夏,考试的时间到了,傅丹和全国各地的三十多位琵琶手,参加了一道道的考试流程。傅丹走到了最后的关头,并要参加卫仲乐先生亲自主持的面试。

卫仲乐先生是上海音乐学院民乐系系主任、国内琵琶泰斗、国乐大师,出生于1908年,幼年喜爱文艺,先后师从郑觐文学古琴,师从柳尧章学琵琶,并受教于琵琶演奏家汪昱庭。他经常参加民间江南丝竹演奏。后来参加了国乐社团"大同乐会",成为乐会的组织者之一,参加梅兰芳文化剧团,到美国巡演三个月,成为登上美国电视台录制琵琶唱片第一人。

1949年上海解放,卫仲乐被聘为上海音乐学院教授,主教琵琶,创建了第一个民族器乐系。卫仲乐的一生都在护卫、弘扬民族音乐。

当时有"北林南卫"之说,"北林"是指中央音乐学院的琵琶教授林石城,"南卫"就是卫仲乐。孙雪金是卫仲乐的嫡传弟子,傅丹想,自己的技法就来自于卫先生的流派传承。因此,傅丹对于主考官卫仲乐先生的面试,信心满满。

一间音乐教室,一角放着钢琴,靠墙那边是一排桌子,十多位考官坐在那里,中间是一位留着大背头的先生,与贝多芬颇有些神似。傅丹觉得那应该就是卫仲乐了,她不免稍稍有些紧张,便坐下来,深吸一口气,弹奏了《春江花月夜》和《阳春白雪》,傅丹的情绪完全进入了琵琵乐曲的意境之中。

傅丹弹奏完毕，卫仲乐先生面露笑容说："你再弹一曲。"傅丹又弹了一首《送我一枝玫瑰花》。弹完后，卫仲乐连连点头，跟边上的考官耳语了几句。

没几天，孙雪金对傅丹说："卫先生很喜欢你，他说你很有灵气，琵琶弹得虽然稚嫩了些，却是一棵好苗子。听卫先生的口气，估计录取没问题。"

听罢孙雪金的话，傅丹别提有多开心了，她恨不得马上把这个消息告诉母亲。那时打个长途电话很不容易。于是，傅丹连夜给母亲写了一封信，让她也高兴高兴。

一个礼拜后，等信寄到了临海家里，傅丹人也回到了临海。

那几天，雷玉娟脸上总是笑盈盈的。一家人都满怀希望在家里等录取通知书。一直等了一个多月，还是没有等到。

傅丹心里的煎熬日益加剧，她耐不住了，给孙雪金写了一封信询问。半个月后，孙雪金来信说，因为政审不合格，傅丹未被录取。

又是当头一棒。家庭成分像一副沉重的枷锁，令她感到窒息。此时的无望和无助，让傅丹对人生产生了怀疑：我就命该如此吗？

广州来客

就在傅丹一家万分失望的时候，两位部队首长找到了傅丹家。

邻居老太太叫雷玉娟："玉娟，你家里来客人了。"

当时正在揉面的雷玉娟，连忙擦擦手，应声出来，问迎面走过来的两位解放军："你们找人啊？"

雷玉娟觉得很奇怪，看肩章，一位是大尉，另外一位是中尉。因为成分不好，雷玉娟总觉得家里不大可能来这样的客人。

两位解放军看出了雷玉娟的惊诧，很明确地说："我们是来找傅丹的。"

傅丹跑出来一看，这两位解放军她在上海音乐学院的复试考场上见过，一位是广州军区战士文工团乐队的杨队长，另一位是弹拨乐队分队的俞分队长。

杨队长对傅丹说："你还记得我吗？"

傅丹当然记得。当时在上海音乐学院面试结束后，这位杨队长曾经对傅丹说："愿意去部队当文艺兵吗？"

能去部队，政治上可以扬眉吐气，傅丹脱口就说："当然愿意。"他们当时还记下了傅丹家的家庭住址。傅丹以为只是试探性地问问，也没有放在心上，没想到，部队真的来人了。

正为"政审不合格"，未能被上海音乐学院录取而心怀沮丧的傅丹，有些吃不准，部队首长来找自己，到底要做什么？

他们似乎看出了傅丹的疑惑，"我们来了两天了，一直在调查你的情况，已经去了你读过书的小学和中学，还去了公安局查阅了你家族的档案。你本人是清白的，父母也没有什么政治问题，家庭成分不好是祖辈的事情，你是能够教育好的子女，可以到部队文工团去。"

"真的？我真的可以去当兵吗？"

"根据我们的调查，你可以来当兵。我们还要向领导当面汇报，等我们研究通过了，会发电报给你。你人来就行，生活用品什么的，都不用带，到了部队都会发给你的。"

正是午饭时分，雷玉娟手忙脚乱，敲了两个鸡蛋，下了两碗手擀面给两位首长,他们吃好面就走了。傅丹觉得这两位首长的到来,像是一场梦,她还是没法确信,上海音乐学院政审都不合格,部队怎么可能要她呢?

过了没几天,上海发来电报:傅丹,速来上海远东饭店报到。

傅丹和家人一时被这意外的喜悦冲得有些蒙了。

"这是真的吗?"傅丹瞪大了眼睛问母亲。

"真的!"母亲搂着女儿回答。

傅丹的心一下子飞起来了。

那天晚上,雷玉娟特地炒了一盘鸡蛋,一家人开开心心地吃了一顿晚饭。

白天笑逐颜开的雷玉娟,晚上抱着女儿哭了一夜。傅丹感到莫名其妙:这么高兴的事情,怎么还要哭哇?

想到自己好不容易要脱离苦海了,这一晚,傅丹睡得很踏实,她根本没法体会母亲悲喜交加的心情。

第二天,外婆给了傅丹一条毛巾一块肥皂,母亲给了她5元钱和一包饼干。除了这点东西,傅丹真的什么都没带就上路了。从宁波轮船码头上船,第二天抵达上海十六铺码头,再到上海远东饭店。

部队时光

傅丹这次去上海,与两年前去上海相比,心情截然不同。如果说两年前去,傅丹的心里装着祈盼和迷茫,现在的她就犹如一只振翅的小鸟,笑意写满了她的脸颊。

在上海远东饭店住了一夜,第二天傅丹跟随部队首长和同伴们,坐了两天一夜的绿皮火车,到了广州。

妈妈:

我已经到部队了,穿上军装,专门去拍了一张照片寄给你,我知道,妈妈看到了,一定会开心的。

妈妈,我被分到了乐队弹琵琶。你知道我有多幸运,这次广州战士文工团在全国招了4个孩子兵,另外3个是:9岁的杂技男孩,13岁的舞蹈演员,15岁的唱苏州评弹的姑娘。

妈妈,我很开心,到了部队就像天堂一样,每顿饭都是吃桌餐,我人都吃胖了。领导说不能再胖了,要控制体重。广州战士文工团是部队的一级文工团,要求我们全面发展,我还要学习舞蹈。

从此可以实现艺术梦了,我会好好练习形体。我都16岁了,骨头比别人硬,只有花比别人更多的时间去练功、练舞、练琵琶。

部队的时光愉快而充实,少年时的种种不幸,好像被一扫而光。妈妈放心,我向您发誓:一定要在部队里干出名堂来,这样才能够对得起您含辛茹苦的养育,对得起部队首长的信任,对得起自己……

您的女儿:阿丹

战士杂技团有一位号称"东方卓别林"的魔术师,他就是杂技团副团长王俊武。他发现傅丹的外貌与杂技团魔术演员卢慧萍极像,仿佛双胞胎姐妹。

于是就向广州军区战士文工团的领导要求,让傅丹去做魔术演员,他说:"傅丹与卢慧萍搭档演魔术,在舞台上一定会大放异彩。"

下连队

广州军区战士文工团政委对王俊武说:"我们是把她作为琵琶演奏员特招来的,你让她演魔术,隔行如隔山,你还得问问她本人是不是愿意。"

王俊武找傅丹谈话,傅丹一听当魔术演员,觉得挺有趣的,就同意了,想了想又说:"我仍然要弹琵琶,我实在太喜欢琵琶了。"

文工团领导让傅丹两者兼顾,既参加乐队演奏,又参与魔术表演。傅丹成了"两栖演员",两头忙也觉得很快活。

弹琵琶的手指特别灵活,那些手指魔术节目,傅丹很快就学会了。

观众最喜欢傅丹与卢慧萍一起合作的"炮轰美人"。卢慧萍在舞台上表演后,走进炮筒里,"轰"的一声炮响,观众席后面出现了另一个"卢慧萍"——那其实是傅丹。她们两个人长得很像,又穿了一模一样的演出服,观众以为是同一个人。继而,傅丹怀抱琵琶,弹起了《彝族舞曲》,而卢慧萍再次登台,随着乐曲旋律表演起魔术,顿时全场沸腾。

有一次,周恩来总理陪同外宾观看演出。演出结束后,周总理走上舞台与演员们握手,他亲切地问傅丹和卢慧萍:"你们是姐妹吗?"

"我们是革命战友。"傅丹和卢慧萍异口同声回答。

周总理听了哈哈大笑:"好啊,革命战友,互相帮助,共同进步。"

"是!"傅丹和卢慧萍,给周总理敬了一个军礼。

两个年纪相仿、长相酷似、性情相投的花季少女,台上配合默契,台下很快成为闺蜜。许多年后,卢慧萍成了文职少将,傅丹成了宁波市政协副主席,她们还经常保持联系。当年的舞台小姐妹,几十年后依然是好姐妹。

晴空响雷

在部队,傅丹隐隐能感觉到,成分对她还是存在一定的影响,部队出国演出就轮不到她,这让她有种不祥的预感。

一次,傅丹正在练习琵琶,一位战士跑过来,叫傅丹去一趟文工团政委那里。傅丹很纳闷,她刚到部队时,政委找她谈过一次话,现在找她有什么重要的事情呢?

傅丹忐忑不安地走进了政委的办公室,见杂技团副团长王俊武也在,他们的神色很严肃。

出什么事了?

政委的脸上显出很为难的样子,看到这样的情形,傅丹的心悬起来了。良久,王俊武先开口了:"直说吧,你得离开部队,明天就走。"

"离开部队?"这句话仿佛晴空响雷,太突然了,傅丹站在那里,身体像是失去了重心,觉得天旋地转。

"你老家有人来信,反映你出身不好,社会关系复杂,我们实在顶不住了,只有让你回家。"政委的话在傅丹心里炸开一道道口子。

傅丹以为内心的伤疤已经结痂了,就要痊愈了,一听到部队要她回去,她的旧伤又被撕开了,她内心又开始疼痛滴血。

"为什么?"傅丹强忍着眼泪,她感觉嘴角在痉挛,眼皮在颤动。

"部队的纪律,不要多问了。你先回去,到时候看情况,我们再来接你。"政委宽慰着傅丹。

傅丹掩面跑到门外,倚在墙角,再也顶不住这突如其来的打击,伤心地号啕大哭。

首长明明说过她是能够教育好的子女,她父母都是清白的人,祖父祖母成分不好跟她没有关系,事到如今为什么又变成了这样?她没法替自己辩解,这些她用力憋着,没法说出来的话,都化成了悲伤和委屈,不知道该向谁诉说。她恨自己身上的血液,她恨自己不能跟别人一样,有清清白白的出身,家庭成分就像毒蛇一样死死地缠裹着她,向她吐着芯子,要置她于死地。她的力量太微弱了,无力抗衡、束手无策。傅丹一次一次受到它的攻击,但没有哪一次像这一次,对她的伤害那么深重,眼睁睁地看着已经得到的美好与幸福瞬间崩塌。

军令如山,傅丹只有服从和听命。

可是,回家怎么向母亲交代?

"我不能回去!哪怕浪迹天涯,我也绝不回家。"

傅丹独自走上街头，漫无目的地游荡着，她只觉得天地倒转，大陆漂移，她想找一根稻草来搭救快要沉落的自己。茫然四顾，看到大街上齐齐哈尔马戏团演出的招牌，她突发奇想，到后台，找到了马戏团的团长向他自我介绍："我是广州军区文工团的杂技演员，我想到你们马戏团来当演员。"

团长一听，捡了宝贝一样，痛快地说："好啊，我们要！可是我们演出结束就要回齐齐哈尔，你愿意跟我们走吗？"

傅丹回到部队，魔术团副团长听她说要去马戏团，立刻拦住她，说："齐齐哈尔在哪里，你知道吗？在东北，冰天雪地的，你去那里干什么？你怎么就不愿意回家呢？"

"我没有脸回家，我回去怎么给家人交代？"

"现在实在没有办法，等压力过去了，我们还会把你接回来，你先回去等着。"

部队打算派一位军官送傅丹回家，同时也向傅丹的家人解释一下。

傅丹倔强地说："不用，我一个人回去。"

傅丹临走前，副团长送了傅丹乒乓球和手指套，就是那种把乒乓球剪成两个半球，用来练手法，可以把手指变没了的小道具。

第二天，傅丹只身上了火车。从广州到金华，火车开得飞快。傅丹还是穿着军装，可是领章、帽徽没有了，想到自己已经不是一个军人了，傅丹的心开始往下沉，仿佛被绞在了车轮下碾压。

下了火车，坐上从金华到临海的车，近乡情更怯，傅丹的心越发忐忑，车到了临海，她不想下去，恨不得坐了车再返回广州。

"妈妈，我回来了……"傅丹变成了一个走投无路的孩子，见到母亲的一刹那，所有的委屈都化成了眼泪，她扑到母亲怀里抱着母亲大哭。雷玉娟抱住女儿，什么都没有问，用手轻轻抚摸着傅丹的肩背，只说了两个字："哭吧！"

傅丹在心里向母亲哭诉：

"妈妈，你以哭送我，我走的那天你紧紧地抱着我，整整哭了一个晚上，现在我懂了，你那时的眼泪，有喜也有忧，有祝福也有不舍，恐怕更多的是对世事难料的担心和恐惧。而我一心做着美梦，觉得要脱离苦海了，可以一脚蹬开我的成分，一扫过去缠绕在我心头的阴霾。我只看到了阳光和希望，只有你看到了暗夜背后深藏的阴影。如今你又以哭迎我，你的泪水里有委屈难过，有对女儿的疼顾，有对世道的愤愤不平，有对天道不公的抗拒，而更多的是强大的力量碾压下的俯首听命和无可奈何。"

这时候，她听到了母亲的哭声，那么悲切，那么痛彻心扉。

母亲的哭声唤醒了傅丹：不能就这样俯首听命，不能就这样听凭命运摆布，无论前途多么渺茫，还是要去寻找那一线朦胧的希望。

傅丹说："妈妈别哭，总有那么一天，你会为女儿感到骄傲。"

两次休学，是艺术伴傅丹度过了生命中最黑暗的时期。她知道，只有艺术能够渡她，只有音乐能够让她超脱，她想抱起心爱的琵琶，那才是载她渡她的苦海方舟。

……

母亲和傅丹一样，抱着希望和期待，认为等压力过去了，广州战士文工团真的还会来接傅丹。雷玉娟给傅丹交代："邻居们问起来，你就说在广州生活不习惯，得了胃病，回来休养一阵。"

回家后的日子里，有好心人的劝慰，也有势利人的冷嘲热讽。傅丹一直抱着一个希望：部队会来接她的。她每天还是执着地练习琵琶，用酷爱的音乐来排解心中的苦闷。

事后，傅丹得知，是临海某位不怀好意的人写了一封举报信给广州军区文工团，说傅丹是"阶级世仇分子的孝子贤孙"，怎么可以混进革命队伍？文工团顶不住压力，只得让傅丹回家。

广州军区文工团看到傅丹艺术天赋很高,是一个可以好好培养的人才。他们是想等风头过去了,再接傅丹回部队。可在那个"唯出身论"的年代,傅丹也渐渐明白,自己的前途不容乐观。

南京学艺

等了半年以后,傅丹觉得回到广州军区战士文工团的希望越来越渺茫,她心口像是堵满了淤泥杂草。一天,傅丹去了灵江,她想下河游泳,让那浩渺的灵江之水洗刷内心的苦闷。

傅丹脱下黑色布鞋放在河埠头,和衣跳入水中,像鱼儿一样自由自在地游来游去,累了就在水面仰躺着。蓝天上,大雁排成人字形往南飞去,傅丹羡慕自由自在的大雁。戴着枷锁在地上做人多苦啊,她真想抛开一切束缚,就这样顺水而去。

傅丹正想着,忽然她听到了机帆船的突突声,还有砰砰砰的敲击声。傅丹转头一看,一位满脸古铜色的老伯,正拿竹杠敲打着船沿,高喊着叫她上船。傅丹确实累了,也不知道漂流到哪里了,就拉住那根竹杠上了船。

船上装满了西瓜,老伯说:"不要想不开,来,吃西瓜。"

傅丹知道老伯是有些误解了,以为她是来寻短见的。

"人啊,只要活着,就会有奔头……"老伯劝慰傅丹。

傅丹心里一惊:老伯的语言虽然直白,却说到自己的心里去了。

蓝天白云,两岸叠翠。傅丹好像豁然开朗了,要好好活着,就不信命运一直对自己这么残忍。

吃完西瓜,傅丹对老伯说:"谢谢您的西瓜,也谢谢您的开导。"傅丹扎入灵江,朝着河埠头游去。

河埠头那边,傅丹的母亲正手搭在额前,焦急地往灵江四处张望,看到傅丹游回来了,拿起河埠头边傅丹脱下的黑色布鞋奔过来。

"快上岸,部队来信了!"母亲对傅丹说。

"真的?"傅丹快速爬上岸,"部队来接我啦,部队来接我啦……"傅丹赤脚狂奔回家。

回到家里,看到桌上广州军区战士文工团的信封,傅丹颤抖着,拆开了信封。

"傅丹战友:你好……"

几乎是一目十行地看完,傅丹有些发蒙。看落款,是程全归。傅丹回忆起来了,程全归是广州军区战士文工团的首席琵琶,当时全军最优秀的青年琵琶演奏家,曾经指导过傅丹演奏琵琶,让她学到了不少技艺。

傅丹坐下来,又仔细地看了一遍书信内容。原来,程全归知道傅丹心里放不下琵琶,又没有办法让傅丹回到部队,就给傅丹写来一封推荐信,鼓励她坚持把琵琶学下去。

程全归在信中说,他已经征得父亲的许可,让傅丹去南京向他父亲学琵琶。

程全归的父亲是南京艺术学院的教授程午嘉,是与卫仲乐、林石城、张萍舟、李廷松齐名的当代"琵琶五大家"之一。本来以为是部队要来接她的信,傅丹激动了一场。看到是程全归的推荐信,傅丹不免有些小小的失望。转念一想,她马上释然了,继而开心起来,她对母亲说:"我要去南京。"

几天后,傅丹就背着琵琶,坐上火车去南京了。

第一章 寻寻觅觅,雁过伤心时

下了火车,在南京火车站外,傅丹四处寻找去南京艺术学院的公交车站牌。

"傅丹——"

她听到有人在叫自己的名字,觉得很奇怪,这里怎么会有人认识她呢?她回头一看,是一个面孔黝黑、意气风发的年轻人,正对着她亮出一口洁白的牙齿笑着。

"孙雪春。"傅丹心里好一阵惊喜。

"哎呀,我看到背着琵琶的女孩子,就多看了一眼,没想到真是我哥的学生!我以为看错人了。"孙雪春走过来,对傅丹笑眯眯地说。

"你怎么会在南京?"

在异地他乡遇到了雪春,傅丹心里无比欢喜。

"我已经从同济大学毕业了,在南京长江大桥工程处实习。"孙雪春满脸意外相逢的喜悦。

"我去南京艺术学院考试,不知道怎么走。"

"跟我走吧,我送你去。"雪春果断地帮她背起琵琶,提着傅丹那只出远门从不离身的绿色小提箱。其实他也不知道路,一路打听,送傅丹到了南京艺术学院,帮她找到了学生宿舍,放好了行李,坐了一会儿,说:"我以后再来看你,有什么需要帮助的就联系我。"

傅丹高兴地答应着,觉得两人之间多了一丝默契。

次日,傅丹见到了仰慕已久的程午嘉教授。程午嘉听傅丹弹了几首琵琶乐曲,觉得很不错,只是技艺上稍欠火候。程午嘉早就从儿子那里得知了傅丹的遭遇,很怜惜这个倔强而有天赋的孩子,决定好好培养她,希望她能够考进南京艺术学院。

因为程午嘉的关系,傅丹借住在学生宿舍,吃饭搭伙在学院的学生食堂。傅丹懂得家里经济条件不好,来南京学艺,也是要花钱的,所以就很节约,总是吃些青菜、酱瓜什么的。程午嘉看到了,每天给傅丹带来一只咸鸭蛋,补充营养。有时,程午嘉来傅丹宿舍,傅丹不在,他就把咸鸭蛋放在她的床头,在咸鸭蛋上写上"傅丹吃蛋"的字样。这样的留言让傅丹心生暖意,她觉得程午嘉就像自己的父亲一样。

程午嘉教授把自己创作的琵琶曲《美丽的青春》教给傅丹。曲子简单,容易上手,傅丹马上就学会了。

半年多以后,傅丹参加了南京艺术学院的入学考试,弹的就是这首《美丽的青春》,成绩名列前茅。程午嘉教授说,看成绩,录取应该是没有悬念的,他让傅丹回去耐心等结果。

不久,傅丹回到了临海老家,等了又等,就是没有入学通知书。傅丹给程午嘉写了一封信,询问是怎么回事,程午嘉回信说:政审不合格,不能录取。傅丹顿时觉得眼前乌云密布,一把无形的刀,在傅丹伤痕累累的心里又狠狠地剜了一刀。她知道,喜欢的学生招不进来,程午嘉教授比自己更难过。自己没有被录取,不说别的,都对不住程午嘉教授给她吃的那些咸鸭蛋。

傅丹去上海看望老师孙雪金,告诉他自己因为政审不合格,未被录取。孙雪金很想安慰这个失意的女孩,他又想起弟弟孙雪春,自打在南京与傅丹相遇之后,一回到上海,雪春就迫不及待地向哥哥坦露了心迹:"哥哥,我喜欢傅丹,我想让她做我的女朋友,你帮我跟她说说吧。"

孙雪金觉得,此时告诉傅丹,孙雪春要向她求爱,对她来说,也许是个慰藉,于是硬着头皮跟傅丹说:"弟弟想跟你处朋友,你是不是可以考虑一下?"

"我们已经是好朋友了。"

"你不明白我的意思,是那种朋友。"孙雪金暗示傅丹。

傅丹心里明白,却故意装糊涂。要强的她,一直将琵琶作为矢志不渝的努力方向,考南京艺术学院又没有被录取,哪有资格做孙雪春的女朋友……

她觉得如果此时不去为琵琶而努力,却陷于儿女情长,对不住辛辛苦苦教她的孙雪金老师,也对不住孙雪春对她的一片真情。

黄岩的委屈

南京艺术学院的大门向傅丹关上了,可生活仍要继续。傅丹考虑到母亲年纪大了,弟弟雷佳辍学在家,一家人还要生存下去。不久,她考入了邻县的黄岩评弹团,当琵琶演奏员。

傅丹干脆把弟弟雷佳带在身边,雷佳能够拉二胡,《赛马》《二泉映月》这些曲子信手拈来,他当不了评弹团的正式员工,也能够得到一些演出费,混个肚子饱。

一次,傅丹和弟弟雷佳,还有唱评弹的三位演员一起去乡下演出,本来说好演出费用是12元,结果对方付钱时只给了8元。除了上缴评弹团3元,傅丹他们每人拿到的钱所剩无几。雷佳很是感慨:"怎么跟讨饭一样的?以后我坚决不吃艺术饭。"

不久,雷佳到黑龙江的建设兵团去支边了,哥哥傅安考上了甘肃的一所大学,因为家庭成分,也很快被劝退了,只好到兰州一位伯伯的厂里,临时找了一份工作。

傅丹无时无刻不在牵挂着临海的母亲,写信劝她:"妈妈,您就不要再去做粗活了,我能够养活您。"

1966年,黄岩评弹团改名为"毛泽东思想文艺宣传队"。年轻人忙着大串联,很多单位停工停产去闹革命。傅丹所在的单位,几乎也没有正常的演出了。

看到单位几近瘫痪，闲着也不是办法，傅丹觉得还是应该继续拜访名师，打磨琴艺。上海音乐学院的一些老师们参加学校的帮派斗争，孙雪金被"造反派"关进了地下室，傅丹跟孙雪金学不成琵琶了。

傅丹的二胡老师叶万青得知，上海民族乐团有个"琵琶神童"汤良兴，他准备带傅丹和他打扬琴的女友任惠芳一起去上海，找这位"神童"学习琵琶。

于是，三人起程一起去了上海，向人称"琵琶神童"的上海民族乐团琵琶独奏演员汤良兴学琴。汤良兴比傅丹小一岁，出生于音乐世家，父亲和姐姐都会演奏江南丝竹，他13岁进入上海民族乐团，年纪轻轻却已经在上海举行过独奏音乐会，后被誉为琵琶界的"南汤（汤良兴）、北刘（刘德海）"两大名家之一。

在那个条件艰苦的年代，学艺道路充满着艰辛，每次去汤良兴那里上课，叶万青、任惠芳和傅丹都是搭货船甚至是渔船，在海上颠簸十几个小时，从台州椒江乘到上海十六铺码头，碰到风浪，傅丹晕船晕到黄疸水都快要吐出来了。

有时候夜里学完了琴，等着坐船，傅丹就在人民广场附近徘徊，看那些在广场附近漫步的情侣，吊在树上锻炼的老人，直到凌晨才搭船回黄岩。

傅丹从汤良兴那里学习了《十面埋伏》《月儿高》和《塞上曲》等古曲的演奏技艺，还学会了汤良兴首弹的《绣金匾》《梅花三弄》《扬鞭催马运粮忙》等现代乐曲，傅丹的琵琶演奏技艺有了质的提升。

船来船去，傅丹在上海跟汤良兴学艺一年。有人说，傅丹已经是台州"第一琵琶"了，因为她长得漂亮，还得了个"琵琶仙子"的雅号。对此，傅丹一笑了之，她明白，自己技艺还是不够过硬，学艺的路还很长。

第一章　寻寻觅觅，雁过伤心时

黄岩评弹团时期的傅丹

汤良兴后来去了美国，常年活跃在美国各大音乐厅、大学的舞台和讲台上，曾获得美国国家艺术基金会（NEA）颁发的"美国国家传统艺术家大奖"并受到克林顿总统的表彰。后又受邀担任高雄实验国乐团客席演奏家，同时担任台南艺术大学副教授。傅丹带宁波民族乐团到台南演出，他还接傅丹一行到他任教的学院参观。傅丹回忆起当年跟他学琴的青葱岁月，时光如箭，岁月流转，一转眼两人双鬓都已染雪，四目相对，不禁感慨唏嘘。

爱的萌芽

傅丹来来去去在上海跟汤良兴学艺期间，黄岩发生了一些变化。所有的文艺团体，都集中在黄岩中学进行思想教育，还进驻了工宣队，队长姓张，金鱼眼，矮小肥胖，整天板着个脸，走路背着手，很多演员当面尊称他"张队长"，私底下都叫他"金鱼眼"。

"金鱼眼"上任后，采取强硬手段，规定演员们必须每天早请示晚汇报，不许外出。没办法，傅丹只得中断了上海的学艺之路，参加单位全封闭的"斗私批修"。

一天，"金鱼眼"把傅丹叫到办公室，手上拿着几封已经拆开的信件。那些信，是孙雪春写给傅丹的，那时他已经分配到江西桥梁建筑设计院工作。

傅丹看到雪春的信件被拆开，非常气恼，没等"金鱼眼"说话，转身跑出了办公室。

第一章 寻寻觅觅，雁过伤心时

傅丹回到宿舍忍不住对同事诉说，同事听完，好心劝慰她："何必生气，人在屋檐下，不得不低头。得罪了那人，你会吃亏的。"

傅丹当然知道得罪那人的后果，也知道事情的原委：当时，不少人给傅丹介绍对象，被介绍的人选中，也有领导干部，条件都不错，傅丹都谢绝了。其间，孙雪春经常来信，傅丹也回信，不过还没有谈到婚姻的事。相比较，傅丹觉得孙雪春比那些人实在和真诚。

没几天，傅丹被"安排"进了单位楼梯下的"小房间"，实际上是被隔离审查了。

工宣队拆了傅丹的信后，又写信给孙雪春的单位，反映傅丹的出身问题，说她走白专道路，让他们单位劝孙雪春与傅丹断绝来往。

"金鱼眼"要傅丹交代两个问题：第一是资产阶级恋爱观，第二是走白专道路。

一时间，排演厅、食堂和走廊的墙上，贴满了批判傅丹的大字报。

一天下午，傅丹的"小房间"门缝里，有人塞进了一张小纸条："明天要开你的批斗会，别犟啊。"傅丹知道，是好心的小姐妹所为。

次日下午，排演厅，"金鱼眼"坐在上首，捧着茶杯，叼着烟，要求大家对傅丹进行"帮扶"。有些演职员说了些不痛不痒的话，傅丹始终不肯低头。

"金鱼眼"猛地拍了一下桌子说："傅丹，你必须端正态度，老实交代，对抗组织，死路一条！"

傅丹抬头看着他，眼里是气愤、委屈，还有蔑视。

"你想怎么样就怎么样吧。"傅丹心里说着，就是不吱声。

工宣队领导态度很强硬，如果傅丹不听话就批斗，加给她的罪名是资产阶级恋爱观，一心往外跑，走的是白专道路，要发动学习班的人一起写批斗傅丹的大字报。

晚上，傅丹躲开白天被批斗的喧嚣，独自在"小房间"里，抱起琵琶，弹起《红色娘子军随想曲》。铿锵有力的旋律中，有着傅丹默默的抗争："我弹琵琶有罪吗？"傅丹以琴声激励自己，坚持住，别被莫名其妙的批斗给整垮了。

傅丹记得小时候，母亲每当心情不好，就用毛笔写《葬花吟》，现在傅丹理解了她写《葬花吟》时的悲凉。傅丹内心没有悲凉，只有激愤。《红色娘子军随想曲》最能表达她的心情，宣泄她无法言说的郁闷。

不久，上级来了指示：文艺界搞运动的方向偏离了，应该针对"走资派"，而不是对一个普通员工开刀。这样，傅丹才离开了"小房间"。

过了几天，"金鱼眼"再次找傅丹训话："这是组织上最后一次给你机会，如果你再执迷不悟，就让你离开文艺团体，下放到乡下。"

傅丹说："随你吧！"

"金鱼眼"代表"组织上"，在傅丹的档案里，留下了"资产阶级恋爱观""只专不红"的结论。工宣队只留下几个根正苗红的演员，其他人员被遣散，好一点的都分配到了新华书店、文化馆、电影院、学校等单位，傅丹的下场比较惨，被下放到了黄岩县的路桥草编厂做工人。

然而，爱情的种子已经萌芽，任凭各种破坏和阻挠，傅丹和孙雪春的感情最终还是经受住了风雨的考验。

苦乐草编厂

路桥草编厂在一座庙里，一起被下放到路桥草编厂的，有来自文艺界的12名演职员，其中有弹三弦的、拉二胡的、打扬琴的，也有饰演

"李铁梅""阿庆嫂"等角儿的,他们都是当地剧团的名演员。这些人都是"黑五类",傅丹和他们算是"合并同类项"了。

他们的主要工作,是给草袋子、草帽、草编工艺品等产品分门别类。草编产品处理时需要经过硫黄浸泡熏白,厂里的空气中弥漫着硫黄的臭味儿。一天工作下来,傅丹的手指都是硫黄味,而且双手发黄。

厂里环境固然很差,但一群会唱会跳会弹的人聚在了一起,休息的时候,可以唱唱样板戏,自娱自乐一番,《红灯记》《智取威虎山》《杜鹃山》等样板戏的唱段,时常在他们的宿舍里响起。这使得草编厂的困苦日子,变得没有那么难以忍受了。

工作之余,傅丹没有放弃琵琶练习,每天坚持弹琴 2 个小时。傅丹心里清楚,她不能一辈子待在草编厂,这一切对她只是暂时的,她想尽早离开这个环境。

他们的工作和生活区域,都在一幢三层楼里,一楼是车间,二楼是仓库和部分工厂领导的单间宿舍。三楼是一大间的通铺,住着二十来个工人,傅丹也住在三楼。

夜深人静时,有此起彼伏的呼噜声、梦呓声,还有一楼飘上来的很难闻的硫黄味。有时,傅丹午夜梦醒时,不免心生悲凉和迷茫:我为什么会在这里?我的艺术梦在哪里?

这个时期,还有一件让傅丹很闹心的事情,就是自己的婚姻大事。傅丹已经 23 岁了,照道理说,也该谈婚论嫁了。

在台州,通过好心人介绍,傅丹的母亲也看中了一位年轻人,是浙江大学的毕业生,在地委上班,是组织上重点培养的对象。

地委所在地在临海,傅丹工作在黄岩,临海与黄岩相距一小时的车程。傅丹不在家时,地委的那个男子,对雷玉娟百般殷勤,他经常照顾雷玉娟,跟她聊天,帮她买东西,很讨雷玉娟欢心。

傅丹在广州战士文工团时,这位男子就已经对她展开了热烈的追求,但一心向往艺术的她那时无心男女之情,始终未予回应。后来,一封"莫须有"的匿名信,让她离开了部队。傅丹心中始终有个疙瘩:她怀疑,地委男子或许就是写信之人,他这么做,就是希望傅丹离开部队,回到临海,这样他们才有在一起的可能。于是,对他的殷勤,总是视若无睹。

傅丹对这位男子不冷不热的态度,让雷玉娟很不高兴。

也有一些不怀好意的人,时不时地来草编厂"看望"傅丹,言辞举止颇为露骨,还表示可以帮她调出草编厂,去好点的单位,让傅丹厌恶。

傅丹想早点离开这个伤心之地,否则会有没完没了的麻烦。在她的心里,孙雪春的分量慢慢地在加重。

孙雪春被分配到江西桥梁建筑设计院工作不久后就入了党,很受上级领导器重。他经常给傅丹写信,傅丹也回信谈谈工作和生活,说说心里话。

就在两个人频繁信件来往时,孙雪春所在的单位收到了傅丹单位工宣队的公函,意思是傅丹的家庭出身不好,走白专道路,希望孙雪春的单位出面,找孙雪春谈一谈。领导找孙雪春谈话,要求他认清阶级立场,他将来是要提拔的,不要因为女朋友的事情,影响了自己的政治前程。

孙雪春明确表示:"我不会放弃傅丹。我们共产党的干部,出身于大资本家、大地主家庭的也不少,照样走出了自己的家族,为解放战争和社会主义建设做贡献。"

组织上的态度,还是希望孙雪春处理好个人问题。单位的领导告诫孙雪春:"组织会培养你、提拔你,派你出国,前提是,那位对象,你必须放弃!"

孙雪春说:"你们可以不提拔我,我可以不出国,我不会放弃傅丹!"

从孙雪春的信中知道了这些事情后,孙雪春牢牢占据了傅丹的心,她再也放不下他了。

时隔不久,傅丹又收到了孙雪春的一封来信,信中表达了对傅丹的真心,他很渴望跟傅丹结为终生伴侣。但不幸的是,医院刚刚查出他患了乙肝,他在信中告诉傅丹:"这个病是终身的,我给不了你幸福,我们还是分手吧。今后,我会把你当作亲妹妹。"

傅丹接到孙雪春的这封信,内心百感交集,"真是个实实在在的好人。"她被孙雪春的一片赤诚打动,对他的感情反而更深了。

自从第一次见面,傅丹就把雪春当成亲人,雪春也视傅丹如同小妹。现在,他生病了,在他最需要安慰的时候,傅丹怎么忍心让他一个人承受?

她决定嫁给雪春。

把这些情况如实告诉母亲,她一定不会同意。如果瞒婚又会伤母亲的心,可能的结局是,婚后母亲冷淡雪春,对傅丹也充满怨责。

母亲是个执拗的人,她一心想撮合傅丹与那个地委的年轻人,也希望他多少能改变家里成分不好带来的困境,而傅丹选择了雪春,她能想象到母亲内心的失衡。傅丹知道,在处理感情这件事上,没有两全之策,只有当机立断。

傅丹找到草编厂的党支部书记兼厂长老黄,坦诚地说了自己要结婚的事情。黄书记是一位部队转业干部,为人仗义,对傅丹的种种遭遇深感同情,知道傅丹的想法后,他很爽快地给她开出了结婚证明。

1969 年 10 月,夏去秋来,路桥草编厂门口梧桐树的落叶在秋风中飘舞着,傅丹的心也随之欢欣舞动,她只身奔赴江西,坚定地奔向自己的幸福。

从黄岩出发,坐 4 个小时长途汽车,到金华后,再坐 3 个小时绿皮火车,傅丹到了南昌。孙雪春在火车站接到了傅丹,千言万语,一时竟无从说起,两颗年轻而炽热的心在胸腔中怦然跳动,两道满含笑意的目光交织在一起,带着坚定和希望,带着幸福和甜蜜。

孙雪春接过傅丹的行李,领着傅丹去坐公交车。这情形似曾相识,傅丹又想起在南京街头那次,雪春提着墨绿色手提箱,带她坐公交车去南京艺术学院的情景。冥冥中,自有天意,他们的缘分早已注定。

晚上,十多位建筑设计院的工程队员,参加了他们简单的婚礼,几张桌子拼起来,上面放着些各种各样的碗,菜是食堂里打来的,另买了些花生、红枣和糖果。孙雪春的领导当证婚人,念了证婚词,年轻人热闹了一番后,他俩走进了从集体宿舍隔出来的一间婚房。

"我们有新家了?"傅丹还有点发蒙。

"是的。"孙雪春心花怒放,"以后我们就是一家人了,好好过日子。"

"妈妈那边怎么办?我这算不算私奔呢?"傅丹的心里是甜的,可一想到自己瞒着含辛茹苦的母亲完婚,她心头还是抖了一下。

傅丹找到了此生可以让她依靠的那个人。她不能再逃避现实,她已经是一个成年人了。

一个礼拜后,傅丹从江西回到了临海。

到家后,她很热络地帮母亲烧饭干家务,敏感的母亲觉得女儿有点不同于以往。

吃饭的时候,傅丹在跟母亲聊天时,装着不经意地说了句:"我结婚了。"

母亲放下饭碗,眼睛直勾勾地盯着女儿,好像不认识了一样:"结婚了?"

"是的。"

"谁?"

"江西的孙雪春。"

"你心里还有我这个当妈的吗?"母亲气愤万分,把饭碗一推,站起身来。

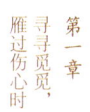

随后，母亲的责怪声伴着擦不干的眼泪肆意倾泻，满屋子空气都是悲伤的。傅丹默默地承受着母亲的愤怒和委屈。傅丹知道，这道坎是一定得过的。

母亲长吁短叹，难过得吃不下饭，去了自己房间。傅丹无声地收拾完碗筷，站在母亲房间门口，很长时间一动不动。母亲起身走过来，重重地把门关上了。

下半夜的时候，傅丹还依稀听到母亲在抽噎，傅丹心里很痛：妈妈付出得太多太多了，自己结婚，都不跟妈妈说一声，为女不孝，伤了妈妈的心。

第二天早上，母亲的眼睛是红肿的。

"既然结婚了，以后就要好好过日子。"母亲好像是对着空气说了一句。

傅丹听了，连连点头。

母亲拎着只杭州篮出门去了，一个多小时后，母亲回来了。傅丹看见杭州篮里堆满了糖果、花生、红枣。

"走，去亲戚和邻居家。"母亲不容置疑地对傅丹说。

傅丹知道，母亲这是要为女儿送喜糖了，应该说是认可了女儿的婚事哩。

几个月后的春节，孙雪春来到了路桥草编厂，接上傅丹，他们要去临海见母亲。

得知女婿要来，雷玉娟早早地去菜市场买了菜，还破例杀了一只鸡。到了家里，孙雪春对着她连连喊着"妈——"。

"坐吧。"雷玉娟对女婿也不怎么热情。

雷玉娟本来想为女儿找一个领导干部，给家庭注入些"红色血脉"，这样可以不被人欺负。而且，雷玉娟喜欢古代文化，最好女婿也是个文学爱好者。可孙雪春是个理工男，不善言语，没有诗情画意。

"他是国家体操健将,有证书的。"傅丹没头没脑地跟母亲说了一句。

这时,雷玉娟才正眼看了女婿一眼,五官倒是很端庄大气,不过还是嘀咕了一声:"皮肤黑不溜秋的。"

"是啊是啊,人家都叫他黑人牙膏。"也许是为了缓解气氛,傅丹说了句玩笑话。

雷玉娟听罢,板着的脸稍微松弛了一下。

孙雪春也"嘿嘿"一笑。

吃饭时,傅安和雷佳一个劲地给孙雪春夹菜,雷玉娟也给女婿夹了一卷麦油脂:"这是我们临海的特产,多吃点。"

那天,傅丹很开心,心里想,这是妈妈为自己补办的家庭婚宴呢!

孙雪春探亲假结束后,回南昌上班了。傅丹又回到路桥草编厂,干起了老行当。

一年后,傅丹的女儿出生了。雷玉娟给外孙女取名瑄萱(乳名),希望外孙女像萱草——无忧草那样,无忧无虑地生活,有顽强的生命力。

雷玉娟来到路桥草编厂照顾外孙女。开始,在三楼大通铺最里边,用塑料布隔出一个小空间,容她们三人住。后来,好心的草编厂书记让她们搬到了二楼,跟厂党支部委员一家,住在一间14平方米的房间里,中间用塑料布一拉,算是两户人家了。

从这个时候开始,傅丹慢慢地忘记了以前在草编厂的种种不快,心里的伤痕也渐渐地愈合。

每天下班后,傅丹会在女儿瑄萱的摇篮前弹琵琶。瑄萱眨巴眨巴眼睛,不再啼哭,变得很安静。

"真希望女儿将来也是搞艺术的命。"傅丹的心里隐隐有种期待。

第一章 寻寻觅觅，雁过伤心时

考到南昌

傅丹从没有想过自己要一辈子待在草编厂。瑄萱 11 个月大的时候，艺术之梦又在向傅丹招手了。

傅丹从原先广州军区战士文工团的战友处，得知了这样一个消息：江西南昌将要成立文工团了，正在招聘演职人员。傅丹也明白凭借实力，自己应该能够考进去。她跟随过许多琵琶名家学习正规的演奏技艺，一直都坚持琵琶练习，没有因为待在草编厂而荒废专业。再说丈夫孙雪春在江西工作，组织上也应该会考虑解决夫妻两地分居的问题。

看着嗷嗷待哺的小瑄萱，傅丹的心里充满不舍。她给女儿饱饱地喂了一次奶，背起琵琶出门了。

"希望你这一次能如愿以偿。"母亲倚门望着远去的傅丹，默默地祈求上天眷顾命运多舛的女儿。

江西南昌湾里，是南昌市文工团的临时团部所在地。前来参加考试的，多是被遣散了的原江西农垦文工团、广州和海南部队文工团以及江西省歌舞团等其他专业剧团的演职人员。在这一群人中傅丹也算得上是专业人士，只不过是"散修"，她的身份是草编厂工人。

招聘现场，十来个评委，都是江西省文化厅、南昌市文化局领导和艺术类的专家。

轮到傅丹了。

她抱着琵琶向评委深深地一鞠躬，然后坐下来，开始弹奏，一首紧张激越的《十面埋伏》余音散尽之后，《春江花月夜》舒缓的旋律弥漫开来，傅丹适度的肢体语言和投入的表情，让演奏更加引人入胜。曲罢，是十几秒钟的静场。傅丹抬头一看，评委们的脸上都是满意的神色。

"惊艳!"不知是哪位评委如梦初醒般脱口而出。

经过评委们一阵紧张的交头接耳之后,中间的那位评委对傅丹说:"你通过了。"

傅丹知道自己发挥得不错,只是没想到会被当场录取。

晚上,傅丹跟孙雪春说了这个喜讯,孙雪春很为她高兴。傅丹心里还是有点担忧:"会不会又因为出身问题,被咔嚓掉?"

孙雪春安慰她:"船到桥头自然直,人间的事情,不外乎先尽力而为,再顺其自然,努力过之后,一切随缘。"

次日下午,傅丹怀着惶惶不安的心情,来到了湾里团部。

"经过研究,你被正式录取了,已经给你办好了调令。"团部负责人拿出一张红头介绍信,让傅丹看了一眼,然后装入档案袋里,交给傅丹带走。傅丹捧着档案袋,手有些发抖,一时竟说不出话来。

"快回浙江,办好手续,赶紧来上班。"

"哎哎。"傅丹下意识地点着头。

傅丹使劲地捏捏那只档案袋,知道自己没有做梦,这次是真的考进了,不会被"咔嚓"掉了。

回到黄岩路桥草编厂,傅丹顺利地办好了调动手续。

傅丹回到家后,满面愧疚地对母亲说:"我去南昌,瑄萱不带去了,妈妈多辛苦点,等我站住了脚跟,再来接你们。"

"只要你好,我苦点累点算什么。去吧,别牵挂这里,安心工作。"

雷玉娟知道,女儿的天地不在临海,应该去更大的世界寻找更广阔的舞台。

还不懂事的瑄萱,伸出两只胖乎乎的小手,要妈妈抱抱。傅丹紧紧地抱着女儿,使劲地亲了亲女儿的脸蛋,把瑄萱留给了母亲,转身离开了。

瑄萱大声的啼哭声传来,门口的傅丹站了一会儿,不敢回头,她横下心出了门,去往长途汽车站。

第二章

嘈嘈切切，请问弹者谁

誉满乐坛

经过近半年的集训,南昌市文工团正式对社会公演。一开始,傅丹作为琵琶独奏演员,每天都会献演。她演奏时,有时会有一位相声演员配合打鼓,并配以幽默的动作演绎乐曲内涵。

傅丹受过名家正规的教学,又有着先前专业剧团演出的功底,在舞台上气场很足,她的演奏每次都能征服观众。

江西的舞台上,突然出现了一位仙女下凡般的琵琶美女,优雅清新的演奏,似泉水涌入听众的心间。人们口口相传,"南昌市文工团有一位美女琵琶高手",并争相观看她的演出。没过多久,傅丹在南昌声名鹊起。

半年后,傅丹把母亲和女儿接到了南昌。江西成了傅丹的福地,她很珍惜得来不易的舞台,在琵琶演奏上更是努力精益求精。

一次,江西省委书记杨尚奎携夫人水静,来看傅丹演出。水静原先是新四军文工团的演员,她热爱文艺,也很欣赏傅丹的演奏。演出结束后,她来到后台,拉着傅丹的手说:"你能不能教我女儿学琵琶?"

"好啊。"傅丹不假思索地回答。

水静的女儿杨晓丽,在解放军913医院,从小喜欢音乐。这样,水静的女儿就成了傅丹的学生,有时来文工团学习,有时傅丹去她家里教授。

可惜杨晓丽结婚后,没有继续弹琵琶,她本来可以成为一名很好的演奏家,傅丹对此始终抱有遗憾。

由于傅丹教授杨晓丽,使得江西很多党政干部和军队首长的子女,也纷纷前来傅丹处学艺。

傅丹在南昌演出的时候,有两个男孩子经常前来观看,一位是彭盈,一位是涂善祥。他们第一次在台下看南昌市歌舞团的音乐会时,就深深被傅丹的演奏所折服。只见傅丹像一位天仙,怀抱琵琶在舞台中央坐定,开始演奏《送我一枝玫瑰花》。一位新疆维吾尔族打扮的男士,打着手鼓激情四射,配合默契,欢快跳跃。在那个年代,两位演员呈现了一种崭新的合作形式。

被傅丹的演奏吸引,这两个男孩经常从外地坐车专门来观看傅丹演奏。有时候买不到座位票,他们就蹲在走廊里看。

两个男孩后来都曾向傅丹学习过琵琶。彭盈后来成了企业家,但仍没有放弃琵琶爱好,他凭着对琵琶事业的一腔热情,多次慷慨解囊,助力各类琵琶演出活动。

涂善祥一直坚持学琵琶,在傅丹指点下,考上了上海音乐学院民乐系琵琶专业,师从叶绪然和孙雪金,还跟随江明惇、周仲康、何占豪等先生学习音乐理论和作曲方法。他在继承琵琶演奏传统的同时,与各国管弦乐队及其他流派的演奏家同台演出,开辟了一个独特的音乐世界,获得了很大的成就。每次见到傅丹,他都毕恭毕敬地叫她"恩师"。

田颂刚是《毛委员和我们在一起》的作曲者,这首歌已经传唱了60多年,仍然有着它的生命力。当年,江西省以田颂刚为主牵头,组织文艺队伍,每年至少一次参加全国文艺调演,他都会让傅丹担任首席

傅丹和江西的学生们在一起（左一邓虹，左二刘敏红，左三施晓玲，左四任碧珈，左五傅丹，左六邹伟铭，左七前排饶春兰，左八后排戴晓静，左九周菲）

琵琶。

作为作曲家的田颂刚说："我是创作不出《上茶山》《滕阁秋风》这样优秀的琵琶曲的。傅丹业务过硬，为人宽厚爽快，也没有门户之见。我估计有100多位江西的琵琶演奏者是她的徒弟，经过她培养的弟子，不少成了江西省琵琶界的顶梁柱。傅丹为江西的琵琶事业，做出了巨大的贡献。"

傅丹来南昌后的第一个徒弟，是南昌市文工团的施晓玲，后来成了苏州歌舞团的台柱子。

施晓玲1972年5月进入南昌市艺术团当学员，乐队队长王顺钦带她郑重地拜了傅丹为师。

傅丹根据她的性格，采取散养型、启发型的方式来教她。一首练习曲，她没学过的指法，傅丹会手把手耐心地教。在她演奏和指法不合理的情况下,傅丹会很耐心地告诉她,如何正确合理换把,如何将乐曲每个段落做到尽善尽美。

当时她不理解为什么,后来每当别人夸她弹琵琶手型好、指法好时,她都会骄傲地告诉别人,这是傅丹老师教的。虽然施晓玲很多年没跟傅丹在同一个城市生活和工作,但每当她抱起琵琶,犹感傅老师就在身边。

朱晓蓉本来是靖安县的一位文艺爱好者,听闻傅丹高超的技艺,通过朋友来找傅丹学琵琶。傅丹听了她的演奏,觉得基本上可以,因为其手指比较短,傅丹建议她最好改行。但是,朱晓蓉每天在傅丹演出结束后,来傅丹家门口磨着不走。

看到朱晓蓉这么执着,傅丹就收了她做徒弟,这是傅丹第一位社会上"散修"的徒弟。经过傅丹的指导,朱晓蓉考上了上海音乐学院民乐系,还成为江西省第一位琵琶专业的研究生,后来担任江西省歌舞团的首席琵琶、江西师范大学兼职教授。

任碧珈是景德镇人,她 10 岁的时候,去考江西省游泳队,业务过关后,因为政审不合格被刷了。任碧珈的父亲被下放到乡下的学校,晚上在操场边拉二胡,任碧珈静静地坐在一边听。父亲觉得女儿应该学一门手艺,这样也好养活自己,就花了 50 多元钱,给她买了一把琵琶,让自己一位会弹奏琵琶的老朋友教女儿。

一天,任碧珈对父亲说:"我想拜傅丹为师。"

父亲听了一愣,这怎么可能?傅丹可是"江西第一琵琶",会收女儿吗?家里这么贫困,又怎么付得起学费?拗不过女儿的苦苦哀求,父亲通过朋友找到了傅丹。

听了任碧珈的演奏,傅丹觉得很不正规,本来不想收她。在闲聊中,傅丹得知了任碧珈的家庭情况,很自然地想起了自己少年时代的辛酸,便毫不犹豫地收下了她。

第二章 嘈嘈切切,请问弹者谁

在南昌收徒传艺——给学生朱晓蓉(左)上课

任碧珈的父亲对傅丹说:"那学费……"

傅丹当即打断了他的话:"我收学生,从来不要学费,我拜过很多琵琶大家为师,他们也没有收过我一分钱的学费。"

就这样,任碧珈从1974年开始,每周从景德镇到南昌学艺,还跟随傅丹到上海音乐学院旁听,直至1979年任碧珈考入景德镇文工团,成为了首席琵琶。

邓虹原先拜江西省歌舞团首席琵琶金老师学艺,听说傅丹技艺非凡,她怀着局促不安的心情,找到了傅丹,提出自己想向她学艺的请求。

傅丹说:"金老师是我尊敬的前辈,他如果没意见,我自然愿意教你。"几年学艺后,邓虹的演奏水平大有提高,成为继傅丹、朱晓蓉之后江西省的琵琶名家。

周菲年纪很小时,就被招聘进了南昌市歌舞团,她8岁跟随傅丹学琵琶。傅丹平时为人随和,但教授琵琶时却十分严厉,绝对不允许学生弹错一个音。为此,周菲没少被傅丹批评。傅丹喜欢弹曲子给她听,培养她的音乐想象力。从小对傅老师又爱又怕的周菲,在傅丹的严管严教下,演奏水平一步步提升,现在已经是江西有名的琵琶演奏员了。

王鲲也是从8岁开始跟随傅丹学艺的。一次,王鲲去傅丹家里学琴,在门口看到傅丹正在演奏琵琶,王鲲就站在门口等着。傅丹演奏完毕,叫王鲲进来坐下。

傅丹问:"你觉得这首乐曲好不好?有什么不对的地方?听出了什么意思?"

王鲲想了想说:"我听到了欢快,好像还有些远古时代的气息。"

当时,傅丹正在完善《滕阁秋风》的旋律,这也是傅丹作完此曲后,第一次征求别人的意见,还是向一个孩子。

傅丹说:"不错,你才8岁,就能够听懂一部分。不过,这乐曲中,还有些悠悠的怀念,你年纪小,还不能悟出来。这是我创作的新曲,等我觉得乐曲成熟后,教你弹。"

现在,王鲲已经成为南昌师范学院音乐舞蹈学院的副教授。直至几十年以后,王鲲回忆起这一幕,仍是十分动容,作为江西琵琶界的领军人物,她却能虚心向8岁的小徒弟征求意见。

魏戎虽然没有跟随傅丹学习琵琶,但傅丹对艺术的执着追求精神,一直激励着他。他15岁进南昌市歌舞团当随团学员,是一名巴松管乐手。傅丹当时25岁,已经是一位声名远扬的琵琶独奏演员了,魏戎对傅丹很是崇拜和尊重。

那时,南昌市歌舞团还叫南昌市文工团,团部在湾里,演出场地在市区的大众剧场,来去20多公里路。魏戎和同事吴松书,常常帮傅丹的母亲抱着瑄萱,于湾里和市区之间穿梭。有人开玩笑说,魏戎是傅丹的干儿子。有一次南昌市文工团在外地演出,魏戎突然肠胃不舒服,傅丹连夜送他去医院看病。后来,魏戎就把傅丹当成自家人一样。那个年代剧团经常在外演出,一般每次出去都要一个月以上。傅丹晚上演出,白天就在住的地方创作琵琶独奏曲,有时还会让魏戎他们帮忙听听。由于那时魏戎年龄较小,在外演出时,他的工资都由傅丹代为保管。在魏戎的印象中,傅丹就像一位慈母。

她改变了我的命运

饶春兰因为爱好文艺,自学了扬琴、琵琶、二胡,学习方法都是不大正规的。她觉得自己学习器乐,必须找一个名家指点。一次,傅丹带歌舞团去赣南地区演出,饶春兰去观看了。听了傅丹的琵琶独奏,她一下子惊呆了:天音啊!于是,她通过朋友的朋友,找到了傅丹,想拜她为师。

那年,饶春兰已经30岁了。傅丹听了饶春兰的弹奏,一时没说话。饶春兰急了,眼睛通红,几乎要哭了。

傅丹见此情形心软了,想到赣南地区确实没有一个正规的琵琶手,便说:"那你每周来一次吧,我教你。是不是能够有所成就,全凭你自己努力了。"

饶春兰把孩子托付给亲戚,在单位请了半年长假,就在傅丹家里吃住和学艺,还说一定每月交给傅丹15元的伙食费。

傅丹被饶春兰破釜沉舟的精神所感动,每天都教授饶春兰。闲谈中知道饶春兰的家境不好,傅丹坚决不肯收饶春兰的伙食费,"你虽然是我的学生,但是我把你当作妹妹看,哪有妹妹来姐姐家里做客,还付伙食费的?"

傅丹的话,把饶春兰感动了,她在心里暗暗发誓:绝不辜负恩师的真情,一定要干出成绩来。

经过半年的强化训练,饶春兰终于走上了正规化的道路,考进了赣南文工团。

傅丹给了饶春兰一个建议:兴国山歌是江西特有的演唱形式,你如果能够边弹边唱,说不定能走出一条属于自己的路。

饶春兰遵照傅丹的意见,花了一年多时间,收集了大量的兴国山歌,自己琢磨着边弹边唱。后来,饶春兰的兴国山歌弹唱节目,成了江西艺术界的一道风景。她的兴国山歌《哭嫁歌》,唱到了中央电视台,获得了国家级大奖"文华奖",她还成了兴国山歌国家级非遗传承人,赣南师范学院聘任她为民乐专业客座副教授。

一个电业系统的普通职工，成了国内闻名的民间文艺专家，饶春兰说："是傅丹老师改变了我的命运。"

刘敏红的父亲是江西建设兵团的公安干警，后来任组织部部长兼农场下属的文工团团长。家里有六个孩子，刘敏红是老五，因为父亲会拉二胡，刘敏红和兄弟姐妹们从小也学了点音乐方面的基础功夫。

本来这一家是很幸福的，可惜刘敏红 7 岁时，因为说了句"刘少奇是好人"被关起来了，管教人员问她是不是爸爸教的。她说不是，因为自己也姓刘，所以这样说的。为此，她的父亲也受到了牵连，被撤销了职务。那段时间，刘敏红极度抑郁，连死的心都有了。为了让孩子振作起来，父亲觉得应该让刘敏红学点器乐，这样她可能会高兴起来。于是，他请了农场的一位上海知青，教刘敏红拉二胡。

这位知青看了刘敏红的手指说："你的手指条件很特别，如果学琵琶，轮指就会很均匀，一定能弹好琵琶。"

经过家里的商量，父亲花了一个月的工资，去上海买了一把琵琶。老师呢？那位知青说："现在江西弹琵琶最好的是傅丹，你真的要学，就得去拜她为师，至于她是不是肯收你，就不知道了。"

父亲通过老战友，找到了傅丹，在酒店里要摆一桌拜师酒，傅丹坚决不让，只是花了 6 元钱，吃了顿便饭，也不肯收刘敏红父亲递过来的学费。傅丹觉得刘敏红的先天条件确实不错，但是性格上很沉闷。得知刘敏红小的时候受到过伤害，便在教她琵琶的空隙，开导她做人要乐观，没有什么坎是过不去的，还给刘敏红讲了自己年少时的经历。

刘敏红感到傅丹不仅仅是师父，也是好妈妈。几年后，刘敏红以一个吊车工人的身份，考进了专业剧团。有一段时期，她弹奏的《送我一枝玫瑰花》，成了江西电台早间新闻的开播曲。

2017 年的下半年，宁海县平调艺术传承中心主任唐洁妃，接到宁波市中华文化促进会主席傅丹的通知,要她一起参加"红色之旅"赴井冈山重走长征路的活动。这一路上,唐洁妃感触很深。从南昌到井冈山,她惊奇地感受到傅丹桃李满天下的盛景,所到之处,鲜花、拥抱、合影、宴请……曾经的琵琶学子们为迎接傅丹老师的到来精心准备,为傅老师献上自编自唱的歌声,表达他们对老师的思念和敬重。他们对老师的别离情和感恩心,说不完道不尽;有欢聚的笑,也有思念的泪,在畅谈过程中,唐洁妃听到最多的一句话就是:"傅老师,你改变了我的命运。"

唐洁妃感慨万千地对傅丹说:"这真是桃李天下漫花雨,幸福常在您心底。春蚕一生没说过自诩的话,吐出的银丝就是丈量生命价值的尺子。您默默无声的奉献,获得的是所有学生的爱戴和敬重。"唐洁妃一路跟随傅丹,见证了傅丹从艺数十年,"桃李满天下,春晖遍四方"的荣光。

在江西,傅丹的琵琶,很长一段时期都是一枝独秀,江西省多次组织参加全国文艺调演,每次都少不了傅丹的琵琶。1976年秋,傅丹到北京参加全国文艺调演,中央广播艺术团的团长、著名相声演员马季看了傅丹的琵琶独奏节目,觉得她是一个难得的人才,想将她调入中央广播艺术团。傅丹也很希望有更高的平台,转而想到江西待她不薄,自己的家庭在南昌很美满幸福,她婉言谢绝了马季。

当时在江西,傅丹"电台有声、银屏有影、报纸有名"。曾经有一部电影《悔恨》,剧组找到傅丹,请她出演了影片中的琵琶独奏演员这个角色。傅丹远在故乡临海的哥哥傅安得知这个消息,在临海人民电影院包场,邀请所有亲朋好友观看,当看到傅丹在影片中美丽的身影,大家都激动不已。

在江西乐坛,傅丹有"江西第一琵琶"的美誉。而傅丹在不断演出和教授琵琶的过程中,却觉到自己的技艺进入了瓶颈期,演奏上还有很大的上升空间。她有个越来越迫切的愿望：去高等音乐学府深造，提升演奏功力和音乐理论水平。

一朝梦圆

当年，傅丹报考南京艺术学院和上海音乐学院，都曾因为政审不合格，被拒之门外。现在圆大学梦的机会终于被傅丹盼来了。1977年开始，全国恢复了正规的高考制度。雪春鼓励傅丹："你再去搏一搏，如果考取了上海音乐学院，我一定尽全力支持你。"

大好时机不可错失，傅丹想凭着自己的真才实学，亮亮堂堂地走进音乐专业院校。在繁忙的演出之余，她开始备考：一边继续练习中国历代的琵琶文武套曲，一边找来中学课本补习文化知识。

与上次考上海音乐学院相隔十多年后，傅丹又到这座心目中的音乐圣殿考试，文化科目考试、艺术初试、复试、面试，全部顺利通过。

政审……傅丹的心又悬了起来。

当时，南昌市文工团已经更名为南昌市歌舞团。歌舞团领导把傅丹通过了专业和文化科目考试的事情，汇报给了南昌市文化局。文化局局长委托政治部主任徐友负责傅丹的政审工作，他们发现傅丹的档案里，有黄岩评弹团工宣队搜集的其祖上家庭的负面材料。

政治部主任徐友认为：傅丹是傅丹，其祖上是祖上，而且傅丹来到江西后，工作表现优秀，是个难得的人才。于是，组织上在不违反原则的前提下，重新为傅丹做了一份实事求是的文字结论，肯定了傅丹的为人和业绩，然后把这份材料附进了傅丹的档案里。

那时，"四人帮"已被粉碎，"血统论"也正在渐渐解体。

下班后，傅丹回到南昌市歌舞团三楼十多平方米的家里，母亲拿出一个信封，笑嘻嘻地在傅丹眼前晃了晃，落款是上海音乐学院。

"妈妈，信——"6岁的瑄萱好像知道这信封对妈妈很重要，从外婆手中抢过来，递给妈妈。傅丹紧紧抱住女儿，从女儿那里接过来拆开了信封：

"傅丹同学：你已经被上海音乐学院民族器乐系琵琶专业录取……"

傅丹的心头，莫名地响起了琵琶曲《我们走在大路上》的激昂旋律。

后来傅丹才知道，全国报考上海音乐学院琵琶专业的有40多人，只录取了3位。

"很不容易啊，踏踏实实去深造吧，别老是惦记家里。"孙雪春很为傅丹高兴，毕竟大学之梦一直萦绕在傅丹心底。18岁时的大学梦，推迟了十多年，终于成真了。

十年期盼，一朝梦圆。

报到那天，当傅丹走在上海音乐学院所在的汾阳路上时，禁不住感叹："这次不是梦，是真的啦！"

在教室里，迎接她的是上海音乐学院负责教她的老师叶绪然。

叶绪然是当时国内优秀的琵琶演奏家和音乐教育家，曾经师从南北两大琵琶大师林石城和卫仲乐。他1960年创作的琵琶独奏曲《赶花会》，成为现代琵琶曲的代表性作品之一，并多次在海内外出版乐谱和录制唱片、音带，后来改编的琵琶曲有《晚会》《蝶恋花》《井冈山上太阳红》等。

傅丹为自己能够成为叶老师的学生，深感荣幸。教室里有5位学生，叶老师先叫学生们弹奏了几首曲子。

第二章 嘈嘈切切，请问弹者谁

1977年考入上海音乐学院

"都不错，不过你们的基本功有些问题，比如说指法，必须从头开始转过来。"

傅丹想：自己曾经跟随孙雪金、程午嘉、汤良兴等名师学习过琵琶，他们好像没有指出过自己的指法有问题。但是，叶老师这样说了，自己就得尊重。

实际上，叶绪然所说的演奏方法，只是流派不同而已。

傅丹虽然心里有疙瘩，还是遵照叶老师的要求做了。遗憾的是，在第一个学期结束汇报演出时，傅丹用叶老师指导的指法去演奏，很是笨拙生疏。

老师和同学们议论开了：傅丹在江西不是"第一琵琶"吗？怎么弹成这样？

汇报演出结束后，傅丹很痛苦：我来音乐学院是深造的，不是来学基础指法的，如果继续跟着叶老师学，可能会学到很多东西，只是要从头学起，这对于已经30岁的她来说，似乎太浪费时间了。

叶先生显然把傅丹当成了一般学生，从基本功抓起，让她把手完全打开呈扇形。孙雪金教的是半握拳，现在要放弃原来孙雪金教的演奏方法。在上海音乐学院学习的时间只有三年，时间那么宝贵，想到一个学期很快过去了，第二个学期的演奏会，她都不知道该用哪一种方法去弹琴。傅丹感到无所适从。

傅丹到上海音乐学院来，机会如此珍贵，她的目的是在原有基础上去提升，傅丹有那么多舞台经验，现在却要从基础学起。

叶绪然从基本功和练习曲抓起，也没有错，可傅丹不是小女孩，她已经30岁了，却要让她改指法，傅丹觉得自己不适合做叶老师的学生。她知道应该换老师，而且要有勇气说出来。

傅丹16岁第一次考上海音乐学院时，就想跟卫仲乐先生学习他的几大名曲，想把琵琶弹得更加动听。等她考入上海音乐学院这所向往的音乐殿堂,卫仲乐已经退休了。

经过几天的纠结之后,傅丹心里有一股紧迫感逼着她,觉得不能再耽误下去。傅丹鼓起勇气,大着胆子找了系里领导,提出自己想换老师的想法。系领导听了傅丹的陈述,觉得很为难,一怕叶绪然接受不了,二怕年届古稀的卫仲乐先生已经不带学生了。而且学生要换老师,当时上海音乐学院也没有先例,再说谁也不愿得罪叶绪然。系领导一时也不好表态,只好让傅丹自己好好跟卫仲乐和叶绪然沟通一下,先做好两位老师的工作。

次日傅丹就敲响了卫仲乐的家门。开门的是卫仲乐的夫人,傅丹进门看到卫仲乐先生正在喝茶。

"卫先生,我是傅丹,十多年以前曾经来考过上海音乐学院,那时政审不合格,现在我终于考进来了,一心想拜您为师。"傅丹一点没有胆怯。

卫仲乐终于想起来了,站起来说:"我有点印象,那时你弹得还行,现在水平怎么样了?弹几曲给我听听。"

大背头,中山装,语气缓和,傅丹面前这位儒雅的谦谦君子,实实在在就是中国民乐界的泰斗卫仲乐。面对这么一位和蔼的老人,傅丹坐下来,平心静气地弹起了《春江花月夜》《十面埋伏》。

弹毕,沉默。

"有点意思。"卫仲乐喝了一口茶,缓慢地说。

傅丹松了一口气。

"可是,我年纪大了,已经不收学生了。"卫仲乐犹豫了一下说。

傅丹的心里闪过一丝失望。

"你就再教一个学生吧,这姑娘蛮有灵气的。"卫仲乐的夫人在一边帮腔。

傅丹以近乎祈求的口气说:"卫先生,我16岁考上海音乐学院,就

1 与恩师卫仲乐先生(左二)和师兄裘春尧(左三)合影

2 与恩师卫仲乐先生(左二)和师母(左一)在一起

想跟先生学琴,这个愿望在我心里封存着,盼着什么时候能实现,现在我与老师您近在咫尺,您就收下我吧。"

"十多年前,你跟孙雪金学了一年多,考上海音乐学院预科,我曾听过你的琵琶演奏,觉得是个好苗子,孺子可教!好吧,只要系里没意见,叶绪然同意,我就收下你。这样吧,我跟校方协调一下。我的腿脚不便,你到家里来上课吧。"卫仲乐为傅丹的诚意所动,终于开了口子。

"谢谢卫先生。"傅丹向卫仲乐深深地鞠躬。

傅丹离开卫仲乐家之后,打算立刻去找叶绪然老师。一路上她想了好久,该怎么跟他开口。

学校旁边有个电影院。她买了两张电影票,找到叶绪然老师,说:"今天有场电影很火爆,叶老师,我请你看电影吧。"

叶老师很高兴。

看完电影,傅丹对叶老师说:"叶老师,不好意思,我有件事,很想得到您的支持。我在上海音乐学院,从您身上学了不少好东西,可我心里一直想跟卫仲乐先生学他的十三大套琵琶名曲,时间紧,机会难得,我希望回去能在台上演奏这些名曲。"

叶绪然一听愣住了,挠挠头发,说:"让我想想,让我想想。"

傅丹很诚恳地说:"叶老师,小时候弹您的《赶花会》,很崇拜您,做了您的学生我也觉得很幸运。但是这次期中全班的演奏会,我竟然变得无所适从,好像不会弹琵琶了。老师们也说我不该是这个样子,我一心想着弹奏方法,快的时候快不起来,该慢的又慢得没有味道。考试成绩那么差,我心里很难受,所以我想改到卫仲乐先生名下,跟他学传统名曲。"

"你跟卫仲乐学我也没意见。"叶绪然心里自然不悦,卫先生是上海音乐学院民族器乐系的主任,泰斗级人物,也是他的老师,他自然不好反对。

一路无语，两人默默走回学校，到了校门口，叶绪然突然停下来说："那好吧，只要卫先生愿意收你，我同意。"

叶绪然老师同意了！傅丹高兴地把消息告诉系领导，系领导说："两位老师都同意了，小丫头你本事大。"

几天后，民族器乐系主任通知傅丹：卫先生愿意收你为关门弟子，从下学期开始，每周半天跟卫先生学琴。

谁都没料想到，最后傅丹还是做了卫仲乐的关门弟子。

叶绪然得知卫仲乐真的收了傅丹为徒，见到傅丹时，很愉快地祝贺她。傅丹仍然把叶绪然当自己的老师，每次见到叶老师都恭敬有加。

第二学期开始，傅丹就跟卫仲乐学琴了。

校方为了卫仲乐教授方便，特地让青年琵琶教师殷荣珠辅助卫仲乐先生教学，一方面为了减轻卫仲乐的教学压力，一方面也是为了提高殷荣珠的技艺。

卫仲乐一周一次课，殷荣珠在旁边听记，每次课后，殷荣珠都会

和师兄卫祖光（左二）师妹孙莹（左三）合影

1 参加卫仲乐先生60周年艺术生涯研讨会（傅丹前排左二，秦鹏章二排左三，系卫仲乐大弟子，中国民族管弦乐学会创始人之一）

2 与恩师上海音乐学院殷荣珠教授（左二）和师妹香港中乐团首席琵琶王静（左一）合影

根据自己的理解,给傅丹辅导卫仲乐传谱的琵琶乐曲,再帮傅丹巩固一次。

"卫先生,我的指法是不是有什么问题?"一次,傅丹还是把内心的纠结,对卫仲乐说了出来。

"我不跟你谈指法,流派不同而已,我只跟你谈演奏琵琶时的感情和对曲子的理解。只要演奏技巧是正规的,关键的就是怎样演绎曲子,即使很多人去演奏同一首古曲,都会有自己的解读,演奏手法的不同,就会形成不同的流派。这样,中国的民乐才会百花齐放。"

听了卫仲乐的解释,傅丹如醍醐灌顶。

在卫仲乐的精心教授和殷荣珠的及时辅导下,傅丹把中国古代十三首文武套曲,一首一首地练习,体味了一遍又一遍。傅丹觉得,她应该是突破了艺术瓶颈,随着对乐曲理解更加深入,她的演奏几乎达到了随心所欲的地步。

在第二学期的学生汇报演出中,傅丹的琵琶演奏引来了师生们的一致好评,卫仲乐和殷荣珠开心得不得了,叶绪然也为傅丹高兴,还对傅丹说:"只要你坚持下去,以后一定会有很大的成就。"

卫仲乐先生家离上海音乐学院有三里路。傅丹每次去他家,慈眉善目的卫师母都很照顾傅丹,有时还会下厨炖鸡汤给她喝。有时候傅丹带瑄萱同去,卫仲乐先生对瑄萱说:"好好弹琵琶,弹好了,像你妈妈一样,给你喝鸡汤。"

一般琵琶都是钢丝弦,卫仲乐先生的琵琶是丝弦,古朴浑厚。卫仲乐先生弹琴不戴假指甲,他的琴平时轻易不让人碰,他唯独视傅丹如女儿,傅丹要参加考试,他主动让傅丹拿他的琴去弹,傅丹却觉得那把琴声音不够亮。

卫师母说:"人家要,他都不让碰。"

傅丹坦言:"别人视卫先生的琴为稀罕物,可我偏偏觉得抱在怀里

第二章 嘈嘈切切，请问弹者谁

1 参加上海音乐学院实验艺术团排练
2 1979年参加上海音乐学院实验艺术团赴河南演出

像抱了个古董。"

卫先生教学严谨,生活中却幽默轻松。有一次傅丹问老师:"卫先生,你为什么叫卫仲乐?你名字的意思是保卫中国音乐吗?"

"卫仲乐就是让我的胃开心。"学校旁边有个上海特色小吃店,上完课卫先生请傅丹吃饭,拿自己名字的谐音调侃说,"傅丹,走,老师带你下馆子,让你胃中乐一下。"

傅丹告诉殷荣珠,卫先生请她吃饭。殷荣珠说:"你的待遇太高了,卫先生从来没这么大方地请我下过馆子。"

那个年代,老师教学生从不收钱。程午嘉、卫仲乐、林石城、张萍舟、李廷松,中国近代在国乐界顶尖级的琵琶名家都指点过傅丹。在琵琶圈子里兜兜转转,学琴那么多年,傅丹没有因为学琴付过一次学费,最多带一点黄岩蜜橘之类的土特产给老师,表示一下心意。一路走来,傅丹对老师们充满感恩之心。

傅丹师从卫仲乐三年,到卫老师家,傅丹都是吃师母烧的饭菜。有时候上完课,卫老师还会带傅丹到小馆子,让她"胃中乐"一下。殷荣珠给傅丹上课,每次烧了好菜也带过来给傅丹吃,每次都美味无比。傅丹深受老师之恩,她都记在心里,想着以后用自己的努力来回报先生,将来也要像先生一样对待学生。

临近毕业时,卫仲乐向校方提出,希望傅丹留校做他的助教,并继续读研究生,同时帮助整理他的琵琶理论资料。校方也认可了卫仲乐的建议,并征求傅丹的意见。校方还提议,他们可以通过组织上把傅丹丈夫调到上海,在同济大学做老师。

常人想来乐不可支的事情,傅丹不这么想。她内心非常渴望做卫先生的助教,读他的研究生,这样可以不断地提高演奏水平。可毕竟是江西培养了她,给了她很好的平台,做人要讲义,她一生都把"义"字看得很重。再说回到江西,她可以在不断的演出中提高琵琶"实战"能力。

傅丹把自己的想法告诉了卫仲乐。卫仲乐听罢傅丹的陈述，摇摇头，又点点头说："不容易啊，大气的女子。"

得失之间

上海音乐学院学成归来的傅丹，不久便被任命为南昌市歌舞团的乐队队长。演出、练琴、相夫教子，傅丹的生活在充实愉悦中度过。其间，傅丹想方设法向各路名家学习技艺。

傅丹在南昌市歌舞团的第一位徒弟施晓玲，她的外公张萍舟，是中国琵琶界公认的五大家之一。

有一次，张萍舟来南昌看望施晓玲一家，傅丹得知后，就跑到施晓玲家里，向张萍舟讨教。

张萍舟是个细心人，他所有的乐谱，都是自己亲手抄写的。张萍舟还把其中的几首手抄乐谱送给傅丹参考。傅丹感激万分，觉得大师做任何事情都很用心。

张萍舟带着傅丹去上海拜访了林石城。林石城是中央音乐学院的教授、琵琶界"南卫北林"中的林大师。那时，林石城作为"反革命分子"被打回老家上海，一般来说，他是不敢轻易教授谁的，怕再次遭殃。碍于老朋友张萍舟的面子，他还是给予了傅丹指点。

"萍舟兄，你怎么就能够找到这么好的学生呢？我怎么就没有啊？"林石城不无遗憾地对老友说。

"现在她不就是你的学生了吗？"张萍舟笑呵呵地回答。

与当代琵琶泰斗林石城先生合影

"你有什么演奏上的疑惑,完全可以来找我。"林石城看到这么好的人才,也不怕再次犯"反动学术权威"的错误了。

在当时的中国琵琶界,有五大琵琶大师:卫仲乐、程午嘉、林石城、张萍舟、李廷松。傅丹先后向前面四位大师学习过琵琶技艺。至于李廷松,傅丹虽然没有当面学习过,但她跟随李廷松的儿子李光祖教授,学习过不少古曲的演绎技艺。有了这五位大师的精心教诲,傅丹的演奏水平突飞猛进。

1981年,傅丹在江西举办了第一次个人琵琶独奏会。不久,林石城回到了北京继续执教中央音乐学院,由他牵头成立了中国琵琶学会,傅丹被推举为江西分会的会长。这一年,傅丹成为中国音乐家协会的会员,她是江西省艺术团体中为数不多的国家级会员之一。

十一届三中全会以后，中国开始改革开放，人们的思想观念也不断解放，长年来困扰傅丹的"血统论"土崩瓦解了，傅丹的政治生命，也开启了新的征程。由于业务过硬，傅丹先后担任了南昌市歌舞团的副团长兼轻音乐团团长，南昌市政协常委、南昌市九三学社宣传部部长，她也是南昌市文艺界唯一的党代会代表。

其间，孙雪春也被组织上重用，成了江西省桥梁工程局的局长，后来任江西省交通厅外经委（援外办）主任。女儿瑄萱也长大了，学习成绩一直很好，二胡、琵琶、古筝等乐器样样拿手。傅丹工作和演出很繁忙，日子过得很充实。母亲雷玉娟也终于露出了笑脸，乐于做傅丹的"后勤部长"，把家里管理得井井有条。

1982年秋，全国民族器乐调演（南方片）在武汉举办。江西省组织了一支参赛队伍前往武汉，傅丹作为唯一的琵琶独奏选手参加大赛。

临行前，江西省文化厅张厅长对傅丹说："我们等着你的好消息，一旦获奖，我们马上请媒体报道。"

这次比赛，周围的人对傅丹期望值很高，傅丹也信心满满，根据傅丹的准备情况，以及对这次全国琵琶参赛者的了解，她得金奖应该是有把握的。

为了这次比赛，傅丹专门演练《霸王卸甲》，武曲要弹出文曲的缠绵，这个曲子傅丹平时经常练，驾轻就熟。

这台节目与广西的节目同台，彩排时，中央电视台的直播导演，看了傅丹的精彩演奏，提出应该把傅丹的节目作为压轴戏，放在最后出场，广西同意了。

在后台等待演出的傅丹化妆化得美美的，站在舞台一侧，观看前半场的节目。台上是一位广西南宁的二胡演奏家在比赛，可能是因为他太紧张了，结果把弓拉到袖口里去了，比赛失利。

紧张情绪一下子传染给了傅丹，让她很难平静下来，该她出场了，

1982年参加全国民族器乐调演（南方片）前夕

她对了一下谱，匆匆整理了一下自己，恍恍惚惚中走上台。《霸王卸甲》一开始，傅丹突然发现大弦松了，音准失控，傅丹脑子里"嗡"的一声，一片空白。慌乱之间她也没有停下来，想着一边弹一边对音，上半段凭着记忆弹完了，弹奏没有出错，只是不再有感觉。接下去的演奏，只好一边调音一边继续，情绪根本不在乐曲意境中，就这样直至弹完全曲。

第二个曲子《彝族舞曲》，傅丹也是勉强完成的，虽说弹奏中没有任何错误，可她无论如何做不出欢快的表情，整个人是僵硬的。

傅丹演奏完毕，孙雪金从台下走到后台，又惋惜又生气："怎么弹成这个样子,连毕业考试的水平都没有达到。台下的评委们也都为你感到惋惜。"

全国大赛本以为笃胜的傅丹,演奏松弦,结果变成了真正的"霸王卸甲",傅丹心里窝火憋屈。当天晚上,傅丹彻夜难眠,为自己的失手感到十分沮丧。

本来卫仲乐先生也来当评委的,因为血压高,没能来。不然他看到爱徒在比赛中连正常水平都没有达到,恐怕会背过气儿去。

第二天,组委会组织大家去黄鹤楼,在林间小路上,傅丹和同事们遇到了几位评委,其中有来自浙江的"江南笛王"赵松庭。

同事们见到这些乐界大佬,都热情地打着招呼。赵松庭发现了傅丹,说:"你就是昨晚那个演奏琵琶的?"

"是的,我没有弹好。"傅丹尴尬地回答。

"没关系,一次失败怕什么。你是江西人?"

"我是浙江人,老家在临海。"

"哦哦,那我们是老乡啊,我曾经在临海待过一段时期,以后来浙江了可以来找我。"

"谢谢赵先生。"

"有没有回浙江发展的想法啊?"赵松庭觉得,虽然傅丹比赛时出了问题,但傅丹的演奏技艺是很不一般的。他这是要挖人才了。

"谢谢赵先生的厚爱,不过现在暂时还没有这个想法。"傅丹实事求是地回答。

"好啊好啊,以后再聊,欢迎你回浙江来。"赵松庭说罢,告别了傅丹。本来,傅丹还想跟赵先生说说叶万青向他学艺的往事,不过,赵先生已经走远了。

赵先生的话以及他和蔼的态度,对傅丹有着一丝安慰。只是她内心的苦闷和压力,仍然无法释怀。

结果，傅丹那次比赛得了银奖，与金奖失之交臂。回到江西，领导们安慰傅丹说："本来预期你得金奖，我们把宣传你的新闻稿都准备好了，不过银奖也很不错了。"

有几个月时间，傅丹似乎一直生活在极度郁闷和惭愧中，好在年少时的磨难练就了她顽强的意志和永不服输的性子，傅丹慢慢地从这次比赛失利的苦闷中挺过来了。

三个月后，傅丹接到了广州太平洋影音有限公司的邀请电话，希望为她录制一组《阳春白雪》《塞上曲》《十面埋伏》等卫派古典乐曲和《送我一枝玫瑰花》《赶花会》等现代乐曲，同时还要录制傅丹创作的琵琶曲《上茶山》《兰花吟》等。

受邀录制唱片面向全国发行，这可是莫大的荣誉，先前的苦闷一扫而空，傅丹欣然前往广州。

这次，广州太平洋影音有限公司邀请了三位青年琵琶演奏家——香港的徐红、安徽的潘娥青和江西的傅丹。他们原定将为她们出版三盒磁带，把她们作为中国琵琶界的三位新秀，向全国推介。后来因为一些客观原因，只是出版了一盒三人合集的磁带，于1984年正式出版，其中收录了傅丹的四首琵琶曲。

轻松欢快的《上茶山》，是傅丹从上海音乐学院毕业回来创作的第一首琵琶曲。

那年，傅丹在赣州采风、体验生活，发现那里的风俗与浙江不同。山上晨雾蒙蒙，老农民在油茶树下，哼着小曲边走边敲打着扁担打油茶。

傅丹与同是从上海音乐学院毕业回来的吴颂今，把这首江西民歌改编成琵琶曲，演奏时，她在琵琶面板上模拟出打击乐的声音。

不久，中国人民解放军海峡之声广播电台对台音乐节目组，也邀请傅丹为他们录制了《盼归》《上茶山》《出征》等琵琶曲，有一段时间，几乎每天对台湾同胞播出。同时，还邀请她和著名古筝演奏家焦

第二章 嘈嘈切切，请问弹者谁

1
—
2

1 广州太平洋影音有限公司录制独奏专辑
2 参加中国人民解放军海峡之声广播电台独奏音乐会

金海,举办了琵琶古筝独奏音乐会,全程对台播出。

上海唱片公司也为傅丹录制了胶木唱片,收录了《兰花吟》《上茶山》等乐曲。傅丹的名声,渐渐在全国文艺界打响了。

人不可能一直生活在云端,人生有低谷也有高峰,傅丹释然地走出情绪低谷,擦去了全国大赛失利的阴影,放下一切杂念,纵身琵琶艺术的天空,自由地翱翔。

歌舞团长

1987年,傅丹被任命为由南昌市歌舞团改名的南昌市艺术团团长。

当时,江西省文化厅和南昌市文化局领导认为,傅丹作为南昌市艺术团的一把手,必须也要管政治、行政、人事等工作,但是傅丹已经加入了九三学社,是民主党派身份,不便参与这些党政工作。于是,南昌市文化局党委找傅丹谈话,表明了组织上的态度,希望她争取加入中国共产党。

"我已经是九三学社社员了,还可以加入共产党吗?"傅丹显然还不明白党派的工作原则。

领导给傅丹解释:作为民主党派成员是可以加入共产党的,当然,这需要本人申请。傅丹毫不犹豫地回答:愿意。因为她懂得,没有党和国家对她的悉心培养,她不可能走到今天这一步。

不久,组织上的考察合格后,傅丹入党了。从此,傅丹成了南昌市艺术团的"一肩挑"干部。

当年，国外的很多音乐元素进入中国，港台地区的流行音乐也风靡一时，传统民族音乐，遇到了严峻的挑战，演出市场不断萎缩。江西省京剧团、省歌舞团、省杂技团、采茶剧团等几十个专业艺术团体，也都遇到了困境。

当时，南昌市艺术团下属有轻音乐团、歌舞演出队、民乐队、歌队、曲艺团等机构，有两百来号人。这些人个个都有过硬的艺术专长，但是面对流行音乐的冲击，似乎毫无还手之力。

需要活下去，就要解决温饱，还要考虑下一步的发展。

那么，南昌市艺术团的出路在哪里？

为此，傅丹想了很长时间，作出了一个大胆的决定：让艺术走向市场。

开始的时候，有同事和主管领导很不理解，因为这在江西是从来没有过的事情。不过，好在文化局领导信任傅丹，同意她试一试。

傅丹的具体做法是：走出去，请进来。

走出去：放下高雅艺术的身段，傅丹组织了一支精干的演出小分队，演出中大胆地穿插了流行音乐和歌曲演唱，在江西全省巡回演出，为的是让演出更接地气，让观众更加喜闻乐见。同时，在外来音乐的间隙中，东奔西跑寻找生存之道。

一年以后，南昌市艺术团的名声在江西打响，元气不断恢复。

请进来：傅丹延请当红歌手吕念祖等人来江西演出，使得观众从磁带中"认识"的港台明星，真实地出现在江西舞台上。此举引起了很大的轰动，门票收入也大为改观。

傅丹还邀请了著名歌手朱明瑛、朱小瑛、成方圆，来江西与南昌市艺术团同台演出。

在走出去、请进来的运作中，南昌市艺术团终于成为江西省专业艺术团队的佼佼者。

傅丹觉得还远远不够。

那时,南昌市政府正准备重建滕王阁。傅丹敏锐地感到了艺术商机:是不是能够在滕王阁顶楼的古戏台里,以仿唐乐形式演出?

傅丹找到城建局领导,提出自己的想法,并得到了他们的支持。城建局还提供了演出必需的大型编钟和磬等仿古乐器。

傅丹风风火火地采购了仿唐戏装,创编了仿唐音乐,真切地还原了王勃《滕王阁序》中的歌舞场景。没想到效果非常好,无论是本地人,还是外来游客,都会在游玩滕王阁的同时,观看"仿唐歌舞"的演出。

南昌市艺术团的演出收入,与滕王阁的门票打包分成,单位的利润高了,演职员的口袋也渐渐鼓起来了,大家干劲更足了。傅丹的这一创举,成为江西文化艺术的一张亮丽名片,直至30年后,这种演出模式,还在不断地演绎和推广发展中。

当年,傅丹还是江西师范学院音乐系的兼职教授,是江西师范大学第一位琵琶专业老师。为了让学生有更多的实践机会,每周有一天,音乐系的师生们会来滕王阁演出。南昌市艺术团从此走出了困境,艺术大胆地走向了市场。

时任南昌市文化局局长的余根水说:"在江西有很多省级的文艺专业团体,傅丹是第一个敢于吃螃蟹的人,使得作为市级的南昌市艺术团迅速崛起,完全可以比肩省级艺术团体。在南昌市的文化艺术史上,必然留下傅丹厚重的一笔。"现任南昌市文联党组书记李敏,是傅丹原先的同事,他不无自豪地说:"傅丹开创了南昌艺术团的一个新纪元,作为曾经同台演出过的老同事,我们脸上有光啊。"

悲从天降

正当傅丹被一层层光环所笼罩,艺术、人生处于巅峰状态时,命运给了她重重一击。

1988年始,孙雪春经常感到背痛,并伴随肝区隐痛,一开始误诊为胆囊炎,后来从江西省交通厅职工医院转到江西省附属第二医院检查,诊断结果是弥漫性肝癌,已经到了晚期。他当时是江西省交通厅援外办公室主任(副厅级),正是受重用的时候。傅丹的天塌了,她把自己在团里的工作、演出都停了,陪伴孙雪春转院到上海华东医院。

住院治疗三个月后,医生对傅丹坦言道:"看来没有多少天了,你们要有心理准备。"

傅丹心如刀绞,却依然笑着宽慰雪春:"你只是得了肝硬化,医生说,用不着动手术,咱们回去慢慢调养。你想在上海住着,还是回江西?"

雪春似乎知道自己时日不多了,平静地答道:"回江西,我的事业在江西,我的朋友在江西,我死也要死在江西。"出生于上海的雪春,最眷恋和不舍的却是江西这片他为之奋斗和奉献青春的热土,他把人生终点选在这里,也把最深沉的爱和最刻骨的遗憾留在这里。

回程长路漫漫,雪春一直紧握着傅丹的手。他说起了他们的初见,只是那惊鸿一瞥,她便成了他生命中最温暖最耀眼的光;他说起了他们最深爱的女儿,那么可爱,那么优秀,他多么希望能看到女儿长大成人,有一份自己热爱的事业,找到一个相知相爱的人,出嫁的那天,女儿挽着他的臂弯,走进那圣洁的礼堂;他好想再看一眼他设计的桥,这座桥造福了当地的百姓,桥下是奔流不息的滔滔江水,两岸开满了鲜艳如火的杜鹃花……

与江西著名影视演员郑旌美合影

傅丹静静地聆听着,眼泪无声地流淌着,她无比虔诚地祈求上苍再多给他们一些时间,让雪春能多完成一些心愿。

车终于开到居住的楼下,傅丹扶着雪春下车,他多么想再看一眼自己的家,可人已经虚弱得站不住了,傅丹只好又把他扶上车,直接住进了南昌市第一人民医院。

雪春在医院走完了人生最后一段时光。晚期的癌症所带来的疼痛非常人可以忍受,雪春一度想要自绝,早点结束这无尽的痛苦和折磨。疼痛过后,他求生的欲望又是那么强烈,但终究敌不过病魔,带着对妻儿的眷恋,对人世的不舍,雪春去了另一个世界。

雪春走的那天,是1988年的中秋节,一个本应阖家团圆的日子。

爱人的骤然离世,让傅丹陷入巨大的悲痛中。

傅丹的同事郑旌美,得知此事,几乎每天都来傅丹家里,陪她一起

1990年创作演奏《滕阁秋风》

吃饭、说话、外出散心,希望能够减轻点好姐妹心里的悲痛。郑旌美生性开朗豁达,家庭出身与傅丹类似,傅丹刚来南昌时,她们就成了无话不谈的闺蜜。她曾经在电影《八一起义》中饰演宋美龄,在江西也是家喻户晓的明星。有了好友的陪伴与宽慰,傅丹心里确实好过了一点,但是,要真正迈过这个坎,只能靠傅丹自己坚强面对。

那时,她常常一个人到赣江桥边走走。1989年清明,为雪春扫墓回来,她又来到滕王阁对岸的江畔,只见夕阳映照下的滕王阁镀上了一层金色的辉芒,微风过处,江面涟漪泛起,楼阁与天空的倒影在水光中影影绰绰,漫天云霞绚烂无比,水鸟在江面上悠悠飞翔,纵是美到令人沉醉,在伤心的人看来亦带着一抹哀伤与落寞。

傅丹忽然想到了王勃《滕王阁序》中的两句:"落霞与孤鹜齐飞,

秋水共长天一色。"她觉得此时的自己，就像一只秋风里的孤鹜，不知道哪里可以安放那颗悲凉沧桑的心。

触景生情，一段凄美婉约的旋律从傅丹心底升腾而起，萦绕不去，她的内心涌起一股强烈的冲动。她连夜创作了琵琶独奏曲《滕阁秋风》，曲子描绘了滕王阁和赣江的秋日风光，也寄托了她对亲人深深的思念。

担任南昌市歌舞团团长时期，傅丹在滕王阁上开创了仿唐歌舞演出的先河，《滕阁秋风》以琵琶作为主奏，配以美轮美奂的仿唐歌舞，其新颖的表现方式，绝美的舞台效果，深受观众的喜爱。即使多年以后，《滕阁秋风》仍是滕王阁古戏台里的常演曲目。

> 赣江之水川流而过，滕王阁倒影如梦似幻，八一桥头一切如昨。
> 滕王高阁临江渚，佩玉鸣鸾罢歌舞。
> 画栋朝飞南浦云，珠帘暮卷西山雨。
> 闲云潭影日悠悠，物换星移几度秋。
> 阁中帝子今何在？槛外长江空自流。
> ……

1990年，《滕阁秋风》参加江西省音乐舞蹈节评比，获得创作、演奏两个一等奖，奖杯是从景德镇定制的祭红瓷花瓶。傅丹站在领奖台上，面带着微笑，内心却一片酸楚。

人人都赞叹这首曲子意境之美，又有谁知写曲弹曲人的心碎与悲伤。

第二章　嘈嘈切切，请问弹者谁

1990年在江西省音乐舞蹈节上获创作、演奏双一等奖

命运转向

傅丹从来没想过自己有一天会去宁波工作。20世纪90年代的宁波,虽说是一个副省级计划单列市,但只是一个尚待开发的城市。而南昌,毕竟是省城。

机缘巧合,1990年傅丹到中国唱片社,为自己创作的琵琶曲《滕阁秋风》录制唱片,碰见宁波群艺馆的干部在中国音乐学院进修,闲聊中,他们说起宁波市正在筹建歌舞团,想寻找一位合适的团长。宁波群艺馆有位声乐老师曾在江西工作过,他问傅丹:"你愿不愿意到宁波来,我们可以推荐你。"他把傅丹的简历带给了宁波文化局的领导。

傅丹老家台州临海,离宁波不远,她去过宁波,但印象不深,很想再去看看。

傅丹回南昌时绕道宁波,主动找到宁波市文化局。

局长董永芳正在办公室里看文件。见局长室的门虚掩着,傅丹礼貌地轻轻敲门。

"请进。"董永芳抬起头来,见门口站着一位不认识的知性女士。

"你是——"

"我叫傅丹,来自南昌市艺术团。"

"哦哦,请坐。"董永芳站起来,给傅丹倒茶。

董永芳想:自己正为没有合适的歌舞团团长而焦心,不知道这位怎么样。而且,也有政治处的干部跟他推荐过傅丹,说她是浙江人,也给董永芳看过傅丹演出的一些资料。

眼前这位女士,自信却无傲气,恬静而不拘谨,修养和素质都很好。

一番寒暄之后,董永芳突然问道:"你对当前流行音乐如何看?又怎么理解西方音乐?"

傅丹一听乐了,这也是她近年来在思考的问题,而且她所带领的南昌市艺术团,已经走出了自己的一条路。前不久,傅丹还在中国民族管弦乐学会的学术研讨会上读过一篇论文,题目是《对中国民族音乐发展态势和需求的思考》。

傅丹稍微整理了一下思路,娓娓道来:"中国刚刚改革开放,长期禁锢的思想一下子放开了,流行音乐的异样旋律,便深深地吸引了国人。由此,民族音乐好像处于低迷状态。不过,我们也不能抵制外来文化,应该洋为中用。而且,随着时间的推移,民族音乐必将会再次崛起,因为悠久的中华文明所酿造出来的音乐,就如血脉,流淌在每个中国人的心底。所以,以洋为借鉴,以古为基本,未来中国的民族音乐,一定是会异彩纷呈的,而且也一定会让国人爱不释手。"

董永芳听罢,眼睛发亮,接着问:"你在南昌艺术团担任什么职务?"

"担任团长。"傅丹笑盈盈地回答。

董永芳还问了些傅丹是如何管理歌舞团的,傅丹讲了注重艺术质量、强化奖励体系和走市场的事情。

"你认为办好歌舞团需要什么条件?"董永芳又问傅丹。

"一支好的队伍,一组优良的设备,一批优秀的作品。"傅丹脱口而出。

董永芳陷入了沉思。

本来董永芳想跟傅丹谈10分钟,结果聊了一个多小时。

傅丹告别董永芳后,想着:这位局长倒是个实实在在干事的人。

傅丹一离开,董永芳马上叫来了分管局长裴明海和政治部主任景四海,一起商量了一番后,董永芳激动地说:"宁波市歌舞团团长,就是这个人了。"

晚上,傅丹一个人在宁波城里瞎逛,觉得这个城市很小,只有中山路还亮堂些,根本不能跟江西省会城市南昌比,不过三江口的风景倒是挺美的。

傅丹回到南昌后不久,宁波文化局派政治部主任景四海、艺术处处长徐尚满到南昌市进行考察,他们觉得傅丹是一个非常合适的人选。她本来就是浙江人,单身,家庭没有拖累,他们只是担心南昌市不会放她。

傅丹也在犹豫,南昌是她功成名就的地方,也是她奉献了一生中最好年华的地方。

董永芳局长说:"先把傅丹借过来,帮助我们建立歌舞团。"谁想到这一"借",就"不还了"。就这样,傅丹来到了宁波市歌舞团。

傅丹到了宁波市歌舞团,作为局长的董永芳又担心没法长期留住傅丹这个人才。

时任宁波市委组织部部长的陈勇给董永芳支招:"你想要把傅丹长期留下来,就得让她在宁波真正安下家来。"

"对,是应该给傅丹找个伴儿,把她的心拴在宁波。"

她虽然已经把母亲和女儿接到了宁波,那还不能算是一个完整的家。

这时候,董永芳得知,文化局办公室主任韩耀康的大哥韩耀东,妻子刚去世半年,近期要回宁波探亲。听韩耀康说,韩耀东的父母很希望韩耀东回宁波工作。

董永芳想起,在一次全国性的会议上见过韩耀东,是个专家型人才。韩耀东是宁波慈城人,1963年浙江大学毕业后,分配到东北工作,后来担任第一机械工业部沈阳水泵研究所所长,是国内水泵行业的领军人物。

董永芳立刻锁定了韩耀东。董永芳心里想:"就是他了。两个专家,能不能合二为一,成一个家呢?"

随后,董永芳很认真地跟傅丹谈了一次话:"我今天不代表组织,而是作为你的朋友,跟你说道说道个人问题。"

董永芳想留住傅丹，他希望韩耀东能做留住她的那个船锚。傅丹知道这是局长的好意，感到董永芳像自己的大哥一样，傅丹同意跟韩耀东见一次面。

董永芳琢磨着韩耀东是一个理想人选，于是他精心安排傅丹与韩耀东的第一次会面。

见面前，董永芳再三关照傅丹："你个子不高，要穿高跟鞋，韩耀东个子很高的，不要被他看不起啊。"见面地点是在影都电影院歌舞厅，董永芳、韩耀东和韩耀康先到了。看见傅丹来了，还是穿着平底鞋，董永芳低声说："就是不听话。"他很认真，似乎高跟鞋真的可以提高成功率。

董永芳指了指正在舞池里跳交谊舞的韩耀东，傅丹看到韩耀东高挑的个子，舞姿还挺有范儿的。

韩耀东跳完了舞，回到座位旁，好像并没在意傅丹的个子高矮，他跟董永芳和傅丹寒暄之后，坐下来喝茶。几个人有一搭没一搭，随意找了些东西南北的话题聊天。

后来大家一起到包厢里唱歌，韩耀东勉强唱了一首，傅丹觉得他乐感很好，只是嗓子有点哑。韩耀康说："大嫂去世后，大哥的嗓子都哭哑了。"这话让傅丹对韩耀东陡增几分好感，觉得他是一个挺重感情的人。

傅丹尝过失去丈夫的那种痛苦，能理解一个中年丧偶之人的悲痛，这也是同病相怜。

第二天，董永芳问傅丹："昨晚见的这个人，感觉还可以吧？"

傅丹说："接触了解了，才能知道。"

董永芳说："你的回答跟韩耀东的回答如出一辙。我问韩耀东，他的回答是：'第一面印象不错，好不好要接触了才能知道。'你俩还挺有默契的。"

初次见面，彼此的印象都不错。双方都是知识分子，说话当然也是收合自如。让傅丹意外的是，韩耀东这个水泵专家酷爱文艺。

不久,傅丹去杭州参加省人代会,她对时任宁波市委副书记的代表团团长陈勇说:"大姐,我让您见个人。"

那时,韩耀东正好在杭州出差。

在花港饭店,浙江省人大代表团举办联欢会,傅丹将韩耀东引见给了陈勇。

"不错啊,人很直爽,看得出对你很好,又有专业水平,这样的工业系统管理人才正好市里也需要。"陈勇满意地对傅丹说,陈勇曾经担任过宁波市委组织部部长,阅人无数。

陈勇一锤定音,事情有了眉目,傅丹也不再犹豫,就告诉母亲:"局长介绍了沈阳一位丧偶的专家。"

母亲说:"他在沈阳,那么远,你又不了解他,万一是个骗子怎么办?"

被母亲这么一问,傅丹还真飞到沈阳去"考察"了韩耀东。

韩耀东特意请了假,带傅丹去看沈阳的名胜古迹。

那天早上,韩耀东的母亲烧了泡饭,他为大家分泡饭,泡饭不够分,傅丹看到他背过身子,把一块不知是什么时候的点心,匆匆塞进自己嘴里,倒了一杯水灌下肚去。

韩耀东的母亲让他吃泡饭,他说:"我刚已经吃过泡饭了,你们快吃,再不吃泡饭就凉了。"

傅丹在厨房发现了这一幕,她知道韩耀东根本没吃泡饭,他说的是善意的谎言。这个生活小细节一下子打动了傅丹,她认定他会是个体贴的好老公。另外也看到研究所的同志们对待韩耀东都非常尊敬,称他为全国水泵界的"韩老板"。

傅丹去沈阳,跟韩耀东确定了关系,接着就想法子把韩耀东调回宁波来。当时,韩耀东的学弟路甬祥正担任浙江大学校长,他想把韩耀东调入浙江大学下属的一家能源公司担任总经理。

后来,路甬祥升任中科院院长,还专门给宁波市政府写了一份推荐信,希望能够把韩耀东作为专家型人才引进到宁波。同时,宁波方的领导也在努力给韩耀东安排一个合适的工作岗位。最后,韩耀东担任了宁波市经委党工委委员、总工程师兼宁波市打假治劣办主任等职。

韩耀东虽是个理工男却热爱文艺,且多才多艺,二胡、笛子都能来几下,在浙江大学读书时,还曾经担任过学校民乐队队长。在傅丹这个音乐专家的眼里,韩耀东的音乐才能顶多是"票友级"的,不过她常常鼓励性地赞扬他:"老韩挺有音乐细胞的。"

秋水夕照

又一个秋风乍起的季节,傅丹来到了有着"西子风韵,太湖气魄"美誉的东钱湖,早秋的夕阳映照在湖面上,粼粼波光随风荡漾,湖畔垂柳成荫,游人泛舟湖上,悠然自乐。

对傅丹来说,眼前的这一切都预示着一个全新的开始,她心中满怀对未来的向往。抚今追昔,触景生情,一段新的旋律从心中升腾而起,傅丹对《滕阁秋风》进行了改编,结合对宁波东钱湖山水的描绘和当时的心境,将曲名改为《秋水夕照》。她创作的这首曲子,曲风雅致悠远,既有对江南风光的描述和赞美,又蕴含深切的情感和对未来的美好憧憬。

时任宁波市文化局副局长周时奋,第一次听傅丹的独奏音乐会时,就从《秋水夕照》中听出了凄美与忧伤,听出了落寞与期待,听出了愁肠百结和柔情似水,也听出了憧憬和向往。

1991年，傅丹带团去杭州参加浙江省音乐舞蹈节，参赛的曲目就是《秋水夕照》，傅丹亲自担任领奏。

有一次，作为省人大代表的傅丹，去杭甬高速公路视察，听到了一个感人故事，杭甬高速公路建设工地上有位工程师，抱病坚守，最后倒在了岗位上。

这让傅丹想到雪春，雪春曾对她说过："我们是大地上的小草，我们不是在铺路，是在大地上描绘美丽的彩虹。"

造桥修路的工人，像小草一样无名，恰恰是他们坚韧不拔，才画出了大地上一道道彩虹，让天堑化作通途。

傅丹后来创作的琵琶协奏曲《路魂》，最主要的音乐意象就是小草。傅丹很自然地融入了歌曲《小草》中的音乐元素，融合铺展到琵琶协奏曲《路魂》中。

傅丹创作的《路魂》，后来被排成了小舞剧。剧中主人公的人物原型是抱病坚守岗位的工程师，也有雪春的影子。剧中讲的是得了重病的桥梁工程师，强忍着剧痛奋战在工地，工程师的妻子让女儿送药到工地上的感人故事。

每次排练场上审看节目，傅丹根本无法掩饰自己的感情，看着看着眼泪就止不住地往下淌。编舞王乃兴觉得奇怪，问她："这个舞蹈有这么感人吗？你每次看都哭成泪人。"

傅丹说："是很感人，我写这首曲子是动了真情的。"

傅丹想到了像雪春一样没日没夜奔忙的修路造桥者，《路魂》是傅丹为修路造桥者用音乐塑造的一道"彩虹"。

之后，傅丹又把《路魂》的音乐改编成大型民族器乐协奏曲，这首曲子在宁波市音乐舞蹈节上，获得了演奏和创作两个一等奖，小舞剧《路魂》还获得了浙江省"五个一工程"奖。

第三章

春泥护花,灯火阑珊处

兑现承诺

傅丹初来甬城时,宁波市歌舞团刚刚在时任宁波市文化局副局长裴明海的主持下筹建起来,团部是原天然舞台拆剩的几间"危房"和一幢在废墟上搭建的两层简易排练厅;演员队伍只有一支年轻的舞蹈队,这支队伍的前身是文化局委托宁波九中代培的一个职高性质的特长班,是由原宁波市文化局艺术处处长徐尚满和原宁波市文艺学校副校长(后曾任宁波市歌舞团副团长)纪平为主筹建培养起来的。这样的条件,与傅丹原来所在的南昌市歌舞团可谓云泥之别,她感觉身上的担子很重,同时也充满了信心。她曾经在灵桥边,对着滔滔东去的奉化江暗暗许下诺言:"给我三年,一定让宁波市歌舞团在省里拥有一席之地。"这是她对自己的承诺,也是对宁波这座城市的承诺。后来她的一切行动,都源于这份承诺,迈出的每一步,都承载着她的心愿,前进道路上大大小小的困难,她都当作为了完成梦想必须要承受的考验。

新成立的宁波市歌舞团,安营扎寨在右营巷10号,这里是20世纪30年代的天然舞台旧址,一幢老式木楼破破烂烂,老旧的木楼梯走一步摇一摇。一楼是乐队排练厅,二楼是舞蹈排练厅。沿木楼梯上去，楼顶上有一个平台，演员们用来晒被子、晾衣服。

天然舞台原来观众席的位置变成了菜市场，这里每天上演的是市民五味杂陈的生活。歌舞团门口有各种各样的熟食小摊，傅丹看到有一个摊位上挂着"面拖黄鱼"的牌子，就买了几条"面拖黄鱼"，当场吃了一条。吃到尾巴根上，也没见里面有黄鱼，就问摆摊儿的师傅："面拖黄鱼里面怎么没有黄鱼？"

师傅打趣说："面拖黄鱼只是说说的，难道红烧狮子头，还能真把狮子的头烧了给你吃？"

"这里面明明是杂鱼，那你何不叫面拖杂鱼？"傅丹笑笑，心里确实佩服宁波人做生意的噱头。

歌舞团对面有卖酱菜的，开台球房的，开饭店的，还有一家民光电影院……

当时的歌舞团只有舞蹈队，作为歌舞团团长的傅丹，放下身段，在舞蹈演员换场更衣的间隙，上台独奏一首琵琶曲填空补缺也是常事。

团里每次演出都是由梁文海、李丽华夫妇俩为演员们做发型、化妆，他们成了宁波市歌舞团的"御用美容美发师"。傅丹的妆容和发型也都由他们负责，她这个习惯维持了多年，一直未改变。

梁文海夫妇从江西南昌来宁波创业时，一无所有，凡遇到困难，都是傅丹出面帮他们解决，如今他们已经成为宁波美发行业的领军人物。

天然舞台曾经有一阵子做过招待所，歌舞团演员们住的宿舍，每间屋子只够放下两张床，中间有一点空位，刚好能摆下一张小写字台。

歌舞团外围环境很吵闹，早上隔壁的菜市场开始嘈杂，楼下布满一个个小菜摊，吆喝声、叫卖声、讨价还价声此起彼伏。

歌舞团门口还有一家录像放映厅，吸引行人、招徕生意的高音喇叭对着歌舞团的大门。菜市场收市后，放映厅开始嘈杂，刺耳的音乐声、枪声、武打片劲爆的噼噼啪啪声连成一片，震动耳膜，与歌舞团艺术创作的氛围极不协调。

歌舞团在右营巷10号驻扎了十年,被嘈杂声包围了十年,这些世俗的嘈杂喧嚣,与歌舞团的琵琶声、笛子声、小提琴声、二胡声、锣鼓声安然共处了十年。演员们早上五点开始,听到晚上入梦,渐渐地也习惯了。噪音被听觉淡化后,融合到了生活中,变成日常,最终和谐无碍,成为另一种喧嚣之上的安宁。

离菜场近的好处也很明显,演员们练歌、练舞练得饿了,冲进菜场买点毛豆、芋艿煮一煮,排练结束,大家分着吃吃,解解饥。

傅丹外请了老师来抓舞蹈排练和乐队排练,每次她都在一旁监督,有时候演员们排练太累了,有的小演员调皮地称她为音乐舞蹈工地的"包工头"。傅丹被这帮孩子逗乐了,夸他们的比喻很有创意。只要能出人、出成绩,孩子们拿什么打趣她,她都乐意。

搞文艺的人容易耍个性,一言不合拍桌子、瞪眼睛也是常有的事。俗话说,"宁带一团打仗兵,不带一团文艺兵",傅丹当歌舞团团长,既要适应艰苦的环境,专业上又要拿得起放得下,还得带好这一群"文艺兵",太难了。命运交给她这样一个团,她就用慈爱来柔化这帮调皮的孩子。

在宁波市歌舞团,傅丹的办公室兼宿舍只有6平方米,十分破旧,转个身都要磕磕碰碰。有时莫名其妙受了这帮不太懂事的"毛孩子"的气,也会感到憋屈,这时她也会自嘲:明明在南昌已经功成名就,干吗要自讨苦吃来这个地方,是想在宁波文化史上留名,还是想得到荣誉勋章?

前一晚上还很泄气,第二天起来,傅丹又开始劝慰自己,人生在世,就是为了修行而来,一切委屈都要忍下来。想到对自己的那份承诺,她马上就像换了一个人,径直冲进演员排练厅,盯着团员们排练。看到这些平时挤住在简陋逼仄的宿舍里吃着粗菜淡饭的孩子练得满身大汗,她又开始心疼他们。

舞蹈演员正在排练中

傅丹内心希望自己是一个"行动家",去做自己心里想做的事,不多问为什么,要做什么只管去做,努力做成,这就是她的理想。有人说她爱折腾,她也只是一笑而过:把歌舞团"折腾"成功了,影响力就有了,不"折腾",怎么知道自己会不会成功。

辛苦"折腾"了一年后,宁波市歌舞团第一次在浙江省音乐舞蹈节上亮相,引起了不小的轰动,评委们很吃惊,"宁波什么时候有了歌舞团?这可是浙江省音乐舞蹈界的后起之秀!"

这次音乐舞蹈节上,傅丹个人获得了表演一等奖,创作二等奖,参赛的几个舞蹈节目,也收获颇丰,充分展示了宁波市歌舞团成立一年来的成果。

工作上有困难,想办法自己克服,傅丹很少开口向市文化局领导提要求,而是主动与其他单位搞文化共建。有时歌舞团碰到的困难,共建单位也会帮忙解决。

傅丹到宁波以后的第二年,从南昌市歌舞团引进她的宁波市文化局长董永芳夸她:"我手下的团长,如果都像傅丹这样能折腾,我就很轻松了。"

琵琶弟子

叶晓红是傅丹第一个招进宁波市歌舞团的乐手,因为同是弹琵琶的,傅丹很自然地在叶晓红身上寄予了厚望,对她的培育倾注了更多的心血,对她的要求也格外严格。在许多场合,叶晓红都说:"我的一切艺术与精神层面的塑造全来自于傅妈妈。"叶晓红的这句话,是发自肺腑的。

1991年春,叶晓红在父亲的陪同下从临海到宁波市歌舞团考琵琶演奏员。事先她并没有对傅丹说她是临海人,同期还有一个女孩也是来考琵琶的,形象比叶晓红要好,还是傅丹小学同学的女儿,公平竞争的话,或许还有希望考取,但如果老师有心偏袒,她攀老乡也没有用。最终,叶晓红凭借一首技艺精湛的《彝族舞曲》在参加考试的十几名琵琶手中脱颖而出,顺利被录取了。傅丹公平公正的处事方式给叶晓红留下了深刻印象,她对傅丹既感激又敬佩。

进团第一天,父亲带叶晓红办入职手续,亲手把她交给傅丹,希望傅丹像父母一样严加管教。傅丹完全理解为人父母者的期望,从此把叶晓红当成自己的孩子。叶晓红就是在傅丹的慈威并施中成长的。

傅丹教给她舞台经验、各种曲子的处理方法,感知音乐的表现力、内涵、情感……

后来,傅丹了解到叶晓红是自己的临海同乡,父亲是部队文工团的笛子演奏员,受家庭艺术氛围熏陶,她从小就开始学琵琶,16岁考上了浙江艺校,艺校毕业后就来应考宁波市歌舞团了。

傅丹开玩笑地对叶晓红说:"你考试时怎么不说是我老乡啊?"

"我要凭真本事考进来,不想给您这位老乡丢脸。"叶晓红的回答,令傅丹十分欣赏。

那时候叶晓红毕竟还小,跟所有孩子一样贪玩,有一天她怀抱着一只毛茸茸的小哈巴狗来上班。在傅丹眼里,女孩与小狗都很惹人怜爱,却仍是一脸威严地对她说道:"晓红,小狗从哪里抱来的,就送回哪里去!你的臂弯是用来抱琵琶的,不是狗窝。"

叶晓红眼泪汪汪地看着傅妈妈,一副楚楚可怜的样子,希望傅妈妈能网开一面。傅丹仍硬着心肠说:"抱一只狗上班像什么样子?大好的时光,不好好练琴,玩狗丧志,徒耗光阴。"其实傅丹也喜欢养狗,一只雪白的小博美,她养了14年,小狗受委屈时的眼神,就像眼前的叶晓红,能把人的心都看融化了。傅丹还是没有妥协:"你的时间要用在练琴上,你父亲送你来,是让你来弹琴,不是让你来养狗。我不带好你,对不起对你抱着殷殷期望的父母。"

过了两天,叶晓红乖巧地告诉傅丹:"傅妈妈,我已经把狗送人了。"

有一次下乡演出,车子开出一半,叶晓红红着脸告诉傅丹:"傅妈妈,我忘了带琵琶。"

"战士上战场不带枪能行吗?你自己回去拿,拿好自己赶过来,不能耽误演出。"

傅丹也心疼这个稚嫩的小姑娘,可她太贪玩了,工作的弦没有绷紧,必须从严管教。

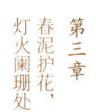

第三章 春泥护花，灯火阑珊处

这一次真苦了叶晓红，回去拿了琵琶，搭完汽车又转人力三轮车，一个人辗转几十里路，终于在晚上演出前赶到了演出地点。在化妆室见到傅丹，叶晓红再次诚恳地道歉："傅妈妈，我会记住教训的，以后绝不会再犯这样的错误了。"

傅丹欣慰地看着叶晓红："要记住，作为一名文艺工作者，要有责任，有担当。"

此后的数十年，叶晓红用实际行动践行着自己的承诺，那也是傅老师的嘱咐：成长为了一名优秀的琵琶独奏演员，在艺术舞台上绽放光彩；跟随傅丹传播弘扬琵琶艺术，长期参与公益性讲座和演出活动；到琵琶传承基地任教，培养一批又一批的琵琶学子；评选上国家一级演奏员；担任宁波中华文化促进会琵琶学会会长……薪火相传，傅老师教给她的一切，她将把它们传授给一棵棵琵琶新苗，也将琵琶艺术传承的使命延续下去。

招兵买马

浙江省音乐舞蹈节上，宁波市歌舞团获得了一些成绩，傅丹"折腾"起来也更有信心了。团里人才缺乏，演出品种单一。歌舞团只有一支小型的舞蹈队伍，水平一般，有待培养。

好在舞蹈队的年轻人很刻苦用功，起早贪黑训练。傅丹觉得接下来当务之急，必须马上组建一支歌队和一支乐队。

有一天，傅丹接到一个电话。听声音，并不熟悉。"我是卢竹音，浙江艺校的校长。你可能不认识我,我是宁波咸祥人,很想为家乡做点事情。我知道宁波办了歌舞团,你需要什么演职人员,可以来我校看看。"

真是雪中送炭,傅丹听了连连说,"谢谢卢校长,我明天就来杭州。"

第二天,傅丹就去了浙江艺校,在众多毕业生中,当场招聘了会打扬琴和吹笙的许玄远、吹笛子的周辛风、拉二胡的姚宗颖、拉大提琴的裘诤和弹柳琴的黄怡五位学员。傅丹心里一盘算,加上以前就在的大提琴老潘,还有刚刚考进来的琵琶手叶晓红,一支小型乐队算是基本建成了。

没有优秀的歌唱家和舞蹈家,算不上一个好的歌舞团,傅丹一心想着再招聘一些成熟的演艺人才来。

她动起了从江西文艺界搬救兵的脑筋。

她首先想到了沈莹,江西省歌舞团最优秀的舞蹈演员。早在1982年首届华东六省一市舞蹈大赛中,他就凭借《金鸡报晓》《开天辟地》两个作品,获得了一个创作一等奖,两个表演一等奖;1985年,又在大型音乐舞蹈史诗《中国革命之歌》中一鸣惊人,年纪轻轻就成为排名第六的"全国十大青年舞蹈家"。

傅丹给沈莹妈妈写了一封长信,希望她能让沈莹来宁波,帮助自己训练舞蹈学员。

沈莹的母亲时任南昌市文化局艺术处处长,与傅丹是好朋友,深知傅丹在宁波创业不易,接到信后立即让儿子赶赴宁波助傅阿姨一臂之力。沈莹初到宁波,一看到宁波市歌舞团的团部,大吃一惊,打趣道:"傅阿姨,您这里是人民公社宣传队吧?"

傅丹呵呵一笑:"你先别管这些,帮我把演员训练好,排几个优秀的舞蹈节目出来。"

"面包会有的——"话音未落,边上的舞蹈学员们齐声喊道,喊完了哈哈大笑。这句话傅丹常常挂在嘴上,用来给孩子们打气。从他们自己口中说出来,虽带着调侃,却也是心底真切的渴望。

傅丹给舞蹈学员介绍了沈莹的情况,孩子们怀着崇拜的心情看着沈莹。

沈莹开始给他们上课时,有几个学员笑嘻嘻地说:"沈老师,这个动作怎么做?"开始,沈莹还没觉出什么,后来发现这些孩子是想掂掂他的分量,他二话不说,"咔咔咔"来了一系列的空翻、大跳、旋转的基本功动作,还跳了一段《金鸡报晓》的片段,学员们彻底服气了。

傅丹听闻此事,来到排练厅,笑着告诉沈莹:"曾经请过上海和北京舞蹈学院的老师,都被这些小家伙气得不行。这次,他们是真的佩服你了。"

傅丹又转而对学员们说:"沈莹比你们大不了几岁,已经是全国有名气的青年舞蹈家了。爱玩是年轻人的天性,但是你们现在已经没有玩的时间了,我需要你们跟我一起红红火火地把歌舞团搞起来,不要看现在很艰苦,我们只要坚持下去……"

"面包会有的!"学员们马上接口。虽然气氛欢乐,却是发自肺腑的坚信。

"还算懂事。"傅丹满意地笑了笑。

大家知道,傅丹真是把歌舞团当作自己的家一样来经营,他们也看到,她总是在千方百计地想办法改善歌舞团的条件。

二楼排练厅是舞蹈队的训练场所,一楼是乐队的排练厅,酷暑的时候,只有屋顶的吊扇"噢噢噢"有气无力地转动着,乐队还能够顶住,舞蹈队就受不了了,训练的时候,演员们浑身是汗,就像刚刚从河里捞起来一样。为了解决这个问题,傅丹趁着时任文化局局长董永芳陪时任宁波市委副书记李从军考察歌舞团之际,带着李从军上二楼。

"这楼梯?"李从军走在嘎吱嘎吱作响的木楼梯上,问董永芳。

"已经加固过了,暂时不会塌。"董永芳的话好像在为傅丹打伏笔。

傅丹在老歌舞团破旧的二楼舞蹈队排练厅陪同省舞协领导考核舞蹈学员

1991年傅丹与宁波市歌舞团领导班子成员在团长办公室商量工作（左一时任市文化局副书记董绍先，左二时任宁波市歌舞团团长傅丹，左三时任市文化局艺术处处长徐尚满，左四时任宁波市歌舞团副团长蒋贻德）

舞蹈队正在排演,李从军看了看浑身湿透的舞蹈演员们,又看了看屋顶的吊扇,皱了一下眉头。傅丹接着说:"孩子们很能吃苦,等以后有钱了,买一台空调。"

李从军是文科博士后,对文化艺术发展很重视。

他马上对文化局局长董永芳说:"你们将具体情况和困难打个报告过来。"

见机会来了,傅丹对李从军说:"我们团员很多还没有编制,是临时工,这样人心不稳啊。"

李从军马上说:"像我们这样副省级城市的歌舞团,至少得有60个以上的编制吧?董局长,你们打报告给市委、市政府,我们来研究。"

盛夏酷暑里,李从军一行的考察,让傅丹和歌舞团的团员们神清气爽。

一天后,两台立式空调装在了排练厅,团员们站在空调前笑呵呵地吹着凉风:"面包来了。"

傅丹说:"这只是小面包,只要我们做出成绩,以后还要建造属于我们自己的歌舞团大楼。"

不久,经过宁波市委、市政府的讨论,批给歌舞团60个编制。

当时,外来人员要在宁波落户,需要城控办的批准,这城控办组织,是由公安局、人事局等6个部门组成的。如果没有编制,要在宁波落户,想都别想。

歌舞团唯一的舞美工人陈大成,从奉化招进宁波市歌舞团已经有一段时间了,却仍然是奉化乡下木匠的身份。为了解决他的编制问题,傅丹没有少跑公安局和城控办。现在好了,陈大成终于成为宁波城里人了,心里踏实了,工作更加努力了。像陈大成这样的团员有20多位,后来陈大成成为宁波舞美工作的领军人物。

傅丹平时态度和蔼,对团员的生活也很用心,但对待工作,要求十分严厉。有人背后说她严苛得像"慈禧太后"。

"快快，慈禧太后来了。"这些年轻人不认真训练时，一听到傅丹的声音，就会有人马上警告同伴。得知自己被起了这么个绰号，傅丹哈哈大笑："没有我慈禧太后的凶，你们能够进步吗？歌舞团能够迎难而上吗？"

孩子们连连说"是是是"，因为他们都懂得，傅丹批评他们也好，表扬他们也好，都是为他们好，为歌舞团好。

建造宁波市歌舞团大楼，是傅丹对歌舞团演员们承诺的"大面包"。

1991年底开始，傅丹就琢磨建造大楼的事情，原先右营巷10号的破旧老木楼，早已经不适应宁波市歌舞团的发展壮大。那时，傅丹是宁波市政协常委，几乎每次政协会议期间，她都会递交建造宁波市歌舞团大楼的提案。

心诚则灵，宁波市政府终于同意了傅丹的提案。筹建启动费用为400万元，傅丹知道这笔钱是远远不够的，不过先拿下立项再说。

董永芳和傅丹在宁波市郊四处找地块。

那时，宁波的主要城区还是在海曙区一带，江东区很多地方还是稻田。他们在朝晖路一带，找到了一块荒草萋萋的田野。一打听，这里的12亩土地，已经被一家企业买走了。

经过傅丹多次上门协调，那家企业愿意以12万一亩的价格出让。这样，买土地就花了144万元，要建起5层大楼，靠留下的256万元，肯定是不够的。单单设计费和打地基的费用，就花完了这些钱。

于是，傅丹大着胆子，坐在张蔚文市长的办公室，足足磨了一个多小时。张市长叫来分管城建工作的副市长，原则上同意追加费用，至于追加多少，需要开市委常委会来决定。

"至少得1000万元。"傅丹见好机会来了，直接见缝就钻。

"哈哈哈，傅丹，你这是钓鱼政策啊，全市所有单位领导都像你这

第三章 春泥护花,灯火阑珊处

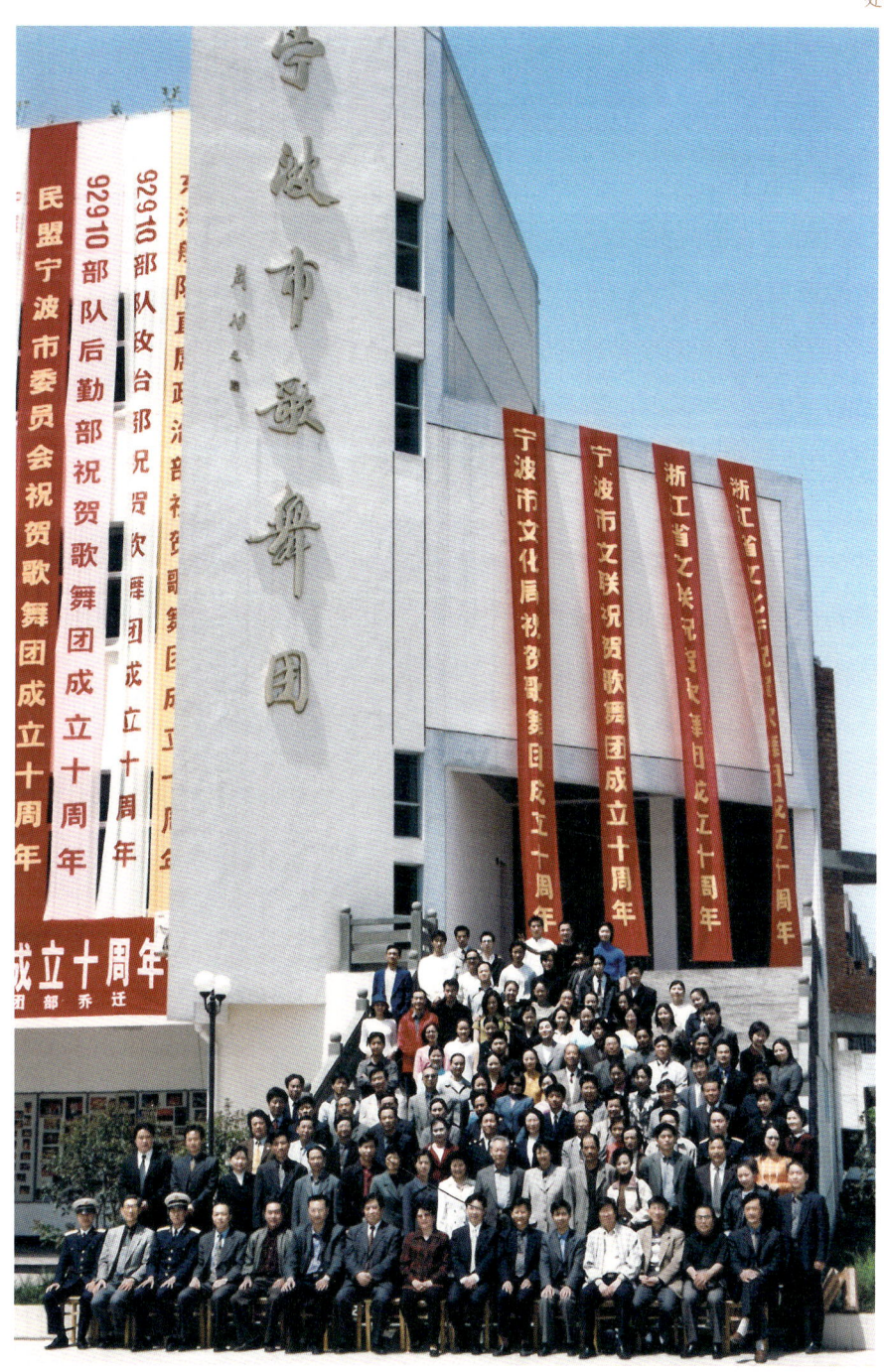

新团部大楼建成后庆祝"歌舞团成立十周年"合影

样要钱,我这个市长怎么当下去呀?"张蔚文市长哭笑不得。

"谢谢市长,就这么定了啊。"傅丹怕变卦,说完就立马走人了。

1000万元要到了,也花完了,可大楼还没有结顶。反正已经被称为"钓鱼"者了,傅丹再次老着脸,去找张蔚文市长,要求追加费用。

功夫不负有心人,再次追加了200万元后,一幢造型别致、功能齐全、艺术感十足的宁波市歌舞团大楼终于落成了。

"从立项到建成,足足花了8年的时间啊。"宁波市歌舞团大楼落成典礼时,已调任宁波市文化局副局长的傅丹感触良多,个中艰辛,只有她心里最清楚。

大楼里的团长办公室,宽敞明亮,她却一次也没坐过。到宁波市歌舞团开会,她有时会在团长办公室的桌子后面坐一坐,再到团员们的新宿舍里转一转,欣慰地说:"大面包总算有了。"

生存历练

基本的队伍有了,傅丹又考虑如何使歌舞团走向市场,开辟新的天地。

当时,歌舞团一年的经费只有28万元,人员增加了,这些钱只勉强够发工资,根本不要说添置设备和排演大型的歌舞剧了。

必须为了生存去历练——这是傅丹的决定。于是,歌舞团开始"闯荡江湖"。

先从宁波本地开始演起。四明山的一个乡镇,演出一场4000元,刨去所有成本，可以赚1800元。为了省钱，他们自带铺盖行李，晚上住在村庄的一间仓库里。睡到后半夜，有女演员尖叫起来：

"啊——老鼠！"

那位女演员抱着被子瑟瑟发抖。

"啊——还有蛇！"只见一条肚子紫红的蛇，慢悠悠地溜进墙洞。

"好多跳蚤，我身上全是包！"

傅丹抱着受到惊吓的团员们，安抚着她们的情绪。谁都没了睡意，她们就抱着被子坐了一夜。

一位女歌手，原本很期待调到歌舞团工作，经过这一夜折腾，次日清晨，就沿着盘山公路，慌忙逃回了宁波，再也不提要到歌舞团工作了。

温州苍南，一个小镇里，晚上演出结束后，几位小伙子陪着女演员去买烧饼吃。烧饼摊边，几个流里流气的小混混，对女演员拉拉扯扯，轻薄无礼，小伙子们当然要保护女演员，于是和小混混们直接开打了。

傅丹得知后，赶到现场，对着那些大打出手的小混混吼道："你们干什么？"

小混混们一愣，来者颇有武侠小说中的"灭绝师太"的范儿。

之前，一位机灵的男演员已打了110。这时，"呜哇呜哇"响着的警车到了，把所有人带去派出所。经过警察调查，小混混有错在先，男演员们是正当防卫，小混混们被治安拘留了。

温州的一个渔村，晚上的演出正在进行。忽然，十来个戴着墨镜、身上文着龙虎的赤膊大汉，大摇大摆地来到第一排，还向台上的女演员扔烟蒂。

"停！"坐在第一排当中位置的"老大"大喊一声，目中无人地走上台去，抓过麦克风，五音不齐地吼起来："不管是东北风还是西北风……"

自我陶醉中的"老大"还跟观众"互动"起来："后面的朋友好吗？鼓掌！"

这次,演员们没有跟他们较劲,而是早早地打了派出所的电话。不久,警察来了,把他们"请"出了剧场。

福建南屏县,晚上演出结束,傅丹带着演员们外出吃夜宵,回来的时候,剧场管理员已经回家,剧场大门上锁了。

没办法,男演员们搭人梯,让女演员爬上去,傅丹也踩着人梯翻墙而入。为了省钱,大家都自带铺盖,睡在剧场的舞台上,舞台中间拉了一块幕布,男女各一边,傅丹睡在台口上。大伙儿看到团长都跟他们一起打地铺,也就不觉得有什么委屈了。

这样几年下来,宁波市歌舞团的经费得以勉强支撑正常运作,与此同时,演员们也积累了丰富的舞台经验,养成了艰苦奋斗的工作作风。

宁波市歌舞团站稳了脚跟,傅丹兑现了三年前她对自己和宁波这座城市的承诺。

蒙古族女儿

有位非常了解傅丹的挚友,曾说过这么一句话:傅丹身上,有两种不同的性格,一种是大家闺秀式的高贵和典雅,一种是女侠式的仗义和飒爽。

傅丹祖籍台州临海,祖上是当地望族,家境优渥,但所居之地山民多尚武,她在温良恭俭与彪悍民风的双重影响下成长,因此她有时自嘲:"在我身上贵气和匪气兼而有之。"这两种人格特性的兼容并蓄,决定了她为人处世的风格,也造就了她独特的人格魅力。

第三章 春泥护花，灯火阑珊处

她青年时期拜师学艺的过程中，一路深受惜才爱才的恩师们培养、扶持，她也一心想把从老师们那里所得的厚爱，回馈到学生们身上，而她也收获了孩子们对她的眷恋与爱戴。

在宁波艺术界，人们对傅丹的称呼很多：琵琶演奏家、音乐教育家、社会活动家、民族音乐传承人、傅局长、傅主委、傅主席，还有傅大姐、傅阿姨、傅妈妈、傅姥姥。不过，傅丹对"傅妈妈"这个称呼特别喜欢，她觉得很亲切。

宁波很多的艺术人才，在年轻时期都得到过傅丹的关爱。对他们，傅丹既严格又慈爱。严格在于对艺术的追求和为人处世，慈爱是在生活上，包括对他们诸如恋爱婚姻、家庭和睦、住房安排、孩子读书入学问题上的关爱。

从傅丹家出嫁的"蒙古族女儿"沙沙就是在傅妈妈扶持、帮助和关爱下改变命运的"孩子"。她给傅妈妈写的这封信，流露出情真意切的母女之情——

傅妈妈：

多少年来，我知道您把我当作最亲的人之一，我也把您当作自己的亲妈妈。我是从您家里出嫁的女儿，我是您的蒙古族女儿。

1999年，您女儿瑄萱在上海仲林舞剧团挂职任团长助理，她知道您为了宁波市歌舞团的发展，正在四处网罗人才，便向您推荐了当时在仲林舞剧团当舞蹈队队长的李光。当时李光在上海的舞蹈圈子里已小有名气，曾在舞剧《大秦王朝》中担任领舞。

李光来到宁波，见了您和歌舞团副团长、舞蹈家王乃兴。宁波的艺术气氛虽比不了上海，但您对事业的热爱与执着还是深深地打动了他。

"我能带个人来吗？"李光问您。

母女情深——傅丹和著名舞蹈艺术家、国家一级导演沙日娜

"谁呀?"您很好奇。

"北京赛娜歌舞团的一位女舞蹈演员。"

"你女朋友吧?"您大概从他羞赧的神情中猜到了。

李光不好意思地说:"是的。"

宁波市歌舞团当时很需要一位跳民族舞蹈的演员,您同意我来面试。

那天我们赶到宁波已是晚上,您便叫我们去家里吃晚饭。我和李光两手空空进了您家,非常不好意思地说:"一路上匆匆忙忙,也没有顾上带点什么礼物。"

您笑了:"你们二位就是最好的礼物。"第一次到您家,我就倍感温暖、亲切,那种背井离乡的感觉瞬间消失了。

"韩伯伯正在烧饭,来,你先跳一段舞来看看。"您移开了客厅里的椅子,拉着我的手,让我站在屋子中间。

"老师,这是面试吗?"我有些紧张。

"不算是,你就放开了跳一段,就像在大草原上一样。"您亲切地对我说。

我的心情放松下来,跳了一段家乡的蒙古族舞蹈。

"这细腰长腿,整一个芭比身材,这段舞跳得柔软、舒展,又有劲道。招一个李光,天上又掉下个沙日娜。"那天您很开心。

很快,我与李光一起在宁波市歌舞团上班了。没多久,就赶上团里创排舞剧《满江红》,准备参加中国舞蹈"荷花奖"评比。节目的参演人员大多还比较稚嫩,正好缺少舞台经验丰富的演员。当时,您发现演秦桧的演员始终跳不出角色所需的感觉,就让李光来试试。李光很快进入状态,展现出了一个优秀舞者的实力,把"秦桧"演绎得入木三分。我扮演的角色是岳飞的妻子,我与"岳飞"跳的那场梦中双人舞,受到观众和专家的一致好评。

经过大家的共同努力,《满江红》最终在这次评比中斩获银奖,宁波演艺界实现了中国舞蹈"荷花奖"零的突破。当这个喜讯传来时,我们所有人都欢呼雀跃,激动得跳起舞来。

我和李光来得恰逢其时,刚好赶上全团倾力打造《满江红》,如果没有这个舞剧,在强手如林的全国大赛中去拼"荷花奖",以团里当时的实力是没有优势的。这个舞剧奠定了宁波市歌舞团在浙江省艺术团体中的坚实地位,对整个歌舞团的发展起到了重要作用。

您对我们的表现给予了高度的肯定,说《满江红》给您长脸了。

接着您又帮我们争取了事业编制,好让我们安安心心把舞跳好,在宁波扎下根来。我们俩被正式招进宁波市歌舞团那天,您叫我们去家里吃了顿饺子,您的脸上洋溢着喜悦,笑着对我们说:"团里一下子多了两个优秀的舞蹈演员,今天真是个值得庆祝的好日子。"

2003年5月,我与李光的爱情之果成熟了,决定组建家庭,第一时间就想到要跟您分享这份甜蜜,也有点儿小苦恼想请您帮我们拿主意。

"傅妈妈,我俩决定结婚了。"

"太好了,恭喜你们!"听到这个消息,您很为我们开心。

"按风俗,我要从娘家出嫁,可我们离家千里,在宁波又举目无亲,朋友也只有团里的同事,总不能从现在住的小家再嫁回到自己家吧?"我有点多愁善感。

您说:"那就从我家里出嫁,让李光来我家接亲。"

我先是一愣,转而惊喜:"那太好了,谢谢傅妈妈,有您在,我就不用担心任何事儿。"

您又说,"沙沙,你是从我家嫁出去的女儿,我会全部按宁波娘家人的习俗给你办好。"

婚礼的那天,按宁波习俗,女儿临上轿子前,妈妈要给女儿喂上轿饭。韩伯伯做了红烧肉、红烧鲫鱼、白米饭,您一口一口喂给我吃,我的泪水一滴一滴洒下来,开心、幸福、感动、感恩,万千思绪在心中交织、涌动……

您眼含笑意,慈爱地对我说:"今天是个大喜的日子,哭什么呀?"

"不知道,可能就是一种女儿家出嫁的心情吧,就是觉得好幸福,幸福得想哭。"

"妈妈祝你永远幸福,你是妈妈认定的女儿,一百年不变。"您

母女同台——演绎《春江花月夜》

温柔地帮我擦去了眼角的泪水。

吃完上轿饭,您坐在沙发上接受了"蒙古族女儿"出嫁前的仪式:我向您敬茶、献哈达,然后您为我盖上了红盖头。

鞭炮声声,在亲友们美好的祝福中,我从傅妈妈家里出嫁了。婚礼上,您做了我和李光的证婚人。

我的蒙古族妈妈也从千里之外的包头赶到婚礼现场,她说的那句话让我永远铭记在心:"沙沙,永远都要感恩你的宁波妈妈,你要好好生活,努力工作,要对得起她。"

这么多年,您始终是我最亲的长辈,无论工作还是生活中遇到难题,我都会去找您,敞开心扉向您诉说。

记得参加省首届青年舞蹈大赛时,我的参赛作品是现代舞《喊》,作品的灵感源自慈城古镇的贞节牌坊。那时候,我已经有了从民族舞向现代舞转向的想法。

您告诉我,这次比赛的含金量蛮高的,对演员综合素质要求也很高,表演之前,每个演员必须说一说对自己参赛作品的理解。我当时有点慌,这个考验有点难呀,习惯了在舞台上用肢体展现舞蹈作品的内涵,用语言来表述却非我所擅长。

您让我不用紧张,让我先对您说说看。面对您,我总是放松的,就凭直觉说了一段跳这支舞蹈的体会。您听完鼓励我:"你说得非常不错呀,自信一点就更棒了,比赛的时候,你就想象面前的不是评委,而是傅妈妈,相信你肯定能出色发挥的。"您的鼓励和肯定,让我信心倍增。那次比赛,我获得了浙江省首届青年舞蹈大赛金奖、浙江省"十佳舞蹈演员"的称号。

后来,有了孩子,在演出和家庭间,常常应顾不暇,这让我有些苦闷。

我又去找您,请您为我指点迷津。

"你考虑一下转型做导演吧,但要下决心下功夫去学习。"深思之后,您给我建议。

"对呀,凭着自己丰富的舞台经验,做导演是具备一定优势的,方便时,还能参与演出,也不会完全离开自己热爱的舞台。"您真是我的指路明灯。

就这样,我的身份开始发生转变,从演员到编导,再到各种演出活动的总导演。

对待工作,我有着和傅妈妈一样的热情和倔强,决定做什么,就一定要把它做到最好。"沙沙进步很快""沙沙很能干""沙沙那个晚会做得很成功"……您对我说,每次听到这些评价,都会由衷地感到开心。

傅妈妈,上天注定的缘分,我的工作与生活,处处离不开您的身影。当初我进歌舞团,找的是您,当我想离开歌舞团,找的还是您。我对您说:"我觉得自己的状态不是很好,虽然每天很忙碌,却感觉在机械地重复工作。现在刚好有个契机,浙江纺织服装职业技术学院艺术与设计学院,需要引进舞蹈类的专家,我想到大学去当老师,把我的专业与经验,传授给学生们,同时也腾出点时间让自己思考沉淀。"

"沙沙,你目前的工作,对你这样一个酷爱创新的人来说,确实会束缚你前进的脚步。"您很理解我,"我支持你的决定,这的确是个实现你人生转折的好机会。"

您也知道我舍不得离开舞台,又开导我:"沙沙,我希望你做一个复合型的人才,把多年的舞蹈实践经验,上升到理论的高度,培养出更多像你一样优秀的舞蹈人才。这次机遇不可错失,人生有时候就是要挑战一下自我。"您的一席话使我豁然开朗。

傅妈妈,您不仅仅是我最爱最敬的长辈,更是我艺术人生的导师。您把我培养成一个优秀的舞蹈演员和编导,后来我还评上了国家一级导演,现在又担任了浙江纺织服装职业技术学院艺术与设计学院副院长。在您的引导下,我成功地实现了从职业舞者到导演再到艺术教育者的转型。

路漫漫其修远兮,吾将上下而求索。我知道,女儿对妈妈最大的感恩和回报,就是沿着您这位拓荒者开辟的道路走下去,实现我们共同的理想,为艺术、为美好,奋斗终身。

女儿:沙日娜

求才若渴

傅丹求才若渴。在她的理念当中,无论做什么事情,出成绩都要靠人才。这个观念,自始至终没有改变。

沈莹自从那次"掂分量"闹剧之后,与团员们打成了一片,既是他们的老师,又是他们的大哥。

为了将沈莹留住,傅丹找有关部门领导,帮助沈莹解决住房问题。沈莹说:"我很佩服傅阿姨的重新创业精神,还有那批学员,总体素质不错,我跟他们也很合得来。只是这里的菜,我是实在吃不惯。要不这样,我把妻子和儿子叫来,生活一段时间,看看他们是不是愿意留在宁波。"

傅丹同意了沈莹的意见。

沈莹将妻子和4岁的儿子接到宁波住了一段时间,妻子很不适应宁波的生活,特别是吃不惯海鲜,也很不适应宁波的潮湿,决定回江西。

沈莹送妻儿去火车站时,妻子默默看着沈莹不说话,眼睛里有理解,也有无奈和哀怨。当火车开动的一刹那,儿子在半开的车窗口,边哭边喊:"爸爸,你不要我们了啊?"

沈莹的心口,难受得好像被无形的手揉捏着。

经过妻子和亲友的轮番"情感教育",一个月后,沈莹跟傅丹提出:"傅阿姨,我对不起您,家里实在离不开我,孩子还小……"

"没事,家和才能万事兴嘛。以后需要你来帮忙,一定得来啊。"傅丹看似轻描淡写的话里,蕴含着深深的不舍。

"一定。"

"如果他不走,宁波市歌舞团也许会早日崛起,人才难得啊。"沈莹走后，傅丹难受了好多天，但她也完全理解沈莹。

傅丹看人的眼光很准，沈莹回江西后没几年，就担任了江西省歌舞剧院的副院长、江西省杂技团团长。

从江西挖来的第二个人才是王斌，艺名"一撮毛"——因他的光头上故意只留下一撮头发而得名。他是南昌市艺术团的曲艺演员，"南昌道情"说唱艺术的第五代传承人，在江西知名度很高。傅丹看中他，是因为歌舞团需要一个活跃气氛的主持人，更需要有说唱艺术和相声类的节目。

"一撮毛"的到来，使得宁波市歌舞团的节目品种丰富起来。这也改变了舞蹈队队员韩震宇的命运。韩震宇生性活泼，口才不错，傅丹就让他跟"一撮毛"搭档表演相声。韩震宇后来改艺名为阿伟，成了宁波著名的节目主持人。

可惜，由于种种原因，"一撮毛"后来也遗憾地离开了宁波，回家乡发展了。傅丹知道，是因为宁波市歌舞团的基础条件太差，留不住人才。不过，她仍然没有放弃四处招聘人才。

有一次，有人告诉傅丹："兰江剧院有外地来巡演的一个文艺团队，有位男高音很厉害。"

傅丹听罢就坐不住了，当晚就带着副团长董绍先、蒋贻德去了兰江剧院。

只见一个身材魁梧的年轻人上台，先后演唱了歌曲《说句心里话》《走上高高的兴安岭》《草原上升起不落的太阳》，声音嘹亮，有辽阔草原万马奔腾的气势。

傅丹暗想，必须把他"拿下"。演出结束后，她来到后台，与这位叫宫成胜的汉子唠嗑。

宫成胜毕业于吉林艺术学院声乐专业，被分配到内蒙古兴安盟民族歌舞团任独唱演员，借调到吉林省司法厅后，担任吉林省女子劳教所新生歌舞团副团长,这次带队来宁波、温州、舟山等地巡演。他妻子在兴安盟群众艺术馆做主持人,女儿已经7岁了。

傅丹诚恳地邀请宫成胜来宁波,还说他符合宁波市人才引进的条件,问宫成胜自己有什么要求。

宫成胜有些犹豫,傅丹就说:"没事,你就把自己的要求说出来吧,我们尽量想办法解决。"

看傅丹这么真诚,宫成胜提出,保证原有职称、有住的房子、妻儿一起来,解决妻子工作单位和女儿读书事宜。

傅丹回答他:"你回家等我们的消息。"

文化局党委研究之后,同意了傅丹提出的引进宫成胜的请示。傅丹立即给宫成胜老家拍了电报:"见电速来。"

过完年,宫成胜从内蒙古转道长春、上海,两天后的清晨就赶到了宁波市歌舞团。

一进门,宫成胜的心凉了一半:这哪是歌舞团啊?连内蒙古的一个牧场场部都不如。

傅丹热情地带着宫成胜,来到左边老房子的二楼,那里是专门给他腾出的一个小套间。

放好行李,宫成胜坐在那边不吭声,傅丹便说:"我们现在是很困难,但是宁波是副省级城市计划单列市,会有前途的。你先安心下来,调动手续着手办起来。"

其实,宫成胜想跑回去的心思都有了。

晚上,团里几个年轻人跑来约宫成胜吃饭,为他接风洗尘。其实也就在右营巷10号旁边的小饭店里,炒几盘花生米、酱爆螺蛳之类,喝点宁波土烧。

酒过三巡,在座几位就跟宫成胜说:"哥们,你就满足吧,我们都两人三人一间,有不少人住的还是通铺,就连咱团长吧,也就住个六平

带领宁波市歌舞团慰问"远望号"官兵（前排右一王乃兴，后排右一严肖平，后排右二宫成胜）

方米。"

宫成胜听了，心里咯噔一下，自己住的地方至少有十平方米吧，比团长住得还大。他站起来说："不讲这个了，干杯。"

次日，傅丹找宫成胜谈话："为什么急着叫你来，是因为过几天有一个重要的演出任务。宁波市被评为全国卫生城市和双拥模范城市，要举办一个颁授仪式，市委书记、市长和各局局长都会参加，让我们歌舞团出几个节目庆贺一下，你去露个脸，对以后调动有好处。"

"这个没问题，可是——"

"我知道你心里想什么，以后再谈，先把这个演出任务接了，如何？"

宫成胜点点头，便开始排演节目了。

那次演出，宫成胜艺惊四座。傅丹借此机会，跟市领导汇报了宫成胜的情况，请领导帮助解决调动问题。时任宣传部部长邵孝杰说："人才难得，如果那边不放，你就辞职过来。"

宫成胜还是有些犹豫,一来是对这里的饮食不习惯,他吃惯了牛羊肉,而这里多以海鲜为主;二来歌舞团的条件太差了。不过,看到傅丹热诚的眼神,宫成胜又开不了口。

"等我妻子来了再说,可以吗?"宫成胜对傅丹说。

当年7月,宫成胜的妻女来到了宁波。傅丹跑前跑后,安排他妻子进入宁波爱菊艺校工作,还为他女儿落实了就读学校。

东海舰队文工团、浙江省歌舞团都曾经向宫成胜抛出橄榄枝。妻子对宫成胜说:"就凭傅团长对你的真心诚意,你就在这里干,什么地方都别去,做人得讲情义。"

这样,宫成胜的心才真正地安定下来。后来他成了宁波第一男高音,评上了国家一级演员,又担任了宁波市音乐家协会副主席、宁波市政协委员。

又有一次,傅丹听说宁波的一家演歌厅,有位来自西北的歌手很出色,还会弹电子琴,当晚她就去"探场子"了,只见舞台中央正在演唱的男中音,嗓音浑厚,气场十足。

演出结束后,傅丹来到后台,找到了这位男中音,亲切地聊了起来。得知他是青海省西宁歌剧团的歌唱演员,刚刚从上海音乐学院进修结业,利用暑假来宁波演歌厅"走穴"。

傅丹问他:"愿意来宁波市歌舞团吗?"

小伙子很爽快:"宁波不错,我可以先来试试,只要您给我发展空间就行。"

傅丹心头一乐,这么容易就挖了个人才。经过3个月的试用期,小伙子调进了宁波市歌舞团。

他就是严肖平,后来成为第四任宁波市歌舞团团长。

有了男高音和男中音,傅丹又琢磨开了:"必须再找一个像沈莹这样的人才来,舞蹈队才能更上一个台阶。"

1995年7月，傅丹参加在西安召开的全国民族音乐研讨会期间，观看了陕西省歌舞剧院的《仿唐乐舞》，这台气势磅礴、场面壮观，充分展现盛唐王朝鼎盛景象的舞蹈节目，使傅丹眼前一亮。她忙翻开节目单看主创人员名单，发现几乎每个作品的编导一栏都写着王乃兴，这个名字引起了傅丹的注意。

傅丹心动了。她跟《仿唐乐舞》乐队指挥、老朋友吉喆提出，想和王乃兴聊聊，因为她听说吉喆跟王乃兴私交不错。

"你不会是想把他挖走吧？不可能的。"吉喆了解傅丹的心思。

"见个面，先聊聊。"傅丹笑笑说。

王乃兴来了。

傅丹诚恳地说："我想为我们宁波市歌舞团物色一名领军人物，看了你们的演出，对你的印象很好，诚心诚意希望你能来宁波工作。我们歌舞团是初创阶段，现在条件还不是很好，但是以后肯定会越来越好。"

王乃兴愣了一下，都说北方人很爽快，而面前这位来自南方海滨城市的女团长，迫切地想要招纳人才，却又对自己单位目前的困难处境毫不保留。

真！

这是王乃兴对傅丹的第一感觉。

"要调我过去？我没想过。"王乃兴干脆地拒绝了。当时，王乃兴在国内舞蹈界已经小有名气了，省里也很重视他。

"你别急着拒绝，我邀请你先来宁波看看，帮助我们的演员提高提高，可能的话，帮我们排一些舞蹈节目。"傅丹知道强扭的瓜不甜，得慢慢来。

"那行。"王乃兴被傅丹的"真"感染，爽快地答应去宁波看看。

当月底，王乃兴如约赴甬。虽然已有心理准备，但当他来到歌舞团的团部时,还是吃了一惊,一个副省级城市的歌舞团,居然是在一条狭小弄堂里的一座简陋的旧房子里。王乃兴想,既然来了,就凭傅丹的诚心,也得暂时留下来,做点对宁波有益的事情。

次日清晨,王乃兴按习惯要晨练,只听得二楼那边有琵琶声响起,他走上摇摇晃晃的楼梯,看到傅丹正在演奏琵琶,十来个年轻人在琵琶声中翩翩起舞,这是傅丹在给舞蹈演员们排演《秋水夕照》。

王乃兴倒没有仔细看舞蹈演员的技术动作,而是站在那里倾听傅丹的琵琶。他原以为作为团长的傅丹,应该只是一位行政类的干部,没想到她居然是一位具有国内一流水准的琵琶演奏家。

高!

这是王乃兴对傅丹的第二感觉。

后来,王乃兴知道了傅丹的经历,她放弃了江西文艺界领军人物的地位,来到这里,在一个破房子里创办宁波市歌舞团,令人肃然起敬。

接下去的日子,王乃兴给宁波市歌舞团排演了一系列的舞蹈节目,比如《仿唐乐舞》《霓裳羽衣舞》《蒙古筷子舞》《安塞腰鼓》《洞房》,还参加了浙江省第六届艺术节,获得了舞蹈类一等奖、二等奖等20个奖项。

在与傅丹接触中,王乃兴发现她很大气,不拘泥于一些小事情。对部下很严格,也会批评他们,但从不苛责于人。遇到个人的名利,傅丹也总是退让。

善!

这是王乃兴对傅丹的第三个感觉。

如果跟随着这么一位真、高、善的人,闯一番事业,倒也不错。

王乃兴虽然只是来宁波帮忙,但此时他已被傅丹的人格魅力所折服,动了留下来的念头。

在傅丹的强力推荐下,宁波市的有关领导也出面向王乃兴表达了希望他能留下来的意思。而陕西方面,则是很坚决地不放人。

思量许久,王乃兴终于下定决心:"跟着傅团长干了,一起努力,把宁波市歌舞团带向辉煌。"而更令傅丹高兴的是孙大西(王乃兴前妻)也来了。那时孙大西已经离休,也用不着发工资。孙大西有俄罗斯血统,在延安时期就是"红小鬼"舞蹈演员,是著名"舞婆子",陕西省很多原创舞剧都是她编导的,在国内也很有名气。与此同时,王乃兴还动员了6位自己得意的学生,一起来到了宁波。

"孙大西,再加6位出色的青年舞蹈演员,这真是意外的惊喜。"傅丹乐不可支。

开始,王乃兴住在右营巷10号宿舍,楼下录像厅"冲啊杀啊"的港台片,搞得王乃兴晚上总是失眠。傅丹为他们夫妻的房子四处奔走,终于根据相关政策,解决了他们的住房问题。

王乃兴感慨万千,有傅丹这样一位热心的好大姐,让他感到宁波第二故乡的温暖。

1998年起,傅丹担任宁波市文化局副局长三年,同时兼任三年歌舞团团长,抓队伍,抓剧目,抓人才培养,在傅丹的指导下,王乃兴创作的多部歌舞剧在全省乃至全国获奖。其中,小舞剧《路魂》、大型舞剧《满江红》获得浙江省"五个一工程"奖和中国舞蹈"荷花奖"银奖。孙大西也为甬剧《典妻》设计了不少舞蹈动作,这个作品也获得了全国大奖。

王乃兴接任歌舞团团长后,傅丹正式退出演出舞台。只有在带团出访时,傅丹才会偶尔抱起心爱的琵琶,担任琵琶主奏的角色。在傅丹琵琶艺术研讨会上,许多专家高度评价她的琵琶演奏艺术,浙江省民族管弦乐学会会长、"江南笛王"赵松庭感叹到:"宁波多了一位懂艺术的领导,可惜啊,从此乐坛上少了一位琵琶演奏家。"

长大后我就成了你

"想到傅妈妈,我就想到《长大后我就成了你》这首歌,只是我的成就远远比不上傅妈妈。"严肖平说起傅丹,总是饱含深情。

严肖平从小在军营里长大,一大早就会听到部队"滴滴哒哒"的军号声和连队与连队间集体对歌之声,严肖平就在边上跟着战士一起吼。这一吼,把他"吼"进了青海省西宁歌剧团,成了独唱演员。1994年暑假,正在上海音乐学院歌剧系进修的严肖平,被同学叫到了宁波,在红月亮演歌厅做键盘手兼歌手。

那时,宁波市歌舞团已经有了舞蹈队、乐队,还缺几位优秀的歌唱演员。傅丹听说"红月亮"有一位歌手非常不错,就实地去听,小伙子浑厚的男中音和那一手潇洒的电子琴令傅丹眼前一亮,歌舞团缺的就是这样的人才。

"你愿意留在宁波吗?来我们歌舞团吧,先任歌队队长。"傅丹想把他留在宁波,迫不及待追到后台,一番寒暄后,直接下了"任命书"。

严肖平虽然觉得有些突然,不过见到傅丹,好像冥冥之中很熟悉的感觉,她恬静慈祥,很像自己的妈妈。

"需要我,我就留下来。"严肖平被傅丹的诚意打动,直率地说。

第二天去了宁波市歌舞团团部,那环境着实让严肖平吃惊。

军人家庭出身的他说一不二,既然答应了,就得说话算数。严肖平身上有着艰苦朴素、吃苦耐劳的军人作风,进团之后,他担任了歌队队长,但搬场子、搬道具、搬箱子,这些体力活他没有少干。

傅丹识才眼光非常独到,严肖平是个不可多得的综合性人才,有专业、有胆识、有能力,在傅丹的培养下,逐渐从歌唱家一步步成长为

傅丹和宁波市歌舞剧院院长严肖平合影

宁波市歌舞团副团长、导演、艺术总监、宁波歌舞剧院院长。

"你担任领导了,考虑的应该不仅仅是个人的发展,而是怎么样使歌舞剧院更好地发展。"严肖平的快速成长,令傅丹深感欣慰,但还是时常会对他提点一二。

严肖平本就是一个有着强烈的事业心和责任心的人,又有傅妈妈的"督促",更是卯足了劲,耗费心血打磨剧本,引领宁波市歌舞剧院创作排演出一部又一部在国内外具有一定影响力的高水准剧目。

在排演大型歌舞剧《花木兰》时,严肖平几乎放下了所有其他事务,整整花了半年时间,一心一意投入排演工作中。

这个歌舞剧在传统民间故事《花木兰》的基础上,进行了全新创作,融入现代舞台科技元素,以"孝""忠""爱"为主线进行串联,讲述了一位美丽少女成为巾帼英雄的旅程。《花木兰》全程无台词,以纯舞蹈的形式展现精彩的故事情节,中央歌舞剧院交响乐团80多位专业演奏家现场伴奏演出,这也是浙江省首部由交响乐团现场伴奏的舞剧。《花木兰》在全国巡演了近百场,从来都是座无虚席、一票难求,并将第十一届中国舞蹈"荷花奖"、第十四届精神文明建设"五个一工程"奖等国家级大奖收入囊中。

严肖平监制的不少歌舞作品,都获得了国家级大奖。由宁波演艺集团创排的首部原创民族歌剧《呦呦鹿鸣》,讲述了诺贝尔生理学或医学奖获得者屠呦呦发现青蒿素的故事,获得全国第十五届精神文明建设"五个一工程"奖,是获奖作品中唯一一部歌剧;江南民俗风情舞剧《十里红妆·女儿梦》,荣获了全国"五个一工程"奖,更先后在国内外剧场演出超过200场,是宁波城市文化的金名片……

严肖平现任宁波歌舞剧院院长、浙江省政协委员,国家一级演员。严肖平知道,自己能有今天的成就,离不开傅妈妈的培养和扶持,也唯有继续前行,排演出更多更精彩的作品,才对得起傅妈妈对他的关爱和期望,对得起上级领导的信任。

对于严肖平而言,傅丹早已是他的亲人,是他最爱最敬的妈妈。1996年,傅丹母亲病危,从医院接回来时,要回到六楼的家中,老楼房没有电梯,一直陪同在旁的严肖平小心翼翼地抱着老人,一口气上了六楼。每次想起这个情形,傅丹都会心头发热,眼眶潮湿,那是一种真情亲情的自然流露,无需言语,却胜过千言万语。

严肖平说,《长大后我就成了你》这首歌在他心里就是属于傅妈妈的歌,他想说的都在歌里,在很多场合,他都唱给傅妈妈听过。

与鼠共舞

许玄远现任宁波小百花越剧团团长,他是第一批进入宁波市歌舞团的浙江艺校学员。刚进歌舞团时看到的景象,至今历历在目:破旧的房子,到处乱窜的老鼠,把他的魂都快吓出来了。那时的他绝对想不到,就在如此艰苦的条件下,凭着傅团长的执着努力,在不久的将来,他们会走向全国,甚至走出国门。

许玄远是萧山人,父母本来希望他留在杭州工作。1991年11月,应校长卢竹音热情相邀,傅丹到浙江艺校招工。那时,宁波市歌舞团只有傅丹的琵琶、乐队队长老潘的大提琴,加上叶晓红的琵琶,一共3名乐手,遇到演出,就得向其他剧团借人。人都没有,怎么出得了好节目好作品?傅丹开始四处网罗人才,期望早日组建一支属于自己的乐队。

许玄远能力非常全面,会打扬琴、会吹笙,还会打击乐,一眼被傅丹相中,并被任命为乐队副队长,半年后升任队长。与他同期被招入的还有4名艺校学生。

"那时侯条件是真的艰苦啊!"许玄远回忆道,"而且总是睡不好,舞蹈队他们6点半就要起床,7点开始训练,我就住在排练室隔壁,他们动作跳得整不整齐我都听得一清二楚。到了夜晚,老鼠们又开始狂欢,在宿舍里窜来窜去,有好几次,甚至从我的脸上爬了过去。深夜里,还常常被从女演员宿舍传来的尖叫声惊醒,不用猜,那肯定是老鼠又在舞蹈演员的被子上'跳舞'了。"

那个时期的歌舞团,人鼠"亲密无间",生活在同一片瓦房下,好得"不分彼此"。有时,二楼舞蹈演员正在排演,老鼠们吃饱喝足后,三三两两地钻出墙洞,搞起了"精神文明建设"。只见"鼠众"旁若无人地

"坐"在场边,饶有兴致地"欣赏"着演员们动人的舞姿,兴起了,还会"吱吱吱,吱吱吱"地点评一二。虽然"鼠众"精神可嘉,但毕竟不招人待见,还时常会惊吓到年轻的姑娘们。于是,傅丹带着演员们发动"灭鼠大战",大家全员"出征",铁笼、粘鼠胶、老鼠药、扫把、拖鞋等"十八般武器"齐上阵,可我方战士虽英勇,无奈"敌人"太狡猾,加上歌舞团边上就是菜市场,粮草充足,"鼠民"生生不息,最终还是得接受"与鼠共舞"的生活。

这样的环境,确实让许玄远感到难以适应,也曾想过要另觅高枝。那时,宁波港务局工会、杭州园林文物局都想让他过去,但许玄远终是没能开这个口,一来是傅丹对他很信任,二来他被傅丹的精神所感动——作为名满江西的琵琶演奏家,来宁波创业,不也和大家一样住在老鼠四处乱窜的宿舍里吗?而且,几乎每次演出,作为团长的傅丹都跟大家一起登台表演。这种对事业的执着和热爱,深深地打动了许玄远。

"我希望你留下来,和我一起见证宁波市歌舞团的成长。我知道你心里有想法,没关系的,如果你真的下决心要走,我不拦你,虽然我很不舍得。"傅丹像妈妈那样跟许玄远说着心里话。1971年出生的许玄远跟傅丹女儿同岁,在她的眼里,他们都是她的"猪宝宝"。

同期招进歌舞团的同学,编制都已经落实了,许玄远的档案和户口,还压在自己的枕头底下。并不是歌舞团不给他办,而是许玄远自己还在纠结,傅丹也不急,相信许玄远会想明白的。

随着与歌舞团演员们一起外出历练,许玄远觉得宁波市歌舞团是一个温暖、有爱的大家庭,在这里,他有一种归属感。一年后,许玄远终于下定决心,办好了入职手续。他相信"与鼠共舞"的日子是暂时的,歌舞团有傅丹这样的团长,一定会走出右营巷,走向辉煌的大舞台。

处处是舞台

宁波市歌舞团刚刚成立时，夏良（原名夏亮）任舞蹈队第一任队长。当时歌舞团的条件十分艰苦，演员要自带被铺去全国各地巡演。

用傅丹的话来说："锻炼自己战胜艰难困苦的能力，对每个人的一辈子都管用。"

在宁波，夏良的舞蹈专业水平是一流的，经常获得市里比赛的一等奖，可是到了省里比赛，就只有得二等奖的份儿了，更不要说去冲击国家级奖项。

为了培养夏良，傅丹通过老朋友的关系，让夏良去南京军区政治部前线歌舞团和北京中国人民解放军海军政治歌舞团学习了几个月，并学会了两个团在全国获过大奖的舞蹈作品《黄河魂》和《海燕》。这两个月的学习历程，让夏良收获良多，每天与众多优秀的舞蹈演员交流切磋，个人专业能力得以进一步提升，眼界也更为开阔。回到宁波后，夏良把自己的所学所思传授给了团里的其他队员，这使舞蹈队的水平又提升了一个档次。

不久后，由夏良创编的舞蹈《风景这边独好》获得了浙江省第三届音乐舞蹈节一等奖。载誉而归，他的内心有激动和欣喜，更多的是终不负傅妈妈对他一片良苦用心的开怀。

正在夏良全身心投入舞蹈事业的时候，他的人生之路出现了转折。

夏良的叔叔是个非常成功的企业家，创立了宁波东方电缆股份有限公司并于 2014 年在主板成功上市。当时，东方集团发展势头很好，正是缺人用人之时，为了储备高层管理人才，叔叔挑中了头脑聪明、办事能力强的夏良，打算好好培养他。

这令夏良很纠结,他深爱着舞台,歌舞团就像他的家,还有像妈妈一样的傅老师,但家族企业也需要他。"怎么办?如果走了,对得起傅老师吗?"夏良与同在歌舞团舞蹈队工作的女朋友周艳商量。

"是啊,傅老师这么器重你培养你,你走了,她一定会伤心的。"周艳也很为难。

可是家里又催得紧,夏良只得硬着头皮,找到了傅丹。

"我——"夏良低着头,有些说不出口。

"没事的,有什么事就直接说吧。"傅丹对他家的事有所耳闻,已经预感到夏良可能要离开了。

"家族企业需要我去,可是我又喜欢舞蹈,舍不得离开这里,也很愧对您……"

傅丹沉默了好一会儿,对夏良说:"从内心来说,我不希望你离开,但这个机会对你来说也非常好,我尊重你的选择。或许,你会在商海里长袖善舞,成为一名非常优秀的企业家。"

夏良的专业能力和组织能力都很强,傅丹是把他作为团长后备人选在培养的。但事到如今,纵有万般不舍,傅丹还是忍痛批复了夏良的离职申请。

"等我成功了,一定会回报歌舞团,回报傅妈妈。"夏良动情地说。

"你有这份心,我就很高兴了,祝你一切都顺利。"傅丹搂着夏良的肩膀,送他走下了楼梯,默默地看着他消失在视野里。

夏良开始了他的商海冲浪生涯,取得了一定成就后,他用实际行动履行着曾经许下的诺言。

有一次,宁波市歌舞团要联袂杨丽萍在宁波公演,傅丹牵头筹备演出活动,一切都已就绪,却面临着经费不足的问题。

出于对宁波市歌舞团的深厚感情,夏良所在的东方集团在此时伸出了慷慨援手,作为承办单位共同出资,促成了公演活动的顺利举办，宁波观众才终有缘得见杨丽萍"孔雀开屏"、翩然起舞的绝美风采。

后来，傅丹创建了宁波中华文化促进会，夏良又以个人的名义，捐赠了一辆别克商务车。夏良从未忘记他的初心，也没有忘记右营巷10号的艰难岁月，更没有忘记傅妈妈对他的悉心栽培与关爱。

商场的竞争比舞台更加激烈，夏良时常面临巨大的压力，有时也会有感觉熬不住的时候。此时，在右营巷10号那段艰苦岁月里，所磨砺出的坚强意志和不服输的韧劲儿就会从心底升腾，帮助他勇敢面对难题，走出困境。

"人生处处是舞台，努力演好自己的每一个角色"，夏良时刻谨记着傅妈妈教给他的人生道理，勇敢而坚定地走在前行的道路上。

有她我就踏实

韩震宇的艺名叫阿伟，这个名字，在宁波可以说是家喻户晓，他主持的电视栏目《来发讲啥西》《天然舞台》等，深受观众的喜爱。

但很少有人知道，他曾是宁波市歌舞团首批舞蹈队演员之一。

阿伟性格活泼好动有冲劲儿，不太安于现状，在宁波市歌舞团工作时期，曾几出几进，傅丹每次都很宽容地接纳了他。

1993年，已经在宁波市歌舞团工作了好几年的阿伟不想再跳舞了，辞职在家待了一段时间。父母觉得他这样待在家里也不是办法，至少去尝试一下其他工作，还通过关系给他找了一份宁波机场安检的工作。

去机场面试前一天晚上,阿伟一个人坐在阳台上,默默地抽烟。父母很理解他的犹豫,只是说了句:"你也22岁了,自己的命运要自己去掌握。"

第二天一早,阿伟做出了决定:他想回到歌舞团上班,这段时间的离开和思考,让他看清了自己的内心,他是热爱舞台的。可是,傅妈妈还会接受他吗?

阿伟忐忑不安地来到了傅丹的办公室。

"傅妈妈,我想回来。"阿伟不好意思却又十分诚恳地说。

"歌舞团不是公园,想来就来,想走就走。但看你的样子,应该是想清楚了,这样吧,我们商量一下再答复你。"其实,傅丹是打心底儿地喜欢这个聪明有才气的孩子,当初阿伟离开,她是有些难过的,也曾有过让他回来的想法。

几天后,傅丹通知阿伟:"回来吧,但编制要慢慢解决。以后一定要沉下心来,好好工作。"

在歌舞团,阿伟既是舞蹈演员,又兼做主持人,还跟着"一撮毛"师傅(王斌)学习相声,可谓多才多艺,在演艺舞台上逐渐闯出了些名气。当时,他在团里的月工资是400元,下班后,他悄悄去外面的演歌厅兼职做主持人,一个月能赚1900元。

这事傅丹是知晓的,但未多说什么,只提醒他:"要以歌舞团本职工作为重,不能耽误正事。"

阿伟心里既惭愧又感动。

既要做好本职工作,又要忙着"走穴",时间一久,两头难以兼顾。思忖一阵,阿伟又找到傅丹:"我还是想辞职,去歌厅做专职主持人。"

"如果你去意已决,我只有尊重你的选择,年轻人想出去闯一闯也是正常的。"傅丹没有责怪的意思,阿伟的选择在她的意料之中。

第三章 春泥护花,灯火阑珊处

学生叶晓红、阿伟每年春节都会一起携家人看望傅丹夫妇

傅丹认为，一个年轻人有想法，还是应该帮扶一把，何况以阿伟的才华，也许会闯出一片新的天地。

就这样，阿伟在演歌厅做了10年主持人，同时还在中央电视台的《乡村大世界》栏目任常态主持人，演出场数5000多次，成了深爱老百姓喜爱的明星"主持人"。

2004年，台湾当红歌星张帝来宁波举办演唱会，需要物色一位合适的主持人，有人推荐了阿伟。为此，张帝专门去演歌厅看了阿伟的主持，觉得很是不错，又跟阿伟畅聊了许久，两人非常投缘，张帝决定当场收阿伟为入门弟子。

后来，阿伟又拜入宁波评话艺术家张少策（阿华）门下，成为宁波评话的传承人。

演歌厅这样的场所经营并不稳定，有段时间行情十分不好，阿伟再次找到傅丹，办了手续又回到了歌舞团。

傅丹的胸襟和格局，的确非常人所能及，无论孩子们飞得多高、多远，她永远是他们的温暖港湾。

阿伟说，只要在傅妈妈身边，他就觉得很踏实。在傅妈妈的羽翼下和包容中的成长经历，每每忆起，都让他感到温暖和幸福。

对于傅丹的大度宽容、和善可亲，章惠宁与阿伟有类似感受。

章惠宁大学毕业后，通过大学生双向交流选择进入宁波市文化局，在文化市场管理办公室做文书。当时，傅丹从市歌舞团提拔到市文化局担任副局长不久。

有一次，傅丹让章惠宁塑封一张精美的她弹琵琶的演出照。或许是第一次制作领导的美照，章惠宁很想做得好一些，结果事与愿违，照片居然被烫焦了，这可是傅局长第一次交办给她的工作呀，弄成这样，肯定挨批，说不定还有"暴风骤雨"呢，章惠宁十分忐忑地来到傅丹办公室……结果完全在章惠宁的意料之外，傅丹没有任何责怪的意思，还轻轻拍了拍她的肩，说："哦，烫焦了一点是吧？没事的，这张照片就送给你了。"章惠宁悬着的心终于放下了，她长长吁了口气。后来傅丹又安排重新冲印了一张，仍是让章惠宁帮她塑封好。这张烫焦的照片，章惠宁一直珍藏着，每次看到它，章惠宁就会感受到一种温暖，也提醒着自己今后一定要更加细致、周全地对待每一项工作。

在市文化局组织的多次大活动中，章惠宁常常被抽调参加接待会务等工作，她优秀的组织和协调能力逐渐显露，傅丹觉得她是个"好苗"，在一次机关工作人员调整时把她转调到自己分管的艺术处。几年后，章惠宁被局里派到新组建的演艺集团担任办公室主任。

新组建的宁波演艺集团因体制改革而面临众多问题，情况较复杂，市委领导决定让时任宁波市政协副主席的傅丹去兼任演艺集团负责人、宁波市艺术剧院院长，此时，已能独当一面的章惠宁更是成了傅丹的得力助手。傅丹转任宁波市文联主席一年后，文联组联部主任退休，章惠宁又调到文联任组联部副主任，主持工作。

傅丹有个习惯，常常半夜醒来思考问题，遇到大的活动更是连轴转。当她有了想法会马上给章惠宁打电话；章惠宁也养成了一个习惯，身边总带着本子与笔，即使枕边也常年备着纸笔，随时把傅丹交办的事情记录下来，等傅丹到单位时，章惠宁就已经把傅丹交办的事情落实得差不多了。

傅丹常对别人说："交办给章惠宁的工作，我几乎从不用操心。"因为她知道章惠宁的执行力非常强；而章惠宁也深感幸运，能在傅丹的领导下工作和成长，即便偶有事情办得不周全，傅丹也非常宽容，从不严苛，更没有责骂，只给予指导并让她自己思考总结。

多年的跟随、相处，章惠宁对傅丹的感情非常深，她常说："我成长的每一步都离不开傅丹主席的关怀与教导,她不仅是我的领导,更是我的人生导师。"

情深意重

"每当我遇到烦心事,总有一双温暖的手,抚慰我的心灵,让我重新振作起来。"青年古琴演奏家魏依娜,也对傅丹充满了尊敬和感恩。

宁波市歌舞团创办初期,乐队有了许玄远等5位新生力量的加入,编制已基本完善,但还缺少一位笛子手。于是傅丹跟浙江省艺校卢竹音校长联系,问他那儿有没有这样的人才,卢竹音推荐了魏依娜。

魏依娜是宁波人,艺校毕业后,想留在杭州,并不太想回宁波。可当她见到傅丹的时候,不知道为什么,就被傅丹的气质吸引,傅丹给了她一种亲人般的感觉。于是,魏依娜就跟着这位"亲人"回宁波了,正式成为宁波市歌舞团的笛子演奏员。

竹笛是魏依娜走进音乐世界的初始记忆,而宁波市歌舞团则打开了她的艺术视野。

后来魏依娜又开始接触古琴,2003年跟青年古琴家陈成渤先生习琴,后师从著名古琴演奏家龚一先生。

2008年10月,傅丹邀请了著名古琴教育家杨青在宁波开办古琴研习班,魏依娜也参加了,并在首次演出时担任领奏。后来,傅丹在宁波红红火火地推广古琴文化,魏依娜成为傅丹的好帮手。

魏依娜在傅丹的帮助下，在宁波开办了琴馆，一边不断提升自己的古琴演奏技艺，一边开班授课，也经常参加宁波中华文化促进会举办的文化活动。

"宁波有很多毕业自音乐院校的姑娘散落在社会各界，我想组建一支女子民乐团，这一直是我的愿望。你来做队长，我们一起把这个乐队组织起来，愿不愿意啊？"傅丹问魏依娜。

"当然愿意啦。"魏依娜当即答应。

宁波是江南水乡，江南丝竹在宁波曾经非常流行。可在2013年以前，宁波除了戏曲乐队，还没有一支编制齐全的民乐团。

在傅丹的组织推动下，2013年宁波中华文化促进会组建成立了"国乐飘香"艺术团女子丝竹乐队，填补了宁波没有民乐团的空白。2014年乐队创建初期，得到了时任中共北仑区委常委、宣传部部长杨劲的支持，他亲自协调，落实经费。

魏依娜以竹笛演奏员的身份，加入了这支乐队，并担任队长。乐队的成员选自各专业音乐院校毕业的非职业艺术院团，共有22名核心队员。

乐队成立以后，多次举办专场音乐会，并承担了宁波市政府对外文化交流活动中的一些演出和外宾接待任务，还多次参与市民文化艺术节和"送欢乐下基层"等公益性文化惠民活动，在宁波有着较高的知名度和不俗的口碑。

2015年，乐队参加了第三届海内外江南丝竹邀请赛，甫一亮相，就让人们眼前一亮，评委们不禁夸道："宁波不愧是海港城市，拉出来的队伍水灵灵的，音乐也是水灵灵的。"比赛结束，丝竹乐队捧回了非职业组的银奖证书。赛后总结会议上，傅丹对魏依娜评价道："不辱师命。"虽然只有四个字，却承载了太多太多，有傅老师的赞许和信任，也有魏依娜的付出与坚守，魏依娜感动到哽咽，虽然离开专业团体多年，但她仍初心不改,心之所向,无怨无悔。

后来,乐队又多次参加长三角地区的江南丝竹比赛并获奖;2017年参加第十届浙江省音乐舞蹈节,在众多专业团队参赛、高手林立的比赛中以一曲原创丝竹乐《江南新韵》获得了银奖;《宁波马灯调》还入选了浙江电视台钱江频道"浙江民间音乐"纪录片的拍摄。

魏依娜说,乐队办起来很不容易,大家分散在各行各业,每个人都要忙工作、忙家庭,但每周四都会风雨无阻地坚持排练,傅妈妈无论多忙,都会来陪着大家。

魏依娜后来定居杭州,但只要丝竹乐队有排练或演出,她就一定会来参加。傅丹对魏依娜的器重和信任,使得魏依娜总是发自内心地愿为傅妈妈做点力所能及的事情。从2013年起,魏依娜一直坚持下来,克服了许多困难,如果没有对江南丝竹音乐的挚爱,以及对傅妈妈的深切感情,是做不到的。

傅丹是魏依娜艺术和人生道路的引路人,她加入宁波九三学社,傅妈妈就是介绍人。用她的话来说,她与傅妈妈的感情,就如古琴曲《高山》《流水》,巍巍兮若泰山,洋洋兮若江河。

一首歌一生情

纪云飞曾任宁波市文化馆馆长,现任浙江省博物馆副馆长,这之前从没有在正规的艺术团体工作过。他作为象山县一位业余的渔家歌手,属于"散修型"的艺术人才,能够走到现在这一步,离不开傅丹的一路呵护。

第三章 春泥护花,灯火阑珊处

傅丹和浙江省博物馆副馆长、著名歌手纪云飞合影

"一句话,一首歌,一生情。"这是一句歌词,用在傅妈妈对他的知遇之恩上,很是恰当。

纪云飞出身于名门望族,后来家道中落。他少年时代的经历,跟傅丹有许多相似的地方。

纪云飞以几分之差,没能考取大学。那时的纪云飞,情绪非常低落。他酷爱唱歌,经常寻访名师学艺,著名声乐教育家周小燕、金铁霖等声乐大家,都曾指导过纪云飞。

1995年,宁波举办多技能歌唱大奖赛,纪云飞以一首《有一个美丽的传说》一鸣惊人,获得了一等奖。这一年,19岁的纪云飞加入了浙江省音乐家协会,成为年龄最小的会员。那时,傅丹就想把纪云飞招

175

进宁波市歌舞团。

一次,傅丹带队去象山演出,与当地文化部门领导聚会时,傅丹特意叫上了纪云飞。其间,纪云飞一展歌喉,在座者连连击掌叫好。

"怎么样?这个人才我带走了。"傅丹对当地文化部门领导说。

"哎呀,傅团长啊,我们象山难得有个人才,我们先自己用吧。"一位象山领导开口了。

不几天,那位领导先下手为强,把纪云飞特招进了象山文化馆,任大徐镇的文化站站长,几年后任象山县文化馆馆长。

此后,傅丹仍然关注着纪云飞,给他不少展示才艺的平台。纪云飞也不辜负傅丹的厚望,多次获得全国、省、市奖项,其中包括全国青歌赛的荧屏奖。他多次参加各类"艺术节"和"中国开渔节"等大型公益性演出,还经常下渔区、上海岛为渔民兄弟演唱。

"不要以为获奖多了,就很厉害了,你可以花功夫挖掘一下象山渔家号子的内涵,创作出独具特色的作品,这样才有生命力。"傅丹给纪云飞指点迷津。

为此,纪云飞开始用心琢磨原汁原味的渔家号子,进行改编、演绎,终于创作出优美的渔歌《拉网号子》,在开渔节开幕式上精彩登场,获得了来自全国各地专家和观众的一致好评。

他还多次体验渔家生活,感受渔民心情,原创渔歌50余首,包括《一帆风顺》《吆喝一声开渔了》等。由他创作并演唱的《东方不老岛》渔歌专辑(MTV),成为浙江省第一张渔歌专辑。

傅丹带纪云飞参加与东海舰队的联欢活动,又向部队文工团推荐了他。象山自然不肯放,说象山是旅游城市,纪云飞另有重用。不久,纪云飞被任命为象山旅游局副局长,并去国家旅游局挂职锻炼。

纪云飞知道,傅妈妈改变了很多艺术爱好者的人生,傅妈妈也改变了他的人生之路,使得他能够从事自己从小就喜爱的事业。

拓荒之路

傅丹刚刚来宁波时，邹建红是宁波小百花越剧团办公室主任，兼管市场营销工作。当年小百花阵容整齐、流派纷呈，是宁波城市对外交流的一张亮丽名片，在全国的演出市场中独树一帜。傅丹看中邹建红的才华，把他调到宁波市歌舞团担任分管市场开拓的副团长，他是见证宁波市歌舞团在傅丹的带领下，从无到有、从小到大一步步崛起的老员工之一。

傅丹经常跟大家说，想要艺术团体永远生机勃勃，就得抓精品艺术，艺术作品不能只在象牙塔里，须接受观众检验。邹建红深深认同傅丹的艺术理念，他一直沿着傅丹开辟的拓荒之路，砥砺前行。

邹建红接任宁波市歌舞团团长和宁波市演艺集团董事长后，勇于开拓，不断创新，连续推出舞剧《十里红妆》《花木兰》，歌剧《呦呦鹿鸣》等更是在全国演出市场中独占鳌头，获全国精神文明建设"五个一工程"奖。

邹建红说："傅老师是一位拓荒者，她创造了宁波乃至浙江省艺术界的很多个第一：

第一个创办宁波市歌舞团；

第一个成立宁波市艺术评级考核机构；

第一个成立宁波民族管弦乐学会；

第一个创建浙江省音协琵琶专业委员会；

第一个成立宁波市琵琶学会；

第一个带队出境访演；

第一个举办个人独奏音乐会；

第一个创办宁波民乐乐团；

第一个提议并全心投入建造宁波市歌舞团大楼；

第一个创办江南丝竹乐队；

第一个举办全国性的琵琶大赛；

第一个在宁波推广古琴培训；

第一个创建了文艺大师工作室；

第一个策划成立了宁波中华文化促进会；

尽心尽力为宁波小百花摘取第一朵"梅花奖"助力……

傅丹认为，只有自己做出成绩来，人家才会买账。有了骄人的业绩，傅丹自然很是欣慰。她开启了宁波乃至浙江许多个"第一"的艺术之旅。在荣誉和个人利益前面，她则低调退让。

傅丹在江西时是二级演奏员。1991年，江西文化厅正准备给傅丹报送申请一级演员的材料，后因傅丹调任宁波，名额就取消了。宁波市文化局了解到这个情况，为了弥补、肯定和鼓励傅丹，在她刚来宁波不久，就推荐她评选国家一级演奏员和国务院特殊津贴。

傅丹找到董永芳局长说："我刚刚来宁波，还没有什么成绩，这两个机会让给其他资格比我老、贡献比我大的人，我就等下次吧。"

她觉得，宁波当地有那么多老艺术家，像著名甬剧表演艺术家曹定英、杨柳汀，越剧表演艺术家洪芬飞，他们在宁波舞台上奋斗近半个世纪，为宁波的艺术事业做出了卓越贡献，应该把这个机会让给他们。

即使市文化局已经上报了，她还是请求撤回。后来有领导对她说："真心希望像你这样不看重名利的艺术家多一些。"

后来国务院特殊津贴不再颁发给公务员，她与其失之交臂，但在她看来，自己获得的这些艺术家的友谊和信任才是无价的。

想弹好一首琵琶曲子，先要调弦，定好调子，弹琴如做人，傅丹的为人处世，高调与低调，她也调得灵活、和谐。

第三章 春泥护花,灯火阑珊处

1　宁波中华文化促进会"国乐飘香"艺术团丝竹乐队演出现场
2　2011年带领宁波市歌舞团赴香港演出

担任宁波市文化局副局长和浙江省高评委委员后，傅丹掌管着艺术人才的培养和职称评定工作，她希望宁波有更多国家一级演员、演奏员，这样宁波的文艺事业才能更加繁荣发展。

无法告别

1995年，组织上找傅丹谈话，决定任命她为宁波市文化局副局长，分管艺术院团和演出场所。傅丹想：自己恐怕将从此告别舞台，转干行政工作。而琵琶如同她生命一样重要，心里有太多不舍，她想举办一次告别演出，以这样的方式，作别自己几十年的舞台生涯。

1995年10月，宁波演艺界首场个人独奏音乐会——傅丹琵琶艺术音乐会在宁波影都举办。这场音乐会，是一次不是告别的"告别演出"，因为，傅丹是一个无法真正告别舞台的艺术家。

20世纪80年代，傅丹曾经在南昌和福州举办过个人独奏音乐会。这次在宁波举办独奏会，来自北京、上海、广州、南昌的很多文艺大家，像《采茶舞曲》词曲作者周大风、浙江省音乐家协会主席赵松庭、北京《音乐周报》主编张鸿伟等，都受邀前来观看。凑巧的是，九三学社中央副主席洪绂曾也在市委领导的陪同下，来到了音乐会现场。音乐会受到与会专家、领导和观众的热烈欢迎和高度好评。

演出次日举行的"傅丹琵琶演奏艺术研讨会"上，赵松庭慨叹："当年我就预感，傅丹会在宁波搞得风生水起，没想到这么快，她就得到了浙江乃至全国同行的认可。"

1995年个人独奏音乐会剧照（左三为傅丹）

"我的琵琶演奏之路，可能就这么结束了。"傅丹这么说的时候，心里有不舍，但没有太多遗憾，她觉得在领导岗位上，能更好地助推民乐事业的发展，帮助更多的年轻人成名成家，这也是一种功德。

尽管不再上台表演了，傅丹并没有放下心爱的琵琶，工作之余，她还会抱起琵琶演奏几曲。

2014年，在宁波大剧院再次举办了"傅丹艺术生涯50年金秋音乐会"。傅丹与民族音乐的情缘千丝万缕，永远无法割舍。

浙江省民族管弦乐学会副秘书长陈杭明，在宁波大剧院欣赏了"傅丹艺术生涯50年金秋音乐会"后，心潮起伏。琵琶声声，勾起他与傅丹20多年密切交往的点点滴滴。

1992年初，他经恩师、著名笛子演奏家、"江南笛王"赵松庭先生介绍，与傅丹结识。

陈杭明说:"傅老师从艺50年,从琵琶女到国乐名家,注定是光彩耀眼的50年。在傅老师身上,我们看到她对民族管弦乐事业矢志不移的精神。我不认为'傅丹艺术生涯50年金秋音乐会'是她的卸甲之作,而是傅老师的光华之作、璀璨之作,是她人生与艺术半世纪展示总结之作,将留给人们以启迪和深层次的思考……傅老师的人生与艺术再次踏上了新起点、新征途。"

傅丹一生有许许多多的"新起点、新征途"。作为民乐界前辈,也要为后人传递好艺术之路的接力棒,她的艺术人生永远在路上。

傅丹搭建了很多艺术平台,在培养新人方面不遗余力。她推荐叶晓红担任宁波琵琶学会首届会长,力挺优秀琵琶演奏家王涛接任浙江省音协琵琶专业委员会会长。她把他们推上领导岗位,是为了锻炼他们,使得民族音乐后继有人。对她来说,个人的荣誉都是过眼云烟。

2000年底,浙江省音协琵琶专业委员会正式成立,傅丹担任首届会长,王涛担任秘书长。那时的王涛还是一位浙江歌舞团民乐队的琵琶演奏员,傅丹常常带着王涛出席文艺界的重要活动,因此结识了许多领导和音乐名家,这也为后来王涛接任省音协琵琶专业委员会会长打下了良好基础。

2001年,中国音协和宁波市政府共同举办全国琵琶大赛,前期在浙江省进行选拔赛,傅丹说:"这次活动我们省琵琶学会一起参与,作为协办单位。"秘书长王涛听了,一下子热血沸腾,干劲满满。跟着傅丹一起工作、办活动,王涛的眼前打开了一扇新的大门,她受益良多,渐渐地与傅丹成了亦师亦友的忘年交。王涛后半生的艺术生涯因傅老师发生了转折。

2006年至今,王涛先后担任浙江歌舞剧院民族乐团副团长、团长。她抱着琵琶走进欧洲各大音乐厅,出访过奥地利、德国、荷兰、英国等20多个国家,同时,带领乐团走遍中国的大江南北,用琴声弹出人生新境界。

第三章 春泥护花,灯火阑珊处

1 / 2 / 3

1 1995年个人独奏音乐会后,时任九三学社中央副主席洪绂曾(右三)和宁波市委副书记王卓辉(右二)对傅丹表示祝贺

2 1995年个人独奏音乐会后,著名音乐家周大风(左三)、《音乐周报》主编张鸿伟(左一)对傅丹表示祝贺

3 1995年举办傅丹琵琶演奏艺术研讨会(前排部分嘉宾:右一为时任宁波市文联党组书记杨东标;右三为著名音乐家周大风;右四为时任宁波市文化局局长董永芳)

183

2018年底,傅丹向现任浙江省音协主席翁持更力荐王涛接任浙江省音协琵琶学会会长。王涛明白,这是傅老师要将担子交到她肩上了,她百感交集地说出心里话:"傅老师,我需要继续跟着您才踏实。"傅丹说:"你放心,我会一直支持你的,相信你一定会做得更好。"

2019年5月,省音协琵琶学会与浙江艺高文化创意有限公司共同主办的"iartschool 爱艺术+"浙江省首届琵琶展演在杭州成功举办。

此次活动得到傅丹的充分肯定,王涛感到信心百倍。

出访笔记

傅丹的"告别"演出,并没有结束她的演艺生涯,在后来的岁月里,她的"主业"是行政领导,当参加一些大型活动或外出带团进行文化交流时,傅丹还会上台演奏她心爱的琵琶。她很怀念那些在舞台上快乐充实、与琵琶为伴的日子。

傅丹带队到中国台湾地区或出访日、法、德等国家进行文化艺术交流,都会背着琵琶。这些地方的文化,总会带给她新的启发和触动。为此,她记录了每次出访交流活动的点点滴滴:

日本之行

1995年1月我带领宁波市歌舞团参加日本益田市国际民间艺术节,那是宁波市历史上文艺团体第一次出访国外,带去的节目除了一个江南舞蹈，还有我的琵琶独奏《秋水夕照》。在日本观众眼里，我们演出的节目"充满中国的神秘色彩，具有诗意的江南水乡气息"，深受他们的喜爱。

宁波的演员们都是第一次出访日本，对异域文化感到很新鲜，马上跟来自东南亚的演员打成了一片，虽然语言不通，但艺术是相通的，大家一起留影，你弹我唱，好不热闹。

老伴韩耀东因工作需要曾在日本待过三个月，我们临行前他自告奋勇给演员们教的"宁波谐音日语"，到了日本派上了用场，"早上好"叫"珂鱼去哇"，"晚上好"是"珂蚌哇"，好记易读，演员们用得很溜。

有了第一次的日本之行，几年后，日本有关方面第二次邀请我们，我又带队参加兵库县淡路岛举办的国际花博会文艺演出。我们的节目被安排在花博会的中心"梦舞台"，那是一个美轮美奂的喷水池，四周被飞虹般的水景环绕。我们的琵琶乐舞《秋水夕照》，就在这绝美的意境中上演，宛若仙子的舞蹈演员围着我翩翩起舞，如梦似幻。

江南舞蹈《美江南》和《西湖情》让日本观众如痴如醉，无数相机、摄像镜头追逐着台上的我们。歌舞团团长严肖平的日文歌曲，更是让日本歌迷欣喜若狂。演出结束后，我与演员们谢幕三次，热情的观众却一直围着我们，迟迟不肯散去。

有几个观众跑来对我说："在日本听中国民乐的机会很少，想再听您弹奏一曲。"看到他们如此恳切的目光，我欣然把琵琶搬到台下，继续为大家弹奏，观众纷纷躬身表达感谢，这样的场面在日本演出时常常遇到。

我们接下来又在淡路岛7个町的剧场演出了7场，场场满座。日本人做事真是细致，每次演出结束，观众都能收到一个打分表格，填写自己最喜欢的节目。每一回我们演出团的分数都是最高的。观众纷纷上台献花祝贺，赠送纪念品，与我们合影留念，现场热情似火。一位日本

1　出访日本演出原创作品《秋水夕照》

2　带领宁波市歌舞团首次出访日本演出

老太太让儿女们推着轮椅来到台前，为我献花。从她对中国文化爱慕、敬仰的神情中，我感觉在她心里也许深藏着一段与音乐有关的故事。

后来通过与筝曲院主持森和子女士接触，对于日本人民对艺术和美的执着与追求更有感触。我们每到一个地方演出，持森和子女士都一路追随，每次演出结束后，她就跟我们回到宾馆，和我一起合奏，切磋琴艺。在一个宾馆大堂里，日本淡路古筝与中国宁波琵琶，琴筝相和一同演奏《樱花》，这幅画面被同行者拍下来，意境很美。

第三次来到日本，是我带领宁波市民代表团到日本长冈京市参加友好城市建交纪念活动。这次没带专业演出团队，我们临时排演了小组唱《小城故事》。这首歌邓丽君曾在日本演唱过，很多日本观众对歌曲旋律都很熟悉，我们演唱时，观众们也跟着一起哼唱。艺术无国界，音乐是桥梁和纽带，把中日两国人民的心紧紧联结在一起。

法国之行

1998年8月，我们受邀去法国参加蒙都市国际艺术节（蒙图瓦尔艺术节，以下简称蒙都市）。宁波市歌舞团要到欧洲演出了，从右营巷10号简陋的三层楼里，走出了一个走向国际舞台的歌舞团，团员们欢呼雀跃、斗志昂扬。

飞机到了巴黎，又坐了三四个小时的汽车，直至深夜12点才到达蒙都市。在一个居民的大院里，东道主安排了冷餐会招待我们。法棍、果酱、奶酪、干果、冰冷的牛奶，吃惯了鱼和米饭的阿拉宁波人，遇见冷餐即使万般不习惯，也只有饥不择食。住宿安排在当地居民家中，一行人被分散到附近几户人家住下来。

第二天早上，我们赶到几公里外，在大型广场上临时搭建的舞台上排练，准备参加晚上的艺术节开幕式。各国艺术团各选一个节目上台表演,我们的节目是富有江南特色的《扇子舞》。

在法国,所有演出道具都由我们自己负责搬运,同行的宁波市文化局有两位处长说我们歌舞团出国是"洋插队",像知识青年上山下乡、插队落户那样辛苦。但能够走出国门演出,演员们很兴奋,根本不在乎自己是"洋插队"还是"土插队"。

开幕式表演要等到晚上,排练结束后我们在草地上休息等待。第一次出国,队员们兴奋得不知疲倦。吹笙的许玄远用两片巴掌大的树叶遮在胸前,演出没有开始,"蒙都野人"倒先上场了,引得大家一阵狂笑。

很有趣的是,有位法国老先生把自己的汽车改装成清代的龙身马车,身穿长袍马褂,颇具仪式感地欢迎我们这些来自中国的客人。在他的认知中,中国人的生活还是清朝时期的模样。

开幕式刚结束,这位法国老先生竖起大拇指向我走来,嘟起嘴巴一个劲地用手对我比画着。我"听"明白了,他想听笛子,我把毫无准备的笛子演奏员屠靖南从乐池里"拉"到他面前,"这是中国的魔笛!"我即兴客串了一次"主持人"。

屠靖南吹奏了中国笛子名曲《喜相逢》和《五梆子》,那位法国老先生欢喜地走到屠靖南面前,摸摸笛子,吹吹口哨,周围掌声笑声响成一片。

第二天,我看到许多法国人手上都拿着报纸,报纸上有篇报道说,来自中国浙江宁波的歌舞团的演出,很受法国人喜爱,宁波《扇子舞》和"中国魔笛"让法国人记住了宁波!以文化交流为载体宣传宁波,扩大宁波的城市影响力,比其他方式更为直接,更有力度。

8月10日,宁波市歌舞团到安汀市,与法国马齐思岛艺术团同台演出,蒙都市市长普鲁先生一直陪同着我们,给我们做"节目主持",向观众们介绍来自中国宁波的演出队伍、宁波的历史文化,浙江省将与卢瓦尔－歇尔省结为友好省会,宁波市歌舞团是友谊的使者。

我们的演出受到当地观众的喜爱程度超出了我们想象,原计划45

带领宁波市歌舞团参加法国蒙都市文艺大巡游（傅丹左边为时任蒙都市市长）

分钟的演出先是增加到了 75 分钟，演员们谢幕 7 次，观众仍不肯离席，热情难却继续增加节目，演出又延长了一个多小时才结束。等大家收拾好行头，回到住地时，已经是当地时间凌晨 4 点。

8 月 11 日，是蒙都市的国际民俗节，各国的艺术家身着本国的民族服饰在蒙都市游行，当美丽的中国姑娘和代表欢庆节日的锣鼓、唢呐乐队经过主街道时，街道两旁的观众不约而同地欢呼起来，他们用无比的热情表达着对东方文化的喜爱。

我对蒙都市市长普鲁先生表示感谢："市长先生，感谢您放下繁忙的公务，一直陪着我们。"

市长微笑着对我说："让我的市民享受艺术，这就是我最重要的公务。"这句话让我心里深受感动。

巡游结束以后，普鲁市长请我们吃法国大餐。在餐厅里，市长和我们一起排队，市民们友好地跟市长打招呼，却没有一个人起身让座，等前面来的市民吃完，我们才跟市长一起入座。我们本来对大餐很期待，结果只有焗蜗牛、奶酪片和土豆奶油汤，市长先生自掏腰包请了这顿法国大餐，表达他招待贵宾的最大诚意。可对于吃惯了海鲜大餐的阿拉宁波人，我们只有咋舌的份。与法国的艺术大餐一样，这顿蜗牛大餐同样给我们留下了深刻印象。

市长说我们给他留下了美好的印象，而在我心里，法国之行留下的印记，也是不可磨灭的。

市长还带我们参观了他个人的乐器博物馆，博物馆挂满了世界各地的民族乐器，他指着一个葫芦不像葫芦、瓢不像瓢的乐器，很骄傲地说："这是中国的琵琶。"

我做了一个弹琵琶的动作，对市长说："这才是琵琶！"其实，市长说得也没错，最早所有的弹拨乐器都叫琵琶。但他把墙上葫芦瓢一样的家伙，非要说成是琵琶，那股得意劲儿，搞得我真想把自己那把琵琶送给他以正视听。我的琵琶当时正好没在身边，不然就可能永远留在市长的个人乐器博物馆了。

我们的扇子舞受到法国美女的热捧，女演员们跳完扇子舞，法国美女们蝴蝶一样扑上来问"扇子卖不卖"。我们带来备用的十几把扇子全被抢光了，演员们笑称如果多带几箱，就可以把路费赚回来了。法国美女们十分向往东方之美，好像舞台上演员们的古典美，可以用一把中国扇子留存下来。

法国真是一个充满浪漫情调的国度。有一个年轻的法国大学生，是我们演出时的志愿者，他爱上了我们乐队的一位女孩子，称她是"东方美人"。那位姑娘是弹柳琴的，弹起琴来美目盼兮，楚楚动人，让人心生爱怜，让这位法国小伙子迷恋不已。演出结束，法国小伙跟着我们来到宁波。对于这位法国客人，团员们都十分热情地招待他。

柳琴姑娘很内向，加上语言不通，根本没想要跟这个男孩子谈恋爱，她没想到这个男孩会凭一时狂热追到宁波来，很无辜地说："我又没惹他，他怎么一直这么跟着我？"

我派了几位男演员陪着法国小伙子去看天一阁，逛宁波的城隍庙，小伙子在宁波的几天玩得很开心。要离开的时候，痴情的法国小伙子把自己戴的手表取下来，要送给柳琴姑娘，女孩执意不收，令他非常难过。为了不使法国小伙子太过伤心，我们都劝女孩子，为了友谊，收下那块手表，同时我们买了很多礼物，替女孩送给法国男孩。

我们在对外文化艺术交流过程当中，发生过很多有趣的事情，法国小伙子不远万里追宁波柳琴姑娘，也算是一段佳话。

中国台湾之行

2000 年，宁波受台湾高雄民族乐团之邀，参加在台湾举办的戏剧艺术节。我们把歌舞团、越剧团、甬剧团三个团的乐队集中起来，强化训练了两个月。当时为解决经费不足的问题，宁波布利杰集团友情赞助了部分经费，我们将出访团命名为布利杰民族乐团，我以团长兼琵琶演奏家的身份，带领队伍去台湾交流演出。

台湾的宁波同乡会曾联系我们，同乡会里有很多越剧迷，希望有机会能观看越剧演出。为此，我们还专门带了越剧演员赵海英、谢进联、杨巍文一同赴台，在民乐专场演出中增设了越剧唱段《梁山伯与祝英台》的选段《楼台会》。演出时，台湾的宁波同乡会组织了很多同乡戏迷前来观看，有人甚至在出差中途匆匆赶来，送来的花篮和鲜花摆满了舞台。演出结束后，戏迷们围着演员热情交谈、合影，大家笑着聊着，一种发自内心的亲情牵绊油然而生，笑意盈盈中却又不自觉地湿了眼眶……

带领宁波布利杰民族乐团在台湾台中剧场演出

与台湾的国乐团交流,让我感受到台湾传统文化保留得很好,当地对民族乐团的投入每年达几千万元新台币。台北国乐团团长、琵琶演奏家王金平说,在台湾一旦选择做演奏员,许多人都是终身的,一辈子不离开乐团,高报酬且稳定的待遇,让他们能够安心地搞艺术。

过去曾在上海民族乐团弹古琴、吹箫的一位朋友,特意从加拿大赶来看我。他谈到在国外从事中国传统音乐工作的朋友,许多都回到了台湾,台湾的文化环境非常适合民乐演奏员的发展,当地非常重视中华传统文化的传承和发展。

我们的演出在台湾非常受欢迎,有位姓高的老先生一路跟随,拍了很多演出视频和剧照,临别时送给我们每人一盒磁带和一本影集。后来我们才知道,只要是中国内地来的音乐团体去台湾演出,这位老先生都会这么做。他应该是一位有故事的老人,那些吸引着他、令他牵挂的,有民乐艺术的魅力,更有一衣带水、无法割舍的亲情眷恋。

在台中,我们与当地的民间音乐社团进行艺术交流,我深受触动。尤其是在一个叫"耕读园"的艺术空间,我第一次领略到台湾的茶文化与音乐文化的水乳交融。曲径通幽的小院内,丝竹声声,仙乐阵阵,身着汉服的女子,散落在园林的不同位置,分别演奏着古筝、二胡、琵琶、柳琴,营造出一种典雅唯美的意境。这里是一个既可以喝茶闲聚、弹琴唱曲,又可以静心读书、挥毫泼墨的好去处。

当时我就产生了一个想法:要在宁波成立一个江南丝竹女子乐队。

台湾之行给了我一些启迪,我们在保留民族音乐传统元素的基础上,还是要有所创新,让民乐以更时尚亮丽的形式,走进百姓生活中。

德国之行

2008年10月,我带着由十余位有着不同文艺特长的宁波市民组成的艺术代表团,应邀出访德国。

此前,为了选出此次出访的市民代表,宁波电视台联合波波城汽车展销会共同举办了一场高规格的市民才艺比赛,德国方面派出了14个市的市长来到宁波,以评委团成员的身份参加评选活动,我担任了评委会主任。最终,从高分到低分依次选出了14个市民代表,参加德国14个城市为期半个月的巡回演出。

经过十几个小时的飞行,我们抵达德国柏林机场,一下飞机,就匆匆赶往第一个目的地。时值晚秋,湛蓝的天空下,树木色彩斑斓,房屋古典精致,眼前的景色美得好似伦勃朗的风景油画。东道主安排了隆重的欢迎仪式,女人们穿着曳地的礼服长裙,男人们穿着18世纪军队服装,列队奏乐,礼炮齐发。

我们被安排住在当地居民家的木屋里，这儿民风淳朴、景色宜人，饮食用具充满异域风情，让我们感觉就像生活在童话世界里一样。

当地人性格热情奔放，精神生活十分丰富。我们参加过他们在乡村酒吧里举办的狂欢派对，现场最醒目的是几个巨大的啤酒桶和一排排容量惊人的啤酒杯，长条桌上摆满了德国香肠、烤猪蹄、面包和精致的甜点，当地人频频举杯敬酒，我们一起开怀畅饮。酒足饭饱后，所有人来到外面的广场上开始歌舞狂欢，没有舞台却处处是舞台，没有演员却人人是主角，大家尽情地高歌、跳舞，场面十分欢快热闹。像这样完全融入当地百姓生活的经历，是以前从未碰到过的，我们的情绪也被点燃，能歌善舞的市民代表自是当仁不让，纷纷上去一展歌喉，还教大家一起跳我们的民族舞。艺术和音乐没有国界，不受语言隔阂的影响，那一刻所有人都完全沉浸在音乐所带来的快乐之中，不分彼此。唯一的遗憾是，限于现场条件，书法和琵琶无法展示。

有位法国老先生热情地邀请我跳舞，一看就是位"舞林高手"，步伐好快，旋转得我头晕眼花，没想到印象中刻板严谨的德国人如此热情奔放，如此能歌善舞。

每到一处，我们都受到当地居民的热烈欢迎和热情招待，当地百姓自发募捐招待费用，安排了招待宴请。但我发现在欧洲，尤其是发达国家，饮食都非常单一，每天吃得几乎一模一样。虽是贵宾级别的待遇，但在连续啃了这么多天的烤猪蹄和面包之后，就分外想念宁波菜，尤其是那透骨新鲜的宁波小海鲜。

小镇之旅告一段落，我们来到了一所学校，看到走廊墙上挂了几幅中国书画作品，都觉得亲切得不得了。虽然那些汉字写得歪歪扭扭，但还是令人有种"他乡遇故知"的感动。艺术代表团里有位书法家，现场泼墨挥毫，给学校留下了不少墨宝。

市民代表团这次出访作文化交流跟当地居民的互动非常多，地点

第三章 春泥护花，灯火阑珊处

1
2

1　带领宁波市民代表团赴德国访问交流时与当地两位市长合影
2　出访欧洲与当地街头艺术团队作艺术交流

1 在斐济与当地艺术爱好者即兴合奏
2 参加日本国际民间艺术节时与泰国艺术家合影
3 参加日本国际民间艺术节时与越南艺术家合影

多设在广场或人气很高的酒吧。交流活动都是联欢式的，人与人之间亲密互动，轮流进行才艺展示，热情如火的日尔曼歌舞与中国民族音乐同台演绎，呈现出一种奇妙的化学反应，狂热与优雅、奔放与含蓄，相互融合，令人有种不一样的观感和体验。

几次出访下来，我对不同国家和地区对于中国艺术的喜好，有了些深入的认识。法国人优雅而有情调，非常讲究仪式感，听众喜欢坐在音乐厅里安静地欣赏节目；日本民众对中国艺术的接受和喜爱程度较高，这源于一种毗邻的文化认同感；而我国台湾民众，更让人感到亲切，他们对于大陆艺术文化的热情更多的是来自于同根同源的血脉相连。原本印象中安静严谨的德国人却出乎意料的热情奔放，所到之处，文化交流最后往往会变成一场庆祝式的狂欢，无间隙的热歌热舞，使得需要安静展示的艺术，比如我的琵琶，似乎失去了"用武之地"，竟很少有机会拿出来演奏。直到在一所学校的礼堂里，终于有了一群安静"听话"的观众，于是特意选了一首表现战争场面、霸气十足的《十面埋伏》，弹奏给这个铿锵国度的人们听，也算是不虚此行。

第一朵"梅花"

从宁波市歌舞团卸任团长后，傅丹调到宁波市文化局担任副局长。上任后首次到小百花越剧团调研，她就惊喜地发现，这个剧团也是人才济济，可谓青春靓丽、流派纷呈、阵容整齐。

比如演孟丽君父亲的杨慧月，嗓子、唱腔、形象无一不佳，这个出色的老生演员，给傅丹留下了深刻印象；又如《碧玉簪》里演婆婆的老旦丁铭炎，诙谐幽默又不失雍容华贵，也让傅丹心生欢喜。还有两位小生也深得傅丹青睐：一位是白银飞，俊秀雅致，嗓音浑厚圆润；另一位是张小君，英姿飒爽，嗓音高亢嘹亮。

那个时期的小百花越剧团正如朝阳一般冉冉升起，洪芬飞、杨慧月、董兰儿、丁铭炎等中青年演员演技娴熟，台风稳健；白银飞、陈莉萍、张小君、杨巍文、谢进联、赵海英崭露头角，顾盼生辉，这些新生代的演员，在香港"八姐妹太太团"的关心下，分别拜了中国越剧名家徐玉兰、范瑞娟、傅全香、王文娟等为师，也算是甬城的一段梨园佳话，使小百花呈现出星光满天的喜人气象。

20世纪90年代，小百花越剧团迎来了快速发展时期。当时，宁波戏剧史上还没有获得戏剧表演最高奖"梅花奖"的演员，傅丹决心要打破这个零的纪录，她热切地盼望着宁波的戏剧舞台百花争艳，芬芳满园。

"能不能培育一朵'梅花'出来，谁又最具潜力呢？"傅丹想到了各方面条件都非常优秀，当时已崭露头角的花旦赵海英。

赵海英从小受到越剧艺术的熏陶，9岁便登上越剧舞台。1989年荣获全国"佳音杯"越剧卡拉OK大奖赛一等奖，被吕派宗师吕瑞英老师收为嫡传弟子；1990年吕老让赵海英进入绍兴小百花艺校学艺；1995年经当时宁波越剧团团长彭伟引荐，以特招形式进入宁波小百花越剧团，先后领衔主演了《三看御妹》《梁祝》《国色天香》《窦娥冤》《蝴蝶梦》等剧目。尤其是她饰演的《打金枝》里的公主，一出场，水灵灵的眼睛，一颦一笑，一招一式，把一个刁蛮娇横的公主活灵活现地展现在戏台上。

小百花有这样青春靓丽的台柱子，傅丹觉得就像发现了一颗闪亮的珍珠，总想着怎么为她提供最好的展示舞台，并决定把她当作"梅花奖"候选人来重点培养。

有人认为她还稚嫩,傅丹力排众议推她,给她压担子。

为了展现赵海英的实力,傅丹认为首先要打造一出好戏,到浙江省戏剧节上去亮相。宁波虽然是副省级城市,但跟省级艺术团体比拼,还是有一定差距的。

为此,剧团特邀著名剧作家戚天法编排了宁波小百花建团以来第一部大型原创古装戏《孟姜女》,赵海英饰演孟姜女,白银飞饰演万喜良,杨慧月饰演秦始皇。

《孟姜女》公演后引起了巨大的轰动,赵海英塑造的孟姜女情深意重、楚楚动人,深深地打动了观众和评委,她也凭此剧一举夺得浙江省戏剧节大奖。浙江戏剧舞台上又一颗新星冉冉升起,发出了耀眼的光芒。

随后,赵海英又先后获得1997年浙江省第七届戏剧节优秀青年演员奖及金艺奖、1998年浙江省"大自然杯""越剧新十姐妹"大赛一等奖、1999年"天衡杯"青年演员艺技大奖赛一等奖、2000年浙江越剧青年演员大奖赛"十佳演员"称号,这些荣誉记录着赵海英在越剧舞台上丰富的历练与成长。

傅丹觉得以赵海英现今的实力,完全可以去拼一拼"梅花奖"。她带着当时小百花越剧团的团长、后任浙江小百花越剧团党组书记的刘建宽和宁波越剧团副团长吴亚琴,到杭州找浙江省戏剧家协会领导汇报工作情况,同时提出,宁波小百花越剧团打算推荐赵海英冲刺"梅花奖"。

省里专家看了赵海英的简历后,认为她不符合条件,因为参加"梅花奖"评选的其中一条要求,是必须具有国家二级演员以上职称,而赵海英那时刚评上国家二级演员不久。

"'梅花奖'的宗旨不是为了培养优秀演员吗?赵海英虽然这条不够,但她的综合能力的确非常优秀,而且多次获得省级比赛金奖,能不能变通一下呢?"傅丹凭着迎难而上的倔劲竭力争取。

专家团经讨论后最终破格同意为赵海英申报。

接下来就是细细打磨作品,慢工细活、步步为营、争取胜利,也是傅丹一贯的风格。如何全面展示赵海英的优势,把她的特长发挥得淋漓尽致,傅丹有通盘的考虑。

"必须要在原有剧目的基础上有所创新,舞台效果必须以最高标准来要求。"傅丹对宁波小百花越剧团提出了这样两个"必须"。

团长刘建宽开始埋头创作,重新为《打金枝》《鸣凤》《阳告》《大劈棺》这四折为海英量身定做的戏谱曲。

傅丹又请来浙江小百花越剧团的著名导演杨小青,重新编排《打金枝》选段,并全新创作《鸣凤》中的一段戏。鸣凤自杀前大段唱白道出了她对三少爷深深的爱,这样的爱可以超越生死,令人扼腕唏嘘。赵海英的唱功和情感表现力,在这场戏中展现得惊艳绝伦,观者无不被深深打动。

傅丹还请来了浙江婺剧团的老师,专门为赵海英排《大劈棺》中的一折武戏。这折戏最终呈现的效果非常好,行云流水的打戏,声泪俱下的唱功,充分展现出了赵海英的综合实力。

这四折戏,一个一个轮番磨、反复磨,赵海英嗓子都磨哑了。傅丹常常亲临现场指导和陪伴,还亲自给她煲了西洋参汤,润喉清火,为了让她演好戏,那段时间傅丹真是费尽心思。

她把赵海英叫到了家里,跟她谈心:"海英,你要知道,我们要培养的不只是一个演员,而是一个艺术家,现在是备战'梅花奖'的关键时期,这个时候,要更加专注在舞台训练上,同时还要加强文学修养。"

傅丹的用心令赵海英十分感动:"傅妈妈,您为了我的事情这样费心这样辛苦,我都不知该怎么感谢您。""海英,你既然叫我'傅妈妈',我就对你有这份责任,这也不仅仅是为你个人的荣誉,杭州、绍兴和省

与宁波第一位"梅花奖"获得者赵海英合影

小百花越剧团都有'梅花',我们也不能落于他人之后,你要为宁波争这口气,一定要把这朵'梅花'摘回来,好吗?"

赵海英郑重地点点头,她暗暗立下誓言,一定要摘下这朵"梅花",不辜负傅妈妈的一片苦心,不辜负宁波小百花越剧团对她的培养,为宁波争得这份宝贵的荣誉。

傅丹力推赵海英,也有人在背后议论是赵海英张口闭口"傅妈妈",傅丹是偏心"干女儿"。其实,宁波市歌舞团有许多人叫傅丹"傅妈妈",宁波小百花越剧团也有不少人叫她"傅妈妈",满舞台都是傅妈妈的孩子,每个孩子都是傅妈妈心头的牵挂。

排练《大劈棺》时，海英有不少高难度的翻滚动作，还要从高台跳到舞台上，紧接着在舞台上用膝盖着地"跪步"，膝盖跪得又红又肿。傅丹一方面要求严格，但也非常心疼她，有时让她休息一下，海英会倔强地说："妈妈，您为了我付出这么多，大家也都盼着我能拿奖，我一定要尽自己最大努力，没事的，我还能坚持。"

不经一番寒彻骨，哪得梅花扑鼻香？这股子对艺术追求的倔劲儿，使傅丹对海英更多了几分关爱。

为了"梅开甬城"，傅丹带着宁波越剧团的团长刘建宽、副团长吴亚琴，又特地去北京拜访中国文联党组书记高占祥，诚恳地向他表达宁波这个城市迫切需要"梅花奖"演员的诉求，详细汇报了目前的准备情况，同时向他请教下一步该如何着手。

高书记被傅丹的诚意和用心所打动，支了一招："要评'梅花奖'，先要让中国剧协了解你们剧团，可以考虑在宁波办一次全国'梅花奖'演员培训班，借此机会你们演一场，亮个相，让大家看看宁波戏剧演员的实力。"

回甬后，经过汇报讨论，在宁波举办全国"梅花奖"演员培训班的事情敲定了。当时文化局里有些突发状况，所有的担子落在傅丹这个副局长身上。她在全团做总动员："我们把赵海英作为候选人冲刺'梅花奖'，这不是为她个人，而是为了剧团的发展，这是一场重要的战役，每个人都要全力以赴，如果能成功，以后小百花走市场，有'梅花奖'演员领衔主演，演出的分量是完全不一样的。"

2000年6月，历届"梅花奖"得主和评委受邀来到宁波，市文化局主办了"梅花奖"演员展演和评委讲座活动。其间，傅丹专门安排了宁波小百花越剧团，演出了由戚天法编剧、刘建宽作曲，赵海英主演的原创越剧《孟姜女》。大家的努力初显成效，这出戏受到了专家、评委和观众的一致好评，主演赵海英更是收获了不少"铁杆粉丝"。傅丹的目的，就是要让赵海英在这样的场面上露露脸，给评委专家留下一个好印象；而赵海英也十分争气，用出色的表演赢得了大家的一致称赞：女主角这么年轻，水平却十分了得。

这也为日后赵海英获奖埋下了伏笔。

傅丹内心很感激宁波小百花越剧团全体演员，在参加培训的同时，还要做好"梅花奖"演员培训班的服务工作，没有人有一丝懈怠，直到培训结束，送走最后一位评委。

时任中国戏剧家协会党组书记王蕴明说："如果全国各地的文化局领导，都能像傅丹一样为戏剧事业亲力亲为，那我们的戏剧事业会发展得更好更快。"

全国"梅花奖"演员培训活动刚结束，傅丹就被莫名的腰痛折磨得憔悴不已，抽空到医院检查后才知道，过度紧张劳累导致免疫力下降，她被俗称"缠身龙"的病给缠上了。赵海英当时也很焦急，劝傅妈妈休息几天。可"梅花奖"评选不久后就要开始了，箭在弦上，再痛再累也只能咬牙撑住。

第十九届"中国戏剧梅花奖"的评选结果出来了，正如傅丹和所有为之努力的人所期盼的那样，赵海英用精湛的表演征服了评委，不负众望，一举夺得"梅花奖"演员桂冠。

在汗水和心血的见证下，宁波第一朵"梅花"终于绚丽绽放。

获奖之后不久，赵海英要结婚了，为了她在婆家人面前有面子，傅丹和刘建宽特地赶去参加她的婚礼。傅丹还郑重地对赵海英的婆婆说："千万不要怠慢了我们海英，她是我的女儿，是我们宁波小百花的宝贝。"

傅丹担心海英被生活牵绊，再三嘱咐她："记得早点回来，我们等着你排练新戏。"

小百花越剧团接着又为赵海英量身定制了一个新剧本——《玲

珑女》，准备出征中国戏剧节。此时，赵海英正在家中待产，打算休完产假后就回到剧团排戏。可没想到，剧本写好了，导演也请好了，赵海英却来不了了。

当时剧团面临改制，所有演职人员不允许离岗，无奈之中，赵海英选择了辞职。

很长一段时间，傅丹对赵海英获"梅花奖"后离开宁波小百花越剧团的事情都无法释怀，却不知她也有难言的苦衷和委屈；赵海英也能感觉到她辞职以后傅妈妈的伤心与失望，她知道自己是傅妈妈构筑小百花越剧梦的主角，身上还寄托着傅妈妈未竟的梦想。

伤心之余，傅丹心里却仍然牵挂着赵海英，时常向别人了解她的近况，后来得知她经常在上海越剧团与赵志刚配戏，又拍了戏曲电影《白蛇》，还经常活跃在舞台上，心中又有些许宽慰，只要她还在戏剧舞台上发光发热，就总算没有枉费自己对她的一片苦心。她最不想看到的就是，自己呕心沥血培养的宁波戏剧界第一朵"梅花"，只绚烂一瞬，便芳华不再。

后来有一次，宁波小百花越剧团准备到绍兴参加省里的演出活动，参演剧目是《江南女子尽封王》，主演花旦徐晓飞突然生病，一时找不到合适的演员代替。有人建议找赵海英来救场，当宁波市演艺集团董事长邹建红找到她时，离演出只有5天，时间非常紧迫，赵海英却毅然接过了任务，背台词、练唱段，全情投入，使得剧目得以顺利演出。紧急关头，她对宁波小百花越剧团的可贵真情展露无遗。

傅丹知道海英对宁波依然有很深的感情。此后，宁波中华文化促进会的大小活动，傅妈妈一声呼唤，只要手头上没有别的戏，赵海英招之即来。

她与傅妈妈之间的感情，虽经历了一些波折和考验，却终因彼此深深的信任、牵挂与眷恋，终回往昔最美好的模样。

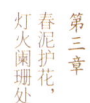

第三章 春泥护花，灯火阑珊处

1 / 2

1　带领宁波小百花越剧团赴香港演出（前排左三为宁波爱乡侨胞孔爱菊女士）

2　与爱国侨胞邵逸夫先生合影

第二朵"梅花"

傅丹也很喜欢甬剧,杨柳汀、杨佳玲、沃幸康,都是傅丹喜爱的甬剧名家。在她看来,从乡间艺术演化而来的甬剧唱腔,非常能表现宁波本土的文化特色,很接地气。

傅丹观看的第一个甬剧作品是《隔壁邻舍》,舞台上那个演盲女的小女孩很是讨人喜爱,通常演员要靠眼神来传递情感与观众交流,而她闭着眼睛,却依然演活了那个角色,从此傅丹记住了甬剧团那个叫王锦文的演员。后来傅丹又陆续看了王锦文演的几场戏,发现她表演细腻、扮相清丽、嗓音甜美,灵气十足,令人观之难忘,简直是为甬剧而生。

当时的宁波市歌舞团生机勃勃,宁波小百花越剧团如日中天,而甬剧却正处于低谷时期,演出市场低迷。最艰难的时候,甬剧团甚至排儿童剧到学校、乡村演出,才能勉力维持剧团运转。

自从分管宁波艺术院团之后,傅丹一直想为甬剧排一出有分量、有格调、有新意、有轰动效应的新剧目,好让甬剧重新焕发生机,最好也开出一朵"梅花"来。

2002年,是宁海籍"左联"作家柔石诞辰100周年,时任宁波市文化局局长的周时奋问傅丹:"柔石诞辰100周年纪念活动,甬剧团可不可以排一出柔石的《早春二月》?"周时奋文学功底深厚,认为柔石这部代表性作品的文学价值与社会意义都非常高,是个好题材。

"上海越剧院刚把这个题材搬上舞台。"傅丹有些迟疑。

"那我们从柔石文集中另选一个作品,改编成甬剧,为柔石诞辰100周年献礼。"

第三章 春泥护花，灯火阑珊处

"好，这很有意义，我先找来原著研究研究。"傅丹欣然接下任务。

傅丹找到柔石之子、曾担任过宁波市文化局艺术处处长的赵德鲲，赵德鲲送了一本父亲的文集给傅丹，并推荐了《为奴隶的母亲》，说很适合舞台表演。可当时《为奴隶的母亲》已经被改编成了沪剧，宁波电视台也把这个作品改编成了电视剧。傅丹担心题材重复演绎可能会缺乏新意，打算回去再细作思量。

几天后，刚刚从上海戏剧学院进修回来的王锦文，带着女儿来到傅丹办公室，向她汇报了在上海戏剧学院学习的心得体会，还说以后要让女儿也走艺术道路，并希望她能超越自己。

谈到甬剧团现状，王锦文思路清晰，既指出了目前存在的问题，对前景发展也有独到的想法。王锦文对甬剧的热情打动了傅丹，她心念一动，眼前这位优秀的甬剧演员，专业过硬，有文化，有想法，还有冲劲，是个不错的团长人选。她向局党委汇报了自己的想法，推荐王锦文担任甬剧团团长。这与周时奋局长的想法不谋而合，不久宁波市文化局正式任命王锦文为宁波市甬剧团团长。

终过反复论证，最终确定了把《为奴隶的母亲》改编成甬剧。由谁来主演呢？宁波甬剧团里优秀的演员不少，从《为奴隶的母亲》的原作看，"母亲"是个外表柔弱、内心坚韧的角色，傅丹认为年轻演员中，王锦文无疑是最适合的。

确定了主演，傅丹开始考虑编剧人选。甬剧团老团长、著名剧作家王信厚推荐了他的同学、著名编剧罗怀臻。巧的是，罗怀臻正好是王锦文在上海戏剧学院进修时的导师。

2001年5月，宁波市文化局邀请罗怀臻来宁波，双方正式议定将柔石的小说《为奴隶的母亲》，改编为新甬剧《典妻》。

此后，罗怀臻每写出一场戏，傅丹就带着王锦文去一趟上海，在罗怀臻家里听他讲戏，在罗怀臻饱含深情的念白中，傅丹预感：这一定会

与宁波第二位中国戏剧"梅花奖"获得者王锦文合影

是一出好戏。

接下来得找一个能够驾驭这个剧本的导演。黄梅戏《徽州女人》的编剧、著名导演陈薪伊是傅丹的好朋友,他向傅丹推荐了中央戏剧学院导演系系主任曹其敬。陈薪伊说道:"曹其敬功底深厚,有着丰富的地方戏剧导演经验,他现在正在排《徽州女人》,有时间的话可以先来看看。"

周时奋、傅丹带着艺术处处长章长康和剧目联络人章惠宁,乘着一辆商务车,直奔安徽合肥观看《徽州女人》的首演。

演出非常精彩,导演的功底、演员的表现力、清新的舞美设计,让傅丹一行有了新的启迪。

演出结束后,傅丹来到后台拜访曹其敬,眼前的女导演笑声爽朗、

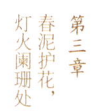

行事果断,颇有须眉之风。傅丹紧紧地握住了她充满力量的手,诚恳地说:"我们想邀请您来导演我们新创作的甬剧《典妻》,看完您导的戏,我们坚信有了您的加入,一定能让这部甬剧焕发光彩。"

曹其敬此前已通过陈薪伊对傅丹和《典妻》有过一定了解,十分豪爽地表示:"好,让我先看看剧本。"

这一趟,不虚此行。

看完《徽州女人》演出当晚,傅丹一行连夜赶回宁波,还没开出安徽,一场突如其来的山洪爆发了,道路顷刻间变成了波涛滚滚的河流,只能把车辆停在一个前不着村后不着店的山丘旁,耐心等待洪水退去后再作打算。

为了给大家放松心情,在傅丹的提议下,大家开起了电影插曲"演唱会",一直唱到了凌晨3点,洪水才终于退去。大家又冷又饿,就近找了个村庄,敲开一个农户的家门,讲明原委,淳朴的农家大嫂给大家煮了一大锅面条。吃完面条,天也亮了,一夜没有合眼的几个人又开始赶路。

谁也不会忘记那一天一夜,大家一起战胜了艰难险阻,一同迎来了黎明的曙光。这似乎也预示着《典妻》这出戏的创作排演过程,也将充满着挑战,但坚守到最后就一定会胜利。

从合肥回来以后,傅丹找王锦文,建议她深读《为奴隶的母亲》的原著,了解角色,进入状态。她还组织王锦文和剧组演员赴柔石的故乡宁海,体验柔石作品的韵味和意境,接通戏剧人物命运与生活的脉络。

2001年的12月22日,傅丹又带着王锦文奔赴北京,邀请国家级的戏曲专家论证剧本。有专家提出,剧本把大量的笔墨,放在一个女人徘徊在两个男人之间无法抉择的情节上,降低了戏的格局。经过大家的反复讨论,最后达成了修改意见:重点表现"母亲"对两个孩子都割舍不下,却一个都抓不住,内心深感颓败却又无能为力,最终骨肉分离陷入两难的情节，展现出一个"母亲"的心被掰碎和撕裂的剧痛，把感情戏进一步升华，使故事情节更曲折、更耐人寻味、更具悲剧性，也更能引起观众的共鸣。

"这出戏关乎甬剧的未来，要敢于创新，给观众带来不一样的视觉和情感冲击。"傅丹对主演王锦文寄以厚望。

那时，宁波演艺集团（宁波市艺术剧院）刚组建不久，宁波市委决定让当时已担任宁波市政协副主席的傅丹兼任艺术剧院院长。在她的指挥下，各个团运行有序，越剧团、甬剧团和歌舞团作为演艺集团所属剧团，三个团的团长分别担任艺术剧院副院长，人心安定，而且可以集中三团之力来创排新剧，一切准备就绪。

《典妻》演出团队开始全身心投入排演工作中，大家拧成一股绳，心往一块儿想，劲往一块儿使，目标就是要在中国艺术节上夺魁。

正巧，这一届中国艺术节分会场设在宁波，可谓天时地利人和。

最终，凭借导演对作品的精准把控和高超的表现手法、演出团队的精彩演绎和精良的舞美设计，《典妻》旗开得胜，一举夺得包括"文华大奖"在内的五项大奖。这代表着专业舞台表演艺术的最高荣誉，也填补了宁波在这些大奖上的空白。主演王锦文也凭此剧夺得"中国戏剧梅花奖"演员的荣誉。

第二朵"梅花"在甬城含香绽放，傅丹也终于得偿所愿。

《典妻》之后，甬剧舞台上又涌现了一大批优秀的作品。这时，傅丹已从艺术剧院院长的位上卸任，不再分管甬剧团，但她一直关怀着甬剧的发展，每有新作品演出，她都会到场观看，对王锦文也一直很关心。

王锦文评选国家一级演员时，傅丹在省高评会上动情地评价道："王锦文用柔弱的双肩挑起了甬剧振兴的重担，恳请各位评委给予支持！"

傅丹见证了王锦文从青葱少女到甬剧名角的成长历程，也见证了甬剧从式微到绚烂的华丽转身，这让傅丹心里非常欣慰。

王锦文在担任宁波戏剧家协会主席、甬剧传承中心主任后，还经常亲自上台，送戏到文化礼堂，为戏剧传承中心打下坚实的群众基础，深受广大戏迷的喜爱。

傅丹说，王锦文身上最打动她的地方，就是一个戏剧艺术家对舞台的发自内心的热爱与永不言弃的坚守。

第三朵"梅花"

宁波小百花越剧团新戏、好戏频出，逐渐在全国戏剧界闯出了名声，常常受邀到全国各地演出。

有一年，小百花越剧团应邀赴天津举办《红楼梦》专场演出。那时天津没有越剧团，却有很多越剧迷，时任天津今晚报社总编的陈礼章是宁波人，又十分喜爱越剧，看到家乡的越剧团办得如此红火，便出面促成了此事。傅丹作为小百花越剧团的分管领导，亲自带队赴津。

演出在当地引起了轰动，尤其是张小君饰演的贾宝玉，扮相俊逸，唱腔高亢激昂，表演流畅自然，收获了戏迷们潮水般的掌声。戏迷们十分热情，演出结束后也迟迟不愿离场，围着张小君等几位主演签名合影，还送来了美味的天津小吃。有位戏迷突然发现"宝玉"和傅丹有几分相似，热情地夸道："这是您的女儿吗？太优秀了，唱得真是太好了！"

那时张小君刚从艺校毕业，进剧团才一年，这是傅丹第一次看她

与宁波第三位中国戏剧"梅花奖"获得者张小君合影

演出,张小君精彩的表演,加上热情戏迷的美丽误会,让傅丹对张小君多了一份关注。

1993年,张小君在"超达杯"江浙沪越剧"双十佳"青年演员大奖赛上荣登榜首,是当时所有决赛选手中年纪最轻的一位,被越剧名家徐玉兰老师一眼看中,她亲自为张小君颁奖并收她为入门弟子。此后,张小君每年都要到上海徐玉兰的家中住上一段时间,徐玉兰一句一段教她唱完了整本《红楼梦》。每逢张小君有重要演出或活动,徐玉兰也必定亲自赶到现场指导、陪伴,虽为师徒,却情如母女。

傅丹惜才、爱才,更善于发现人才。

此后,她又观看了张小君主演的《孟丽君》《彩楼记》《孟姜女》《追鱼》等戏,对张小君的舞台功底有了更全面的了解,也越发喜爱这个倜傥潇洒的"小生"。有好几次，傅丹正好与同在嘉宾席的徐玉兰比邻而坐，看到德高望重的越剧名家对张小君如此青睐有加，更加认定她是个可造之才。

这一次，傅丹将寻"梅"的目光，落在了张小君身上，她建议宁波艺术剧院把张小君作为冲击"梅花奖"的候选人来重点培养。

2004年，宁波小百花越剧团排演了由罗怀臻编剧的新戏——《荣华梦》，故事讲的是：书生董文伯寒窗十载高中状元被招为驸马，带着公主还乡省亲途中，为救公主不慎坠入深渊，情深义重的公主为保驸马一家荣华，就让文伯孪生弟弟文仲顶替驸马回京……

在这出戏里，张小君一人饰两角，文伯乃一介文弱俊雅的书生，文仲却是目不识丁的村夫，她不仅演活了两个性格迥异的角色，而且用了两种越剧流派的唱腔。张小君在戏剧表演上的过人秉赋可见一斑。

2005年，《荣华梦》正式参与第二十二届中国戏剧"梅花奖"评选，其间恰逢傅丹分管工作变动，由分管艺术院团变为分管演出市场、新闻出版。虽然不再是直接主管领导，但她仍然非常关心"梅花奖"的评选事宜，热情接待来甬的"梅花奖"评委，助力张小君夺冠。

最终，张小君凭借在《荣华梦》中精彩绝伦的表现，成功夺得中国戏剧"梅花奖"演员的荣誉。

获奖归来，《荣华梦》在宁波正式公演。看完这出戏后，傅丹由衷地夸赞张小君："这是一出高难度的戏，很考验演员的功底，你一人分饰两角，却处理得很好，书生的秀逸，莽夫的愚拙，都拿捏得十分到位；两角分唱徐派、范派，两种唱腔运用又都很圆熟，不容易，小君的'梅花'真是实至名归！"

从第一朵"梅花"赵海英，第二朵"梅花"王锦文，到第三朵"梅花"张小君，至此，宁波戏剧舞台有了一段"梅开三度"的佳话。

用经典名曲《梅花三弄》来形容傅丹此时的喜悦心情，再恰当不过。

《凤姐》折"金桂"

初见谢进联,是在宁波多项技能歌唱大奖赛上,傅丹是评委。

来自宁海越剧团的谢进联嗓音甜美而富有磁性,一双美眸顾盼流转,演唱功底非常扎实,外形更是青春亮丽,最终获得了歌曲类评比一等奖,令傅丹印象十分深刻。

比赛结束后,傅丹在后台找到了谢进联,目光中掩不住的欢喜:"进联,你这'金嗓子'真是让我听得入迷,你愿不愿意到我们歌舞团来工作啊?"

谢进联有些迟疑:"我是唱越剧的,能转行当歌唱演员?"

"像你这样嗓子好、形象好的演员,在我们歌舞团一定会大有发展空间的。"傅丹为谢进联描绘着美好蓝图。

后来由于种种原因,谢进联没进宁波市歌舞团,但对于她这样出挑的人才,傅丹是不会轻易"放过"的,最终还是把她挖到了小百花越剧团,成了小百花的当家花旦。

《江南女巡按》是谢进联调入宁波小百花越剧团后主演的第一部大戏。谢进联的小生扮相是剧中的一大亮点,他饰演的"女巡按"英气逼人、潇洒俊朗,举手投足间透着男儿气派。花旦变小生,又加之唱功一流,演技上佳,这让很多越剧迷为之倾倒、痴迷,就连专家和同行都纷纷叫好。

至此,原本团里有些对她演技存疑的声音渐渐止息,谢进联在人才济济的宁波小百花越剧团立住了脚跟。

谢进联跟傅丹的女儿瑄萱同岁,二人情如姐妹,她也称呼傅丹为傅妈妈。生活中的谢进联,性格开朗,俏皮可爱,为人踏实,情愿自己吃亏,也处处为他人着想,因而傅丹非常喜欢她,当她是自己的女儿一般。

宁波小百花越剧团要排演新编越剧《凤姐》,谢丽泓编剧,谢进联主演。

谢丽泓曾是宁波市群艺馆的编剧,担任过宁波市政协委员,现任浙江省戏剧家协会副主席兼秘书长,是傅丹非常喜爱的一位剧作家。傅丹担任市政协副主席时,时常下基层调研,身边就常常带着"二谢",一是谢丽泓,二是谢进联。

傅丹希望谢丽泓写出一个别样风采的凤姐来,她跟谢丽泓谈凤姐:"要写好这个人物,就要真正走进她内心,从细处揣摩雕琢,不要落入俗套。"

谢丽泓若有所思:"要往小里写,往深里扎,着笔内心,知微见著。"

《凤姐》成了戏曲艺术上第一部完整刻画王熙凤一生的作品,这部作品改变了大众对王熙凤浅表化的认识,也颠覆了以往戏曲舞台上对王熙凤的形象塑造。在充分尊重原著的基础上,加入大量的人物内心描写,使观众对王熙凤有了全面的了解,引发人们更多的深度思考,有着非常积极的现实意义。

对于一个观众非常熟悉又有各种全新解读的人物,想要演绎得到位、出彩,并非易事。为此,傅丹找了《红楼梦》原著和关于王熙凤人物形象的深度评论文章,让谢进联沉下心来,用心研读。

"你想演好凤姐,必须反复揣摩其内心和性格特点,熟读原著是最好的方法。"

谢进联想偷个懒,囫囵吞枣粗粗看完一遍,傅丹却对她丝毫不放松,耳提面命"逼"着她继续深读。

在傅丹的"高压政策"下,谢进联硬"啃"了四遍《红楼梦》,逐渐吃透了凤姐人物性格的复杂性,渐渐地,舞台上的谢进联,举手投足、一颦一笑间越来越有凤姐的神韵了。

与"浙江戏剧奖·金桂表演奖"获得者谢进联合影

这部戏的排练、走台,傅丹常常亲自到场指导,帮助演员精准解读剧本,提示演员情感处理,大家如琢如磨、如痴如醉,常常排练到废寝忘食,却乐在其中。

《凤姐》公演后,各方好评如潮,还被推荐参加在温州举办的第三届中国越剧艺术节。傅丹亲自带亲友团赴温州给小百花越剧团助阵,还在戏后带着主创人员拜访戏剧评论家,听取专家意见。

有人问她:"傅老师,你不是没分管剧团了吗,怎么还陪着他们来参赛?"

傅丹自豪地说:"剧团我虽然不分管了,但无论是这部戏,还是谢丽泓和阿联,都像是我的孩子,我要来给孩子们加油,亲眼见证他们获得荣誉的时刻。"

最终,《凤姐》获得了中国戏剧节"剧目大奖"。傅丹脸上绽出了开怀的笑容,左一个"两谢"争气,右一个"两谢"能干,夸得她俩感动得不知道怎么说才好。

后来《凤姐》到北京演出,傅丹电话"遥控指挥",邀请很多在京的朋友前去观看,朋友们看完纷纷发信息给傅丹,评价各有千秋,但都表示了高度的肯定,她激动得半夜把这些信息转给了谢丽泓。

唯一遗憾的是,当时浙江省申报"梅花奖"有了名额限制,《凤姐》与"梅花奖"失之交臂,谢进联凭此剧获得了"浙江戏剧奖·金桂表演奖",宁波小百花越剧团舞台上绽放了一枝馨香的"金桂"。

谢丽泓除了创作剧本,也写过不少小品。她邀请谢进联参演了她创作的小品《烦恼》,这个作品多次参加省市文艺精品评比,且一路高歌,各种奖项拿了个遍。

但当央视主办的小品大赛向她发出邀请时,谢丽泓却有点打退堂鼓:"小品非东北莫属,江南小品很难获奖。"

傅丹听闻此事,赶紧把谢丽泓叫来劝道:"宁波小品从没上过央视,这是宣传宁波文艺的好机会,一定要去参加。"

为了增强她的信心,又道:"我就以宁波市文联主席的身份,陪我们的文艺工作者去央视一展风采。"

央视主办小品大赛,各方英豪齐聚京城。谢丽泓和谢进联一看,来的都是大团,甚至是明星阵容,心里又开始打鼓:自家这业余搭班的群众文艺演出,肯定很快就会被淘汰,多丢人啊!

傅丹不断给她们打气,又请自己在央视工作的好友帮忙提供道具、安排录制,方方面面安排得妥妥贴贴,"两谢"终于放下心理包袱,全力备战。最终这个小品夺得全国曲艺大赛一等奖、金狮奖银奖,谢进联获得中国曹禺戏剧奖个人优秀表演奖。对于一个越剧演员来说,这也算是一种成功的跨界试水。

用傅老师的话说,我们阿联是块金子,走到哪儿都会发光。

北京之行,夺桂而返。宁波文艺工作者,向全国人民展示出了自己的实力与风采。

剧团改革

在宁波市文化局任副局长时,傅丹还分管地方剧种的发展、改制工作。宁波市区有三个艺术专业团体——宁波市越剧团、宁波市甬剧团、宁波市歌舞团。文艺团体要怎样适应时代的发展?是傅丹一直思考的问题。

广州是改革开放的前沿,文化艺术发展走在全国前列,傅丹决定带领宁波小百花越剧团的团长彭伟、宁波市歌舞团团长邹建红、余姚市姚剧团的团长寿建立等几个剧团的团长去广州、深圳、汕头等地考察,学习广东文化体制改革的先进经验。

时任广东省文化厅厅长,是傅丹在广州战士文工团时的广州军区文化部部长,他热情接待了傅丹一行,并亲自安排了考察的路线和院团。这一路的参观、交流、学习,使大家很有感触,深受启发,学到了不少关于院团体制改革和发展的宝贵经验。后来,宁波市几大剧团的体制改革都借鉴了广东的经验。

广东考察回来以后,傅丹多次去余姚,与时任余姚市文化局局长周建华、姚剧团团长寿建立以及后来的姚剧传承中心主任倪乐辉共同探讨姚剧传承保护和发展问题,最终决定把余姚的姚剧团、越剧团和龙山剧院合并,成立余姚市艺术剧院。

由于受众娱乐项目的选择性不断增多,传统姚剧日渐式微。这可是流传了两百多年、极具特色的地方剧种,一定要让它传承下去。可怎样才能让它焕发出新的生命光彩?

他们制定了一个四步策略:第一,抓改革,激发创新活力。第二,创精品,展示戏曲魅力。第三,拓市场,提升竞争实力。第四,重传承,增强发展潜力。

还成立了姚剧研究会,制定5年保护规划,组织发掘、抢救、整理有关姚剧的人文历史资料和姚剧经典剧目音像资料、姚剧经典唱段、优秀传统唱段集锦等。经过不懈努力,姚剧被列入国家级非物质文化遗产保护名录;姚剧名家沈守良、寿建立分别被授予国家、省非物质文化遗产项目姚剧代表性传承人称号;余姚市艺术剧院也被宁波市命名为非物质文化遗产传承基地。

几年下来,成效初显。2006年,姚剧《母亲》参加了第八届中国上海国际艺术节,余姚艺术剧院是唯一受邀参加的县级剧团。姚剧《王阳明》还走出国门,受邀到日本演出。

现任姚剧传承中心主任的倪乐辉说:"没有傅丹老师的大胆魄力,没有当时余姚文化局局长周建华的执着,姚剧不可能走出困境,走向振兴之路。"

后来,宁波市各大剧团也开始机构改革,面临合并重组带来的诸多问题,员工思想工作需要疏通,问题和矛盾需要化解。为了使重组工作尽快步入正轨,宁波市委宣传部派遣由副部长王桂娣带队的工作组,到宁波市演艺集团实地调研,广大演职员工一致要求傅丹回到演艺集团任集团领导。宁波市委领导找傅丹谈话:"看来,还是得你老将出马啊。"就这样,已担任宁波市政协副主席的傅丹,又兼任了宁波市演艺集团负责人和宁波市艺术剧院院长。诸多纷繁渐渐理顺，所有工作进入正轨，傅丹功成身退，由邹建红接任集团董事长，王锦文任党委书记。

资源整合后的宁波市演艺集团，实力有了很大的提升，不断编排出更多更有质量和更具影响力的剧目。《满江红》《十里红妆·女儿梦》《花木兰》《呦呦鹿鸣》纷纷获得国家级大奖，宁波演艺集团的经营状况逐渐好转，在国内具有了一定的影响力，外地艺术团体也经常前来取经。

角色转换

从浙江台州到江西南昌这段时期，是傅丹艺术人生中的学艺和成长阶段，用一个字来概括就是"求"——求艺术之路，亦求人生之路。

从南昌市歌舞团到宁波市歌舞团，是她在音乐舞台上绽放光芒的岁月，也是她带领两个歌舞团闯出一片天地的时期，用一个字来概括就是"用"——用学到的技艺，来滋润民族音乐的土壤，服务社会。

从宁波市文化局副局长到宁波市文联主席、浙江省文联副主席、宁波市政协副主席，乃至后来的宁波中华文化促进会主席，她都凭着自己的人格魅力、社会影响力和艺术成就，来传承发展民族音乐，用一个字来概括就是"献"——奉献所学，以大爱之心和全部的热情去弘扬中华文化。

这就是傅丹的三部曲，这三部曲合起来，其实是一场充满挑战的人生修行。

浙江省文艺界好友在一起(左一刘建宽,左二蒋国基,左三翁持更,左四傅丹,左五骆介礼,左六谢丽泓)

2004年底,傅丹要调任宁波市文联当主席了,她心里有点忐忑,这个角色转换,不是换个职务名称,也不像舞台上换个角色那么容易。

她向省文联党组书记请教:"文联主席对于我是个全新的角色,工作性质上有了较大变化,怎样才能当好这个文联主席?"

省文联党组书记回答她:"抓住关键的两条:其一,工作中充分尊重党组意见;其二,尊重文艺创作规律,做好服务,让文联成为文艺工作者的娘家。"

傅丹上任后,跟时任宁波市文联党组书记的李浙杭很快就达成了一个共同的工作理念:服务和助推。

服务,就是要把文联当做艺术家们的娘家,关心他们的疾苦,解决好他们在文艺工作中的困难,给艺术家提供展示自己才华的平台。

助推,就是要建立完善主题文艺活动引导机制,改革文艺评奖机制,建立科学完善的文艺作品评价体系。

傅丹很快就体会到,文联与文化局的不同。文化局是政府职能部门,领导专业文艺工作者;文联是党和政府联系文艺工作者的纽带、桥梁,跟艺术家没有直接的行政隶属关系,文联只有当好"娘家人",认真倾听艺术家的声音,尽心帮他们解决遇到的困难,才能更好地赢得他们的信任。

著名书法家、篆刻家周节之身居斗室,创作环境的简陋与他精致的作品形成强烈反差。一听到有人反映这个情况,傅丹立刻坐不住了,带着文联组联部主任章惠宁,马上赶到周节之家探望和了解情况。

周节之孤身一人住在一室一厅的老房子里,屋里堆满了书籍、报纸和一沓沓用过的宣纸,拥挤得像个仓库,桌子上放着中午吃剩的饭菜,很难想象在这样的条件下,他是如何进行创作的。

一位创作过无数优秀书法、篆刻作品,如此有名望的艺术家,竟然不能拥有一间自己的创作室,也没有一张像样的工作台,这让傅丹感觉有些心酸,她想:一定要想办法为周节之改善生活环境,提供适宜的创作空间,让他更专注地投入到工作中,为宁波创作出更多的艺术精品。

傅丹做事,从来是想到的事情就一定要马上落实,她想方设法找有关部门领导,在一番奔走沟通后,最后在颐乐园为周节之安排了一套住房,有专门的创作室,可以让他安心创作。

傅丹对周节之的关怀,让周节之胞弟、著名书法家周律之很受感动:"文联领导能这样尽心为艺术家解决实际困难,这是一种对艺术家最好的人文关怀,自然会激发出艺术家的创作热情。"后来,周律之先生也成了傅丹的好朋友。

月湖边的贺秘监祠是文联的文艺之家,二十多年没有维修整理过,外面下大雨,里面下小雨。傅丹又找到时任发改委主任的陈仲朝,反复协调，派专人考察，改变年度拨款计划，拨出480万元，专项用于"文艺之家"修整和添置必要设施，使宁波的文艺家们有了一个活动、聚会和举办文艺沙龙的好去处。

为了抓好文联的内部建设，更好地为文艺大发展、大繁荣服务，傅丹和李浙杭找时任宁波市委副书记的王勇，与宁波编制委员会（编办）主任孙国茂反复对接，最终为文联增加了一个处室，并增加了两个编制，解决了编制少的问题。

宁波市文联自1958年成立后的50年里，机关内部没有提拔过一个副局级以上的干部。在傅丹的意识当中，人才，是地方文化事业发展的有力支撑，是人才，就要培养，不能埋没。

一次，在植树节的时候，趁市级领导一起植树的机会，傅丹把文联的干部队伍情况反映给与自己结对的组织部长，组织部长表态说："我们专门到文联来，做一次调研，听取汇报。"没想到，组织部长来了以后，市委书记也来了，逐步给文联解决了干部提拔的问题。

傅丹与李浙杭反复商量，确定干部培养计划，任人唯贤，不拘一格。2009年和2012年，从市文联内部连续推选提拔了两个副局级干部。

傅丹与李浙杭在文联工作8年，文联内部依章提拔干部25人次。这在宁波市文艺界引起了震动，原来大家都以为，调到文联基本上就原地原位等退休了，没想到还能有这么大的进步空间。

文联党组书记李浙杭担任行政领导二十多年，行政能力很强，管理经验丰富。傅丹发挥专业特长和优势，主打具体业务和对外联络。两人取长补短、合作共事、相互补台，既讲原则，又不失人情味。

这个时期，宁波文艺界人才脱颖而出，创作成果不断，宁波市文联的知名度、美誉度节节提升，两次被评为市级文明单位，两次被省文联授予"全省文联系统先进集体"称号。

在2015年1月出版的"三亲"史料《在团结和民主的旗帜下·九三

学社卷》一书的《在担任主委的日子里》一文中,特别记载了傅丹和李浙杭合作共事的经历,他俩被文艺界人士称为"中共和民主党派合作共事的典范"。

在打造文学艺术作品时,注重五大经费倾斜:向主旋律、中青年、本土作家(艺术家)、长篇小说和农村题材倾斜。

文联免费为20余名作家和艺术家在北京、上海等地召开艺术专题研讨会,将他们推向全国;免费为180余名宁波作家出书,宁波市在出人、出作品上实现了历史性突破。

同期,宁波市涌现了一大批在全国有影响力的作家和艺术家。宁波女诗人荣荣获得了鲁迅文学奖,赵海英、王锦文、张小君三位演员获得了中国戏剧"梅花奖",近30部作品获得全国、省"五个一工程"奖。

傅丹本身是艺术家,她深知,文艺创作要出成绩,必须"接地气"。杭州湾大桥建成前,文联组织了一大批诗人、音乐家、作曲家,进入工地体验生活,取材创作了诗集《杭州湾大桥组诗》,并策划排演了大型音乐剧《跨越》在宁波大剧院上演。一千多名桥梁建设者被邀请到现场观看演出,时任大桥建设总指挥王勇,看到舞台上再现的工地场景和建设者形象,如临其境,不禁热泪盈眶。

百场经典

"服务""助推"成为引领文联工作的"四字诀",一场声势浩大的"百场经典五进活动",大张旗鼓地铺展开来。傅丹和李浙杭一起,把各门类的艺术家们组织起来，文联下属各个协会的艺术家、作家，以百场经典文艺作品赏析会的形式，进机关、进社区、进军营、进乡镇、进校园。

傅丹的角色转换之后，她以自己的艺术服务大众、奉献社会的艺术家本色并没有改变。2005年5月22日，她在宁波大学以首场"琵琶名曲赏析"揭幕，随后其他艺术家也陆续走进大众视野，将艺术融入百姓生活。

作为一名琵琶演奏家，傅丹个人举办了超过100场经典赏析会。多年来无论公务如何繁忙，她都会深入基层，亲自讲授民族音乐的艺术之美。

2011年5月25日，傅丹在浙江纺织服装职业技术学院的艺术与设计学院报告厅——"红帮大讲堂"举行第20场"中国民乐经典古曲赏析会"。她从中国深厚的历史传统、多样的自然环境、博大恢宏的文化背景、各具异彩的民族风情，讲到琵琶、二胡、古琴等民族乐器。

唐代的螺钿紫檀五弦琵琶、明代的壁虎龙纹琵琶、清代的牙雕琵琶……世上居然有如此精美的琵琶，听众真不敢相信自己的眼睛。

傅丹使用PPT向观众一一展示。

"中国民族古典音乐，历经千年风云变幻，大浪淘沙，从孕育并留下的精华中，折射出中国深厚的文化底蕴。当代人又知晓多少？领受了多少？传承了多少？我们得尽快补上、跟进，将国粹刻入骨、铭于心。"

傅丹曾带领艺术家团队走进宁波市鄞州朝晖实验学校，这是一所外来务工人员子弟学校，她亲自为那里的学生开设民族音乐专场讲座。孩子们非常喜爱这位优雅亲切的艺术家奶奶，每次看到傅丹都非常开心，争先恐后地跑到傅丹的身边，高声欢叫着："傅奶奶好！"听着这一声声清脆响亮的"傅奶奶"，看着这些朝气蓬勃的稚嫩面庞和充满求知渴望的眼神，傅丹内心涌动着一种幸福。

她的声音，带着坚定的信念，昂扬激越：

百场文化经典进校园 —— 走进浙江万里学院

"几乎每个民族都有自己的摇篮曲,即使你根本不懂这种语言,也能听出那是摇篮曲。音乐,是一种听觉艺术,是直通心灵的艺术,音乐使人的身心得到极大的愉悦。你想不想让自己变得更有气质、更漂亮呢?多听听优美的乐曲吧,它能让你变得更加优秀、与众不同。"

这是傅丹《音乐与表达 —— 让优秀传统音乐陪伴孩子健康成长》主题讲座的开场白。讲座的内容也特意进行了调整,她用平实易懂的语言,深入浅出地诠释音乐与成长的关联和优秀传统文化的魅力。现场示范演奏环节,专门安排了一些适合青少年鉴赏的曲目,孩子们跟着傅奶奶的琵琶声打着节拍,哼着曲调,听得如痴如醉。

宁波市鄞州朝晖实验学校有32个班级1360名学生,受宁波中华文化促进会和明楼街道、丹霞文化艺术中心等部门和单位的关爱、指导，学校成立了韶琴社团、琵琶社团，让外来务工人员子女也参与进来，为他们打开一扇艺术之窗。

抱着"弘扬中华优秀传统文化"的美好初衷，多年来，宁波中华文化促进会坚持送优秀传统文化进学校，多次走进宁波中学、宁波行知实验小学、象山丹城六小、鄞州中学、宁波大学……

傅丹不但在宁波讲座，还应邀去杭州、台州、温州等地传播高雅艺术。她的讲座内容丰富多彩，既是民族音乐和传统文化的宣讲和普及课程，又是精彩绝伦的音乐赏析会，她喜欢用平实而风趣的语言，深入浅出地把名作名曲的艺术特点和背景故事讲给大家听，还打趣说自己是"70"后，因此，她的讲座观众席总是笑声和惊叹声不断，氛围非常热烈。

为了使更多人接触和了解民族音乐，近些年，傅丹也常常通过互联网让琵琶之声四处荡漾。

注入活力

傅丹在南昌时，曾任南昌市政协常委，调到宁波后，同职务转任。1997年初的时候，上级部门就把傅丹列为九三学社宁波市委会主委的候选人。

担任九三学社宁波市委会主委，有两个"硬杠子"：正高职称和担任过两年以上副局级干部。

九三学社宁波市委会把傅丹的情况，向九三学社中央委员会作了

1 与全国人大常委会副委员长韩启德及其夫人袁明（北京大学燕京学堂院长）合影

2 在九三学社中央常委会上看望时任全国人大常委会副委员长、九三学社中央主席吴阶平

3 在九三学社中央文化工作委员会等单位主办的秋实咏书画音乐雅集上的演出（左一为著名二胡演奏家宋飞，左二为笛子演奏家屠靖南，左三为著名扬琴演奏家刘月宁，左四为著名琵琶演奏家陈音）

请示。回复是：凡是九三学社的社员，都有资格作为候选人。于是，经过选举，从1997年10月起，傅丹连任三届（15年）九三学社宁波市委会主委。

傅丹在任期间，培养和带动了一批干部。

郑瑜原先是宁波市教育局的处长，被傅丹推荐选举为宁波九三学社副主委，后来以非执政党身份担任宁波市科技局局长，再后来接任宁波九三学社宁波市委主委。

叶正波原先是宁波高等专科学院经济管理系副主任，经傅丹推荐，选举为九三学社宁波市委会副主委，后担任了海曙区副区长、宁波市计生委主任,现任九三学社中央委员,宁波市政协副主席、九三学社宁波市委会主委。

周文华,是宁波戒毒所副所长,也被推荐选举为九三学社宁波市委会副主委。

原浙江纺织服装职业技术学院院长王梅珍,在傅丹的极力推荐下,担任了全国人大代表。

市组织部门有关领导感叹道:九三学社的后备干部队伍真是人才济济呀。

傅丹的从政和管理理念是:宽容诚信,心底光明。傅丹经常说:"我不听任何小报告,也不会偏听偏信。"

傅丹任主委期间,九三学社宁波市委会发展社员重质量不重数量,社员的高级职称率达68%,以科技界人士为主,适度发展艺术界的人才,比如书画家陈亚非、歌唱家宫成胜及文艺界突出的中青年艺术家。

科学家们一般比较严肃,艺术家社员的加盟,为九三学社注入了活力,气氛更加活跃了。宁波九三学社还经常组织医卫专家和艺术家去海岛和老区送医、送文化,扩大了九三学社的影响力。

宁波九三学社有位常委叫马荣荣,是宁波农科院的院长。他是水稻品种"甬优1号""甬优2号"的发明人,被称为"宁波的袁隆平"。由于他常年在海南一带搞水稻培植、研究工作,有时工作忙,不能来参加宁波九三学社的会议。有人便说了:是不是把马荣荣的常委给免掉?

傅丹认为:对社会要负责,待会员要宽容。如果没有什么重大的问题,可以通过电话沟通,不要因为开会,就动不动叫他飞来飞去的。傅丹还经常走访各县市区统战部,向各级领导极力推荐九三学社社员,助推很多社员走上了领导岗位。

2011年7月,傅丹从九三学社宁波市委会主委位置上退下来,筹办创建了宁波中华文化促进会。

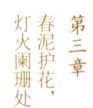

作为九三学社社员,傅丹依然积极参与九三学社的相关活动。

2012年9月17日,由九三学社中央文化工作委员会、宁波中华文化促进会和九三学社宁波市委员会联合主办的秋实咏书画音乐雅集——龙年"两岸四地"中华文化(书画·音乐)联谊活动在宁波举行。

时任全国人大常委会副委员长、九三学社中央主席韩启德院士专门为活动题写了书法作品——"弘扬优秀传统文化,增强中华民族自信"。

全国政协副主席、时任九三学社常务副主席邵鸿亲自来到宁波参加活动。"浓情连两岸,笔墨颂千秋",大家以文化艺术为载体,相聚一堂,谈书论画,其乐融融。多家媒体实时跟踪报道,很好地宣传了宁波文化艺术的软实力。

多重身份

傅丹是一位兼有多重身份的社会活动家,在骨子里她仍然是一个艺术家。她这一生,就如同她创作的琵琶曲《秋水夕照》序章中的古典韵致,是来自家族和故乡临海古城的审美底色;主旋律中的浪漫绚丽,那是她对艺术的不懈追求和华美绽放;高潮部分的激越昂扬,那是她面对多舛命运的顽强抗争和对事业锐意进取的锋芒。

"傅丹主席不太考虑小我,也没有什么本位主义思想,她看待问题目光长远,有着高屋建瓴的全局观,更有着务实的工作作风。"李浙杭如此评价道。

原浙江艺术学校校长卢竹音,在傅丹创办宁波市歌舞团时,推荐

1 参加宁波中华文化促进会成立15周年活动（左二为著名导演陈薪伊，左三为文化部原常务副部长高占祥，左四为时任杭州越剧院院长侯军）

2 看望新中国第一位交响乐女指挥家、中央音乐学院指挥系原主任郑小瑛（左三）

3 与著名作家余秋雨（左三）一同参加慈溪市举办的文化活动

和输送了第一批乐队人才,那时起两人就已建立了深厚的友谊,他对傅丹的评价是:"舞台上弹'小琵琶'的傅丹,现在成为传承中华民族音乐而竭尽全力弹'大琵琶'的傅丹。"

骆介礼是一位音乐教育家、江南丝竹演奏家,人称"浙江第一琵琶"。傅丹当年是"江西第一琵琶",她调到宁波后,两人是同行,都是"省级第一",但无论各种场合傅丹都尊称骆介礼为"骆老师",即使在担任浙江省文联副主席后,仍然以"老师"称呼骆介礼,两人不但没有同行相轻,反而成为同道好友。

"江南笛王"赵松庭的得意门生、浙江民族管弦乐学会会长、著名笛子演奏家和作曲家蒋国基讲述了一个故事:

"那是1974年的上海,为了跟笛子大师俞逊发老师学习,我经常往返杭州与上海。第一次见到傅丹老师就是在俞老师家。两年后,在全国独奏独唱比赛中,我与她在北京西苑九号楼又见面了,我们都是参赛者,虽专业不同,但彼此之间很投缘。后来傅丹调到宁波工作,来杭州找我,我们一起看望了我的老师赵松庭先生,她诚恳地请赵老师对宁波的音乐事业给予支持和帮助。傅丹尽管公务很忙,我们省民族管弦乐学会的活动,她都会尽量抽时间参加。宁波的民乐推动工作,在她的带领下成果突出。我从她身上学到了很多可贵的品质,包括做人做事的严谨和旷达,对民乐传承的执着精神。我眼中的傅老师,是当之无愧的'德艺双馨'的艺术家。"

傅丹从文联退休前夕,时任市委副书记陈新对她说:"您是宁波艺术界的标杆人物,希望您在退休后,继续发挥余热,助推宁波的文化建设。北京的中华文化促进会,办得非常好,我们是否可以在宁波也成立这样一个组织?"

回到单位后,她就此事与李浙杭商量。

"这个建议好。"李浙杭表示赞同。

成立宁波中华文化促进会的建议，也得到了时任宁波市人大常委会主任陈勇的首肯。

傅丹想到了北京的两位老领导、老朋友：高占祥、王石。高占祥当时从全国文联党组书记岗位退下来后，担任了中华文化促进会的会长，王石是副会长。

于是，傅丹跟高占祥联系，向他汇报了想成立宁波中华文化促进会的想法。高占祥听了很高兴，建议傅丹先去考察一下，向同等级别的城市学习取经。

2011年上半年，傅丹带领时任宁波美术馆馆长韩利诚、文联组联部主任章惠宁去南京、合肥考察、学习。

经过几个月的筹备，宁波中华文化促进会于2011年12月12日正式成立。由傅丹担任首任主席，李浙杭担任常务副主席，宁波市各文化部门的主要领导和宁波市部分有文化情怀的企业家担任副主席。

到2021年，傅丹与李浙杭在一起搭档工作已有18年之久。在李浙杭眼里，傅丹是一位可敬、可信、可亲，讲政治、讲大局、讲规矩，善待工作、善待艺术、善待同事的艺术家。

海曙区残联副理事长王延勤去世，他无私奉献的事迹在宁波广为流传，傅丹和李浙杭深受触动，由李浙杭作词、傅丹作曲的《好人王延勤》，一度成为宁波电视台每天播放的歌曲，在老百姓当中广为传唱。

第四章

艺无止境,
永远在路上

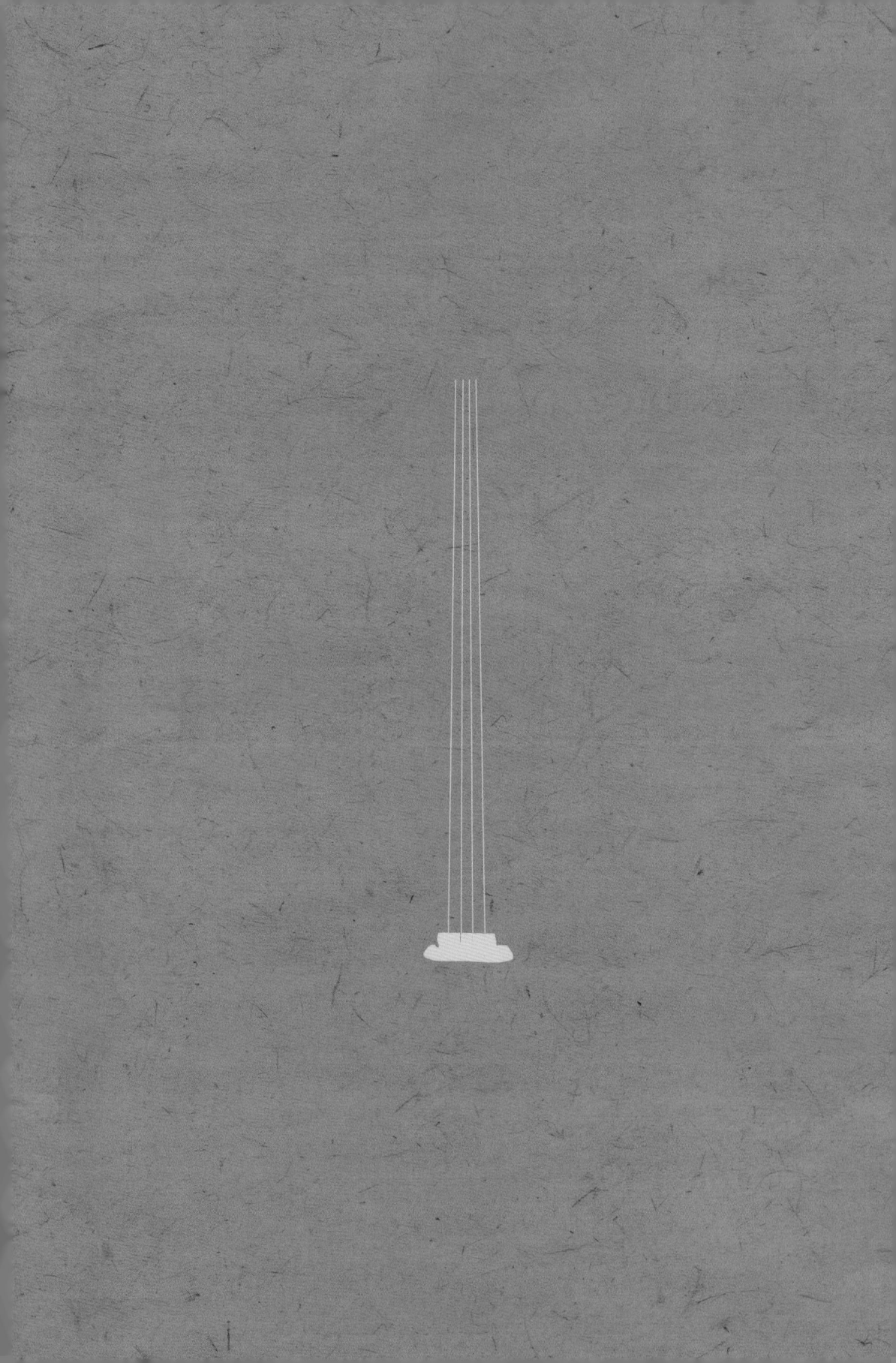

丝路琵琶甬江行

退休对于傅丹,是一段事业的结束,又是另一段事业的开始,创建宁波中华文化促进会后,她似乎比以前更忙了。老伴韩耀东最了解她,常对人说道:"她就是闲不下来,她宁可倒在工作岗位上,也不愿意在家待着。"光阴易逝如白驹过隙,她还有许多心愿未了,总感觉每天的时间不够用,只能快马加鞭片刻不息。

2015年12月7日,傅丹去上海浦东惠南镇,参加了中央音乐学院教授章红艳组织的"纪念林石城先生琵琶演奏会"等活动,在这次会议上,傅丹把自己与琵琶泰斗林石城先生的往来书信,全部带去交给了章红艳。

2001年,全国琵琶大赛在宁波举办,筹备过程中,傅丹与林石城有多次书信往来,从活动策划、评委邀请、赛制规划甚至比赛细节,林老都十分关切。这些书信十分珍贵,任时光流转、斯人远逝,这些书写的字里行间,一位琵琶大家、前辈对民乐艺术传承与弘扬的情怀与梦想将永远感动着后世。

上海浦东惠南镇的"圆桌会议"结束后,大家参观了林石城的故居。傅丹在江西时的学生朱晓蓉,当时在上海闵行区青少年宫工作,她向傅丹推荐了闵行区的一位民乐文化学者、制琴名家沈正国,并说他为闵行区博物馆复制了一批唐宋年间的琵琶。因当时闵行区的博物馆新馆正在建设中,制作好的乐器还未移交,就在他的工作室里。

朱晓蓉觉得这些琵琶非常有艺术价值,请傅丹随她一同去看一看。朱晓蓉陪同傅丹及其助手况艳,一起去了沈正国的工作室,见到了沈正国,见识了他复制的唐宋年间的琵琶。

这些堪称艺术品般的琵琶,造型优美、工艺精湛,细节都极其讲究,大多是国宝级琵琶的复制品,平时在国外或文献资料中才能得见其风采。傅丹感到很震撼,她想:盛唐时期的琵琶制琴工艺和琵琶艺术的繁荣都达到了巅峰,如果把这些宝物请到宁波去办个展览,让人们更直观、近距离地欣赏和了解这被称为"民乐之王"的乐器的前世今生,该是件多么有意义的事情!

傅丹把这个想法告诉了沈正国。看到自己的作品得到了认可,又得遇知音,沈正国十分欣喜。畅谈中,更令人意想不到的是,沈正国的外婆是宁波镇海人,从小在外婆家长大的他,本就以宁波人自居,如果自己制作的琵琶能到家乡去展览,那是最好不过的了。只是这批琵琶是闵行区博物馆定制的,要先征求对方同意才能对外展览。

傅丹当即提出,可以与闵行区博物馆合办展览,尊重他们的版权。傅丹回到宁波,征得宁波市文化局分管文保单位的副局长的同意后,请宁波市博物馆出具了"请求闵行区博物馆共同举办琵琶展览"的函。

闵行区博物馆回函,表示同意与宁波合办展览。傅丹马上开始牵头筹备,由沈正国担任策展人,展览场地设在国家一级博物馆——宁波博物馆。

为了使活动更具影响力,傅丹又盛邀海内外琵琶名家和音乐大家来宁波,举办琵琶名家演奏会和琵琶名家讲座。那是2016年,正好是宁波被评为"东亚文化之都"的年份，政府部门策划了一系列宣传和庆祝活动，本次琵琶展览活动因其积极的意义亦被纳入系列活动之中，并正式命名为"丝路琵琶甬江行"。

有了诸多名家大家的加入，又是首次有如此多的名琴复制品和遗存品全面展示，消息一经发布，全国各地的琵琶爱好者纷纷表示要来宁波一睹名家名琴的风采。

活动是纯公益性的，预算十分有限，请来的琵琶名家出场费都是友情价，机票也只能订经济舱。傅丹逐一致电，怀着歉意说："非常抱歉，经费有限，委屈各位坐经济舱。"

来自台南艺术大学、在海内外享有盛誉的琵琶名家汤良兴豁达地回复傅丹："如果飞机出事，坐哪个舱最终都是同等待遇，所以没必要计较经济舱还是头等舱。"

汤良兴的幽默，把傅丹逗笑了，也令她释然。

傅丹在江西时的学生、旅日著名琵琶演奏家涂善祥，体谅傅丹的难处，从日本到上海的机票都是自掏腰包的，这份情谊令傅丹深受感动。

2016年4月10日，著名作曲家、中国民族管弦乐学会刘锡津会长题为《塞北江南中华情——中国民族音乐创作的现状与发展思考》的讲座，正式拉开了"丝路琵琶甬江行"系列活动的序幕。

宁波图书馆天一讲堂内，座无虚席，人们早早从四面八方赶来，一睹这位曾创作出《我爱你，塞北的雪》《北大荒人的歌》等作品的音乐大家的风采。刘会长的讲座非常具有学术气息，但表述上却通俗易懂，听众在他的娓娓讲述中，对民族音乐的历史渊源、民族音乐未来发展和刘会长的音乐创作心得有了一定的认知和了解。

4月12日上午，《古今琵琶雅集品鉴展》在宁波博物馆开幕。

本次展览将通过50把琵琶实物展示，以不同的主题呈现多个历史时期的琵琶风情。第一部分是民间名家藏用琵琶遗存；第二部分是仿敦煌莫高窟壁画琵琶；第三部分是当代制作师琵琶佳作。

人们纷至沓来，徜徉于古今琵琶"雅集"的乐海，感怀琵琶先贤的艺术神韵，感悟当代琵琶作品的艺术气息，与古今"琵琶人"作了一次穿越时空的对话。

琵琶起源于东亚，从"陆上丝绸之路"传入中原，在经历几千年的演变发展后，又在"海上丝绸之路"的始发地甬江之滨，"珠玉落盘"而鸣，"亭亭玉立"而形。对于大部分现代人来说，琵琶其曲高，其和亦寡。但在唐朝，无论是金銮殿中的应召奏乐，还是《琵琶行》中，江州司马与琵琶女那秋日江上的偶然相逢，琵琶的珠玉之声都是人们生活中不可或缺的一部分。

开幕式上，策展人沈正国亲自为大家讲解展品：

"琵琶历史丰富多彩，但琵琶遗存却十分珍稀，著名的唐代琵琶仅在日本正仓院中静静地安放，人们想一睹真容可能要等上十多年。

"在古代，琵琶曾经分两种，一种是直项琵琶，汉时已成形；另一种是曲项琵琶，大约在东晋时由西域传入，在长期的流传过程中，结合直项琵琶的特点，发展而成现在的琵琶形制。

"本次展出的仿敦煌莫高窟壁画琵琶很值得一看，敦煌莫高窟壁画上展示的琵琶有50多种，我们选取了其中的15种仿制。仿制琵琶均以同时代材料、工艺、结构、造型为依据，均可模拟奏出千年前的乐器声响。

"这些曾辉煌灿烂的瑰宝，或流至海外，或在历史变迁中损毁，幸而在民间，在一些琵琶名家、音乐大家的手中，还能见到部分如沧海遗珠般的琵琶遗存，可以让我们去感知明清时期、民国时期以及近60年来琵琶形制的变迁及其时代风采。"

当天下午，宁波博物馆东方讲坛特邀沈正国与琵琶名家、国乐艺术家、收藏家方锦龙进行了一场《敦煌莫高窟琵琶仿制概要与演示》讲

"丝路琵琶甬江行"系列活动现场,策展人沈正国(左三)向与会嘉宾介绍展品

座。方锦龙是精通多种乐器演奏的当代五弦琵琶代表人物,他分别取展览中的仿北魏249窟曲项窄腔琵琶、仿唐220窟曲项梅花腔阮、仿唐112窟长颈梨腔秦琴三把琴进行了试奏,拟自久远时空的声响,千载之后,于滔滔甬江之滨回响不绝。

4月12日晚,鄞州区文化艺术中心音乐厅内群星璀璨、名家云集,来自海内外的十余位琵琶演奏名家、民乐艺术家汇聚一堂,"爱城之夜——琵琶名家演奏会"精彩上演。方锦龙、傅丹、葛梅君、韦红雨、姜水林、涂善祥、梁丽丽、章红艳、吴玉霞、汤良兴等艺术家先后奏响了《梅花三弄》《大浪淘沙》《江南春》《白帝城幻想》《龙船》《春江花月夜》《弦子韵》等极具代表性和影响力的琵琶作品,珠落玉盘、铿锵裂帛之音飞落甬城,听者无不为之沉醉。

4月13日晚,天一音乐馆内,著名琵琶演奏家汤良兴带来的《曲尽其妙的琵琶音乐》讲座,是"丝路琵琶甬江行"系列活动最后一站。

有琵琶界"南汤北刘"之美誉的汤良兴,给人以"谦谦君子,温润如玉"的感觉,不仅琴技精湛,且学养丰厚、博学多闻。汤教授为听众精彩讲述了琵琶发展与丝绸之路的密切关联,也畅谈了自己的琵琶人生和琵琶情缘。

在他的讲座中,还发生了一件有趣的事情:在中场休息之时,化身为普通听众的方锦龙突然手捧鲜花走上讲台,单膝下跪,动情地对汤良兴说:"我曾跟您学过琵琶,一日为师,终生为父。"

汤良兴赶紧扶起方锦龙,连声说"客气了,客气了!"此时的方锦龙已经是一位家喻户晓的国乐名家,对待曾有授业之恩的老师却一如既往地尊崇有加。这突如其来的一幕令在场所有人为之动容,大家用经久不息的热烈掌声对师徒二人表达崇敬之情。

"丝路琵琶甬江行"系列活动圆满落幕,来自北京的琵琶演奏家、曾任央视编导的韦红雨很感慨:"本次活动通过琵琶音乐会、琵琶实物展览、音乐名家讲座,将我国民族音乐推向公众视野,这正是对民族音乐走向社会、走向未来与发展的有益探索。这次活动无论是规格,还是名家参与程度都达到了国家级水平,可谓国内琵琶界近年来规格最高、影响力最为深远之盛事。"

中国民族管弦乐学会会长刘锡津评价道:"'丝路琵琶甬江行'是一场高规格、高水准的艺术盛宴,影响力巨大,在琵琶艺术发展史上将留下浓墨重彩的一笔。"

涤尘之旅

有些人生来就带着使命,前因一但种下,无论世事变化、岁月变迁,执着而虔诚的人,终有一天会以绚烂动人的方式来了却。

傅丹 5 岁时,临海普贤庵那位老师太救了她的命,从此她便觉得师太是活菩萨,长大后寻去,却得知师太早已作古。恩情难再谢,但一份感恩与敬畏却早已深植于傅丹心中。

傅丹与佛教的渊源,其实可以追溯到更早。傅丹爷爷有十兄妹,其中有个伯父从小信佛,年少时便一心想出家,后来拜入虚云法师座下,法名释灵源。1953 年至台湾,经数十载艰辛,在基隆创建了十方大觉寺,弘法布道、泽被苍生,终成一代禅宗大德。新中国成立后他曾回大陆,受到朱德委员长的亲切接见,1988 年圆寂于十方大觉寺,舍利子被迎到许多寺庙供奉。后临海乡贤善心募捐,在临海福泉山重建了福泉寺,将他的佛像迎回家乡,还在寺中一个殿中供奉着他的金身,殿外立了一块纪念石碑,刻有由傅丹撰写的《归来兮》一文。

后来,傅丹又与山东淄博市正觉寺结缘。2016 年,傅丹受正觉寺方丈仁炟法师邀请,为他们组织的大学生夏令营举办国乐艺术讲座,为 500 多名大学生上了一堂生动的民族音乐课堂。正觉寺每年都会组织大学生夏令营,并广邀艺术名家、作家、学者为大学生上公益课,还免费为大学生提供食宿,是一件很有功德的善事。

在正觉寺期间,傅丹观看了由仁炟法师亲自打造的禅茶音乐会,节目融合了吟唱、舞蹈和禅修茶道等元素,其中歌词均由仁炟法师创作,蕴含着为人处世的道理和智慧。音乐会形式新颖、优美端庄,观之令人心境平和精神愉悦,因其原创性和艺术价值,得到了国家文化部艺术基金会的支持,并多次出访交流和公益展演。

此后,傅丹又数次参与过他们的活动,特别是2018年6月17日,正觉寺禅茶音乐会在广州公演,盛况空前。当晚,傅丹与中国五弦琵琶代表人物方锦龙、青年笛箫演奏家魏依娜合奏了经典名曲《春江花月夜》。在这个节目中,傅丹执五弦琵琶,方锦龙拉二胡,魏依娜持箫,一曲终了,观众还沉浸在音乐营造的美妙意境当中,直至乐声余韵完全消散,静若空山的剧场内,才突然爆发出经久不息的热烈掌声。

在傅丹看起来,一座寺庙能把音乐与佛教文化融和得如此完美,实属难得,也感悟到,禅茶音乐会对宣传山东当地文化艺术所发挥的作用难以估量。

广州之行后,傅丹就萌发了一个念头:宁波佛教文化历史悠久,底蕴深厚,大小寺庙有600余座,天童寺、雪窦寺、阿育王寺、七塔寺、五磊讲寺更是历史悠久,在海内外享有盛名,这是极其难得的文化旅游资源。傅丹在心里许下一愿:以一场音乐会的形式,来集中反映宁波的佛教文化,让更多的人来朝圣"东南佛国"。

傅丹开始逐一拜访宁波主要寺院的大和尚,告诉他们自己的设想。宁波佛教协会会长、天童寺大和尚诚信说:"这是件大好事,只是办起来会有很多困难。"

傅丹自是深知前路艰辛,但目标既定,便下定决心克服一切困难,坚定前行。傅丹与李浙杭商议后,把这一项目,正式列入了宁波中华文化促进会的工作计划中。

首先要组织创作班子,她分别向宁波知名词作家约稿,带他们到宁波各大寺庙采风,因每个寺庙都各具特色,这些歌词创作出来后,也是和而不同,皆富有禅意却又个性分明。

歌词有了,音乐是灵魂,傅丹求助吴玉霞:"你能不能帮我推荐一位对佛教音乐有研究的资深作曲家。"吴玉霞思考一番后答复:"倒是有一个非常合适的人选,中央新闻纪录电影制片厂的作曲家张福全先生,我首弹的琵琶独奏曲《心经》就是他创作的,中央民族乐团赴台湾演出的曲目也大都是他担任作曲。"

傅丹大喜,迫不及待地对吴玉霞说:"你把《心经》演奏给我听一听。"

乐音响起,傅丹仿佛置身深山古刹,远离了尘世喧嚣,内心一片安宁。一曲毕,傅丹心中已有了决定:"我先把他请到宁波来,感受一下宁波的佛教文化氛围,再由张老自己决定是否接受这个委托。"

电话那头的吴玉霞似乎沉思了片刻,接着说:"他已80岁高龄,不知道还能不能请得动。"

在傅丹的人生过往中,变不可能为可能的事情,不在少数,她的一腔热情和真诚执着,总是能打动别人,这一次也是如此。

2018年秋,受傅丹之邀,张福全携夫人专程来到宁波采风,寻找创作灵感。傅丹和项目策划人严肖平等,陪张福全伉俪走遍了宁波的山山水水和各大寺庙,了解寺庙的人文历史。

采风结束,张福全心情很激动:"没想到宁波的佛教文化这么丰富,有底蕴、有特色,不愧有'东南佛国'之美誉。我本已退隐'江湖'安享晚年,但这个任务我接了,拼着这副老骨头再'燃烧'一把。你容我回去考虑一下创作思路,再与你细谈。"

一语道出了一位德高望重的老艺术家的情怀,阅尽千帆淡泊世事,但若为心中所热爱,内心依旧是激情燃烧的少年。

回到北京后,张福全仔细阅读相关书籍,结合自己实地走访宁波各大寺庙的体验和感受,历时一年有余,为宁波著名词作家陈民宪、王晓菁和可祥法师等所作的15首歌词完成了谱曲。

15首作品,有声乐、合唱、独唱、民族器乐合奏,工程量可谓浩大,张福全对傅丹慨叹:能在有生之年完成这个系列套曲,对自己也是一种安慰,此生无憾矣。

大型原创音乐诗画剧《涤尘之旅》全体演出人员合影

　　张福全的创作水准果然名不虚传，主创班子成员听完后，不禁感慨：张老这组作品中，可以感受到音乐与山水相逢，禅意与哲思际会，出尘的俊逸中又兼具入世的智慧，是无言的诗、有声的画、浓浓的茶和香醇的酒。

　　怎么让这些音乐用生动的形式"立"于舞台上，是下一步要着手的事情。著名导演、编剧陈云其在原来已策划的文稿基础上撰写了舞台剧本，以原创音乐作为框架，融入了情景话剧、声乐、器乐、歌舞等诸多舞台元素。到此，一台立体的舞台剧逐渐成形，主创班子讨论后，原创音乐诗画剧——《涤尘之旅》正式成形。

　　万事俱备，只欠东风，最难的还是经费问题，傅丹又开始四处"化缘"。这本就是纯公益的项目,公演后没有直接的经济收益,又因一些特殊原因,很难得到相关部门的经费支持。

多方奔走无果,后又遇突如其来的新冠疫情,无奈之下,《涤尘之旅》的公演计划只好暂时搁置。

但傅丹从未放弃过希望,她先把音乐总谱和歌词汇集起来,作为宁波中华文化促进会的一项创作成果妥善保管,留待日后有机会再搬上舞台。

或许是冥冥中自有天意,或许是念念不忘的回响,转眼已至2020年秋,由中共宁波市委宣传部、宁波市文化广电旅游局、宁波市文联等多部门联合主办的"市民文化艺术节"启幕在即,这是宁波市规模最大、参与度最高、影响力最大的全民性文化艺术盛会。

《涤尘之旅》音乐诗画剧因主题鲜明、立意新颖,把宁波佛教文化与旅游文化紧密结合,又具有浓厚的历史底蕴和艺术价值,得到组委会的高度认可,经研究讨论,将其纳入"市民文化艺术节"展示项目,并扶持了30万元专项资金。

希望重新被点燃,傅丹马上与时任宁波市政协副主席郁伟年一同前往宁波市民族宗教事务局、佛教协会,将此事再作详细沟通,并得到了他们的大力支持。他们动员宁波的几个主要寺院共同参与,又赞助了一部分经费,郁伟年还从宁波市艺术发展基金中拨出部分资金以支持。

至此,《涤尘之旅》终于再次起航,所有准备工作有条不紊地开展起来。为精益求精,主创班子在傅丹的牵头下,一次又一次地开会对细节进行讨论和调整,从参演团队沟通、台词修改、节目安排、舞美设计、嘉宾邀请接待等方方面面作了全面细致的安排。公演前夕,傅丹再次将张福全请到宁波,请他亲自指导乐队排练,并亲眼见证自己的作品精彩上演。虽然张福全此时身体抱恙出行不便,但依然用一句

"我若不去,将是我一辈子的遗憾"说服了家人,并在夫人的陪伴下来到宁波。

2020年11月24日,是一个令傅丹永远铭记的日子,这台倾注了她这些年无数心血和情感、令她时刻挂怀于心的作品——大型原创音乐诗画剧《涤尘之旅》在宁波文化广场大剧院倾情上演。

音乐剧由文化名家、著名导演陈云其执导,以宁波中华文化促进会国乐飘香艺术团作为主要班底,有宁波市歌舞剧院、宁波市文化馆、鄞州区星光合唱团的友情助力,更有著名琵琶艺术家吴玉霞、国家一级演员寿建立以及多次在国内歌坛获奖的青年才俊税子洺、刘洺君等倾情参演。

为了展现更好的舞台效果,特别引进高科技冰屏的技术,通过高清晰投屏立体生动展现出宁波山水与佛教胜地的实景,使用舞台机械调度手段进行场景转换和意境营造,让观众得到更立体、更生动的视听体验。

画面在《高山流水》的古琴旋律中徐徐展开,布衣芒鞋的徐霞客穿越近400年,行走在宁波山水之间,遇到了时尚女孩。

女孩问:"你是谁?你从哪里来?你往哪里去?"

徐霞客:"我从明朝来,往美丽山水中去……"

在"五磊山,超方外,出没烟云常在,鹫风高笔插天,苍松合抱数千年""一寺一峰,巍峨十方丛林;历尽劫波,遗世而立天空""波光里水澄澈,我和你共水天一色,长袖风低眉吟,落花可填诗笺方格"等歌词中,八千年历史的宁波,从桨声欸乃的井头山走来;八万里的海上丝路,从天封塔高耸的身姿下迤逦而去。

散落在甬城大地上的历史文化胜迹,如同上林湖层层叠叠的青瓷碎片,历经岁月沧桑,依然可见灿然釉色;清风明月下,先贤大儒的吟和之声犹在耳畔;深藏于山水与都市之间的名寺古刹和旖旎的四明风光，经"山之明""水之灵""海之渡""和之美"四大篇章串联起来，如一幅幅有声画卷在观众眼前一一展开，带领大家重新认识、发现宁波山水人文之美，共同踏上一段涤荡心灵之旅，寻找心之所安之处……

除了宁波文化广场大剧院接连两天的现场演出，本场音乐会还通过爱奇艺、哔哩哔哩、iartschool爱艺术＋等平台进行了全程直播，超过百万人次同步在线观看了演出盛况。

人民日报客户端、央视有关栏目以及宁波主流媒体予以热情宣传报道，盛赞之声纷至沓来。傅丹在面对媒体采访时，这样说道："这部基于大爱的音乐会，以不同凡响的音符涤荡人心，成为宁波市第七届市民文化艺术节上的一大亮点，为宁波'音乐之城'建设添上了一个重要音符，也将会成为展示宁波文旅魅力的一张崭新名片。"

《涤尘之旅》终于告一段落，傅丹的心绪却久久难平，一路砥砺而行，那些历经的艰辛终化作皇冠上的珍珠，散发着美丽的光芒，这段"旅程"何尝不是她人生的一段缩影。

2021年底宁波中华文化促进会面临换届，诸多事项中，她最放不下的是她一手成立并打造起来的那支青春亮丽、多次取得过不俗成绩的女子丝竹乐队。

乐队成立后，傅丹每礼拜都陪着她们排练，在《涤尘之旅》音乐剧中她们又再次立下汗马功劳。乐队建起来不容易，散掉却很容易，何去何从需要她认真思考。经过一段时间的思量，傅丹认为宁波市文化馆有着更优秀的条件，更广阔的平台，非常适合乐队的长远发展，便决定将丝竹乐队移交给宁波市文化馆。

最后一次乐队排练中，傅丹宣布了这个消息，队员听闻此讯，抱着傅丹哭了："傅老师，你不要我们了吗？"傅丹听了心里酸酸的，看着一件件添置的服装、乐器和道具，还有眼前一个个梨花带雨的姑娘，傅丹也禁不住落下泪来。

她的内心又何尝舍得？她告诉她们："我并不是不要你们，而是给你们找到了更好的平台。在这次活动中大家几乎是义务出力，又十分辛苦，好几次都排演到深夜，真的非常感谢大家。这次音乐会的总谱留下来了，演出实况也录下来了，以后如有机会把这项目发扬光大，希望你们还能一起参与。我期待着看见你们走向更大的舞台，创造出更辉煌的未来。"

首届全国琵琶大赛

傅丹在青年时期，曾得到过林石城先生的指导，这份情谊经岁月洗礼，如陈年佳酿，历久弥醇。

傅丹在江西工作时，曾被中国琵琶研究会会长林石城先生聘为江西分会会长。她每年到北京参加全国性的活动时，都会专程去看望林先生，当面聆听他的教诲。调到宁波后，他们一如既往地保持着联系，傅丹担任宁波市文化局副局长时，林先生还给她写了封很长的贺信。后来这些珍贵的信件，傅丹都交给了中央音乐学院，作为资料收藏。

2000年的寒冬，傅丹与当时在央视工作的好友韦红雨，又去看望了80岁高龄的林石城先生。

那天下午，北京漫天大雪。

当冻得脸蛋通红的傅丹和韦红雨出现在家门口，林石城很意外，也很开心，赶紧把她俩迎进门，"外面这么大的雪，你们还赶过来，辛苦了。"

"来看林先生，雪再大也不觉得辛苦。"傅丹笑着回答。

嘘寒问暖之后，林石城道出了一桩心愿："傅丹，你现在担任文化局副局长了，弹琵琶的人当中，只有你领导做得最大，又刚好分管文化。我多年来有个心愿，想举办一次全国琵琶大赛，可是一直没找到担得起来的人，也筹不到经费，始终没办起来。这个心愿你能不能帮我完成？"

韦红雨在一旁听了，朝傅丹递了个眼神，想提醒她要慎重考虑，这是要办全国大赛啊，太难了！

林石城又接着说："自从1980年'上海之春'后，20年了，再也没有举办过像样的琵琶大赛，我非常希望在我有生之年，能够办成全国首届琵琶大赛。"

韦红雨的眼神，傅丹自是明白，但面对林石城殷切期待的目光和他对琵琶事业的一片赤诚之心，又实在不忍拒绝。傅丹那股子遇事从不后退的倔劲儿又上来了，心想总有办法的，她看着林先生坚定地说："好的，林先生，这件事情交给我，我保证完成任务！"林石城听到傅丹这么爽快地答应了，激动地站了起来，紧紧握住了她的手，重重地摇了几下。傅丹看见他的眼眶湿润了。

傅丹转过头半开玩笑地对韦红雨说："红雨，宣传工作你接下吧，你是我的好朋友，又在央视工作，关键时候要'有难同当'。"

韦红雨心情复杂地看着傅丹，这么大的事儿，居然说接就接了，连考虑的时间都没留。但此时，又还能说什么呢？她了解傅丹，一诺即出，万山无阻。也罢，既与她是知己好友，便陪她"疯"一回吧。便应承道："好的，宣传交给我，我一定尽力。"

三个人相谈甚欢，不觉已经到了午饭时间，林石城说："走，我请你们吃正宗的老北京铜锅涮羊肉！"

林石城叫了夫人同往，一行四人来到中央音乐学院家属楼楼下的小饭馆吃涮羊肉。林老情绪高涨，积藏内心多年的夙愿终于看到了曙光，饭间便迫不及待地与傅丹、韦红雨聊起了筹备琵琶大赛的思路和细节。饭后，林石城夫妇一直把她们送到了中央音乐学院大门口，两位白发苍苍的老人，相互搀扶着站在纷飞的大雪中，一直目送她们远去。

韦红雨挽着傅丹的胳膊，两人默然无语踏雪而行，步履却没有来时的轻盈。傅丹勇敢地背负起这份沉沉的担子，里面装着的是一位老前辈的毕生夙愿，更是一份振兴琵琶艺术的责任和担当。

韦红雨原是济南军区前卫歌舞团的琵琶独奏演员，后来进入中央电视台任编导。每次傅丹去韦红雨家，韦妈妈都特别高兴。韦红雨十岁时在妈妈的培养下开始学琴，韦妈妈认为女儿在弹琵琶上是有天赋的，曾数次获得全国民乐比赛大奖，在王惠然创作的《江南三月》基础上，与三弦演奏家姜水林共同创作改编的重奏曲《江南春》，还获得了全国民乐展播创作一等奖。韦妈妈特别希望她能在专业的道路上继续前行，虽然女儿对琵琶仍未放弃，但身为《走遍中国》《幸运52》等栏目的主编及导演，平时工作非常繁忙，真正静下心来弹琴的时间并不多。每次傅丹来到他们家，韦红雨总会兴致勃勃地与傅丹一起合奏几曲。

韦红雨虽然有了新的事业追求，但弘扬琵琶艺术亦是心中所愿，又被傅丹那份义无反顾的勇气和魄力深深打动。今日之行，傅丹担起的是林石城未竟的心愿，而那又何尝不是自己的梦想呢？

但是作为一个天天跟各种大活动打交道的媒体人，又是深知当代琵琶发展中所面临的各种困难的行内人，太清楚这件事是多么不易，她面带忧色地问傅丹："这可是全国大赛，你就这么一口答应下来，这哪是一个人能扛下来的事儿？"

傅丹自然明白她的忧虑，平静地说："事情总要有人做，林老师80

与时任中央电视台中文国际频道编导韦红雨

岁高龄了,还在为琵琶事业殚精竭虑,这是他一生的心愿,我一定要帮他实现。我先回宁波,争取立项,到时候再找你商量下一步的方案。"

回到宁波,傅丹马上向时任文化局局长周时奋汇报了此事。周时奋是非常有人文情怀的领导,当即表示支持,但同时也表达了局里的难处:"承办全国琵琶大赛,这是件好事,只是局里经费有限,只能挤出10万元用于这场活动。"

傅丹心想,有10万元也好,先垫个底,其他的再去想办法。

周时奋同时向傅丹建议:"林先生执耳的中国琵琶研究会虽有着很高的学术地位,但终究是民间组织,最好能请中国音协出面与宁波市政府共同来主办此次大赛。这样的话,面向全国发布比赛讯息,更具有权威性,也更具吸引力。"傅丹深以为然。

不久后,她再次进京,先跟韦红雨找到了王范地先生,请他出面陪着自己一道去中国音协商谈与宁波市政府共同主办首届全国琵琶大赛的事宜。王范地曾教过傅丹,算是傅丹的老师,但同为卫仲乐先生的弟子，又与傅丹有同门之谊，对于这位师妹兼学生，王范地向来十分欣赏，他毫不犹豫地答应一同前往。

可事情并不顺利，中国音协有位分管领导对傅丹说："琵琶大赛最好由琵琶研究会自己办，若音协出面办单项活动，按惯例要收取一定的管理费。"

可经费缺口本就很大，怎么可能再去承担这额外的管理费用呢？在这种情况下，傅丹又找到时任中国文联党组书记高占祥，向他汇报了情况。高占祥对此很支持："举办全国琵琶大赛，是弘扬民族音乐的大事，中国音协应该予以支持，不光要主办，还应免收管理费。"有了高书记的大力支持，中国音协很快出具了同意合办"首届全国琵琶大赛"的复函，傅丹拿着"尚方宝剑"，马不停蹄地回到宁波，开始想办法筹措资金。

初步预算做下来，至少需要60万元，这可不是一笔小数目。傅丹多方奔走，虽碰了不少壁，但她怀惴一腔热血从不言弃，四处发动亲友寻找愿意提供支持的企业。天道酬勤，虽颇费了些周折，最终还真让她找到了。福乐娃食品有限公司的女老板，年轻时曾学过琵琶，丈夫又喜爱唱歌，夫妇俩都是文艺爱好者，她们一听宁波要举办琵琶大赛，又为傅丹的诚意和执着所动，很爽快地答应赞助30万元。

不料好事多磨，万万没有想，就在离开幕式只剩一周时，福乐娃的资金链突然出了问题，30万元的赞助费顷刻间没有了着落。时间如此紧迫，之前能联系的企业都联系过了，自己再去拉赞助肯定来不及了。这让傅丹心急如焚，夜不能寐。

"天无绝人之路，一定有办法。"傅丹不断地给自己打气。当时傅丹还兼任了九三学社宁波市委会主委，她找来时任九三学社宁波市委会副主委、市科技局副局长郑瑜，对他说："这次宁波承办全国琵琶大赛，消息和通知全部发出去了，现在是箭在弦上，不得不发。无论如何请你帮我找一家企业赞助，如果大赛办不成，我没法向中国琵琶界交代了。"

郑瑜听闻此事，自是全力相助，广泛发动自己工作和朋友圈子中的人脉资源，终于在活动开办前找到了一家名为"澳美通"的企业，友情赞助了20万元。

为了让这次大赛能成功举办，傅丹几乎调动了所有能用的人和资源。

半玩笑的话成了真，宣传方面全部交给了韦红雨。韦红雨动员起她在央视的朋友和同事，中文国际频道的《中国文艺》栏目和音乐频道的《国乐飘香》栏目对活动进了跟踪报道，国内新闻栏目中也进行了播报，在海内民乐爱好者群体中引发了强烈反响，起到了良好的宣传效果。

傅丹的老朋友蔡雪鸣，原来是一位出色的苏州评弹演员，后下海创办了上海文华乐器厂，专门从事民族乐器的生产和销售，文华牌琵琶在当时算得上是名牌产品。当傅丹找到他时，他二话不说，慷慨地赞助了本次大赛的全部奖品。多年以后，傅丹举办宁波市青少年中华才艺"未来之星"（琵琶）评选活动时，蔡雪鸣又再次赞助了全部奖品。他说："傅丹是一位非常值得我尊敬的琵琶艺术家，她想做的事情，只要我有能力，一定不遗余力地相助。"

宁波市歌舞团的老部下们、傅丹的琵琶学生们，则当起了义务联络员和志愿者，承担起赛务和接待工作。市歌舞团还义务承接了闭幕式音乐会，分文不取，只为助力大赛的顺利举办。

连傅丹的女儿瑄萱也被派去当接待员兼司机，她开着一辆韩耀东从企业家朋友处借来的旧奔驰，"私车公用"接评委和重要的客人。那辆车后排座椅弹簧坏了，有时客人一落座，就会被突然翘起的座椅吓一跳，有人打趣道："这车装了机关吗，会不会被扔到窗外去？"幸好瑄

2001年首届中国琵琶大赛颁奖晚会（左一为宁波市歌舞团继任团长邹建红,左三为时任中国音协主席傅庚辰,左四为现任宁波歌舞剧院院长严肖平）

萱机灵聪敏、能说会道,总是能引开话题,分散客人的注意力,小尴尬往往很快被化解。

2001年8月,历经大半年的筹备,首届中国琵琶大赛,在著名作曲家马圣龙作曲并亲自指挥的《欢乐的日子》的旋律中,正式拉开了序幕。近20年的等待积淀,强有力的媒体宣传,全国各地（除西藏、青海无报名选手）报名参赛的选手达到了3000多名,最后近200名专业和业余选手从初赛、复赛的角逐中脱颖而出,云集于美丽的东钱湖畔,参与最终决赛。

本次大赛的评委主任由中国琵琶研究会会长、中央音乐学院林石城教授担任,傅丹作为主办方代表,担任副主任兼秘书长,13名评委均是来自中国音乐学院、中央音乐学院、上海音乐学院等各大音乐院校的教授或各省级以上艺术团体的首席琵琶演奏家,宁波镇海籍两位琵琶大家——创作《彝族舞曲》的王惠然和创作《送我一枝玫瑰花》的王范地均在列。

大赛期间,同时举办了由青年琵琶演奏家吴玉霞为主,章红艳、曲文军共同参演的琵琶专场音乐会。如今回望,现为宁波市荣誉市民、宁波市文艺大师的吴玉霞与甬城的缘分原来早已注定。

最令傅丹激动的是,时任中国音乐家协会主席、著名作曲家傅庚辰先生亲临颁奖晚会现场,为获奖选手颁奖。

首届中国琵琶大赛,从初赛到决赛,历时3个月,参与人数之多、关注度之高超乎人们预料,各路媒体竞相报道,单是在央视就亮相了三次,可谓盛况空前。

但活动举办期间,傅丹有多辛苦,恐怕只有她自己清楚。她承担了组织者和评委的双重角色,每天都有不少大小事务等着她来决断和处理,还在上午、下午、晚上三场比赛中担任评委,比赛完再组织评议,几乎每天都要熬到凌晨。

无论多么辛苦,一份信念始终支撑着她:绝不能辜负林石城老先生的嘱咐和期望,也不能辜负所有为支持她、支持这次活动付出真心、善心的企业和每一个人。只要把活动办得成功、漂亮,她自己吃多少苦都无怨无悔。

大赛闭幕后,林石城再次紧紧地握住傅丹的手:"傅丹,我要感谢你啊!活动办得很成功,意义重大,影响深远,你为中国琵琶界做了一件大好事,更是了却我多年所愿,我此生再无遗憾。"

如今看来,确如林石城先生所愿,全国琵琶大赛的成功举办激发了大众对于这项传统乐器的热爱,越来越多的人加入到学习琵琶的行列。当年的获奖选手,如今大多已成名、成家,或活跃于海内外专业舞台绽放光芒,向世界展示琵琶艺术的魅力与风采;或任职于各大音乐院校教书育人,培养出一批又一批的民乐人才。

一份嘱托,一份承诺,因缘际会中,书写下中国琵琶艺术发展进程中浓墨重彩的一笔。

一段"琴"缘

傅丹在上海音乐学院求学时,古琴教育家林友仁教授就曾想让她学古琴。那时傅丹的心思只放在琵琶上,对古琴的学习只是蜻蜓点水,没有真正下功夫。当时,林教授还拿出了一张他珍藏的古琴,对傅丹说:"这张明朝的古琴,200元你拿去,琴身虽有虫蛀,但可修复,不影响弹奏。"

傅丹那时一个月只有20元的伙食费,哪里拿得出200元买古琴?只好作罢。

2000年,傅丹带着宁波著名古筝演奏家葛梅君同去上海,再次找了林友仁先生,郑重地提出要向他学古琴。林友仁打趣道:"傅丹啊,你现在终于'睡'醒了。"

是的,这一刻起,傅丹重燃对古琴的热爱,后来更是带动了一个地域学习古琴的风潮。

那天,傅丹与葛梅君学习了一整个下午,林教授却只教了一个音:"听,这是古庙里的钟声,咚……"

傅丹、葛梅君二人都是国家一级演奏员,且都是专攻弹拨乐器的,原本打算，倚仗自身良好的音乐基础快速学会古琴的演奏技巧和代表作品，好在宁波广泛推广古琴艺术。

林教授却遵循着他的古琴教学思路："心要静下来，人要放松，一弦和四弦发出一个音，这是大撮'咚……'，等余音渐渐消失以后，再来第二下，一弦与三弦发出一个音，这是小撮'咚……'。"

林先生又接着说："修琴先修身，要心境平和、淡泊名利。弹琴之人，意必在先。意在哪里？意在指下，意就是要弹出寺庙里那种深沉洪亮的钟声，让钟声进入身体，或者让我进入琴声中，得心应手，体会到钟声即我，我即钟声。彼此融合之后，天地间便只剩下钟声，除了钟声之外，没有任何其他杂念。杂念多了，就不在琴里面。

"无我境界如何达到？便是从一个'撮'入手。撮，空弦不空，里面的内容无法言说。练习'撮'，追寻寺庙钟磬之声的感觉，达到心手合一、人琴合一，弹琴便能得'意'。

"琴为心生。这个心是自己的心，而不是别人的心。弹琴是表达自我，而不是为了人家的掌声。合者留，不合者去，那是听琴者的事。我就是这样弹，我就是我，始终以真我示人。"

时间静静地流淌着，傅丹与葛梅君再无一丝急进之心，内心一片安宁，也许从这一刻开始，她们才真正走入古琴的天地。

那段时间，傅丹像是着了魔，人走到哪里，古琴抱到哪里。古琴之音与琵琶之音不同，琵琶悦人，古琴悦己，且越往深，越能体会到古琴深厚的底蕴。傅丹和葛梅君两人常常感慨，学得太晚了。

2007年夏，宁波美术馆举办全省老干部书画展。浙江省原副省长的翟翕武，在开幕式上致辞，在简单介绍了老干部书画展的事情后，用半个多小时讲古琴文化。这位91岁高龄的老领导还说，每天晚上，他都要抚琴一曲，心静下来，方可入梦。

开幕式后，时任宁波美术馆馆长的韩利诚向翟翕武介绍傅丹，说这是一位琵琶艺术家，是宁波民乐的领军人物。翟翕武眼前一亮，对傅丹说："希望你能把宁波的古琴推广起来。"

翟翕武告诉傅丹，自己88岁时组建了一个"七老八十"古琴班，效果非常好，参加的老干部们，有了古琴为伴，晚年生活都非常充实。

翟老的一番话让傅丹很受触动。

傅丹去了杭州，拜访了"七老八十"古琴班的古琴主教老师徐晓英先生，她是国家级非遗项目古琴艺术（浙派）代表性传承人。傅丹向徐晓英请教了浙派古琴的演奏技法，学了几首古琴曲，又到浙派嫡传弟子徐君跃那里求教，还带着葛梅君到常熟古琴艺术节去开眼界。

有一次，省民族宗教事务局领导带傅丹去杭州永福禅寺抚琴饮茶。傅丹惊讶地发觉自己原来还未背熟的琴曲，在这清净之地居然行云流水般从指尖流淌而出，她幡然领悟到了林友仁先生所讲的古琴演奏要义——物我两忘，琴人合一。

傅丹后又得遇林友仁的弟子念顺法师。

念顺法师曾在天台国清寺佛学院念书，期间恰逢林友仁教授来佛学院讲学，便拜了师，跟随林教授习了三个月的琴。念顺法师聪慧过人，不仅弹得一手好琴，后来还学会了斫琴。听闻傅丹曾向林教授学过古琴，算是有同门之谊，不觉亲近了不少。两人相识后，傅丹每年到杭州开省政协会议时，都要去永福禅寺与念顺法师切磋琴艺，遂成忘年交。

永福禅寺的月真大和尚，是一位精通琴棋书画的大师，他对弟子念顺说："你帮傅丹老师做一把古琴吧。"念顺法师欣然应允。

回到宁波后，傅丹从慈城觅得一段400年前的老杉木房梁，截了其中一段，带到永福禅寺里交予念顺法师斫琴。念顺法师将耳朵贴在木头上，用指节轻叩，似与木头交流，并说道："人是可以与木头对话的，找对了良材，所斫之琴，有生命，有灵性。"

第四章 艺无止境,永远在路上

良久,念顺法师告诉傅丹,这段木头是树木底端的一段,不适合制琴。但他不想傅丹失望而归,又从庙里收藏的一堆古木中,寻到了一段合适的木材为傅丹制琴。

选料、下料、斫琴、古法上大漆,直到反复调试,一年后,琴终于得成,月真大和尚专门为此琴题字——枯木禅。

傅丹拿到琴后,视若至宝,爱不释手。正如念顺法师所言,这琴似有灵性,傅丹每每抚奏,仿佛置身深山古刹中,喧嚣退去,心中一片澄澈,也许这就是林友仁教授所说的钟磬之声,忘我境界。

傅丹还收藏了一把名为"状元材"的古琴,又是另一段琴缘。傅丹女儿曾从斫琴大家王鹏处购得一张古琴送给妈妈,傅丹十分喜爱,后与王鹏相识,二人一见如故,成为好友。傅丹偶然间得到一段从前清状元旧居中寻来的木材,便交予王鹏,请他为自己制做一把古琴。不料,时隔多年,音讯杳杳,傅丹还以为王鹏诸事繁忙,已将此事遗忘。不曾想,在傅丹从艺 50 年金秋音乐会举办前夕,突然收到这张由王鹏亲手斫制名为"状元材"的古琴,这令傅丹喜出望外且十分感动。

2008 年夏天,傅丹在长春参加民间艺术班博览会时得知,国际古琴学会常务副会长、著名古琴演奏家、教育家杨青,在北京办了古琴成人速成班,便与同行的宁波市音协秘书长吴波专程飞到北京,经由中国民族管弦乐学会副会长张殿英介绍,拜访杨青。

一聊之下方知,杨青也是琵琶专业出身,原是北京战友歌舞团的琵琶演奏员。这位声名远扬的古琴大家原来是琵琶同行,这令傅丹感到十分亲切,两人更是相谈甚欢。

参观了解了杨青的古琴速成班后,傅丹心潮澎湃,她热情邀请杨青到宁波开办古琴培训班。

那时,杨青从未到外地办过培训班,全国各地的学员都是去杨青北京的工作室学习。但傅丹的诚意和对古琴推广的一腔热情,打动了

1 傅丹与中国琴会会长赵家珍（左一）、中国琴会副会长杨青（左三）一同参加古琴活动

2 宁波电视台对中国琴会会长、宁波中华文化促进会古琴专业委员会名誉会长赵家珍（左二）作专访

第四章 艺无止境，永远在路上

傅丹伉俪与杨青伉俪

杨青，他破例答应了傅丹，两人当即约定，这年的国庆假期，杨青带他的团队到宁波举办专场音乐会，同时举办宁波首期古琴速成班。

彼时的宁波，对古琴有认知的人寥寥无几，从哪里开始推广呢？傅丹想到身边有许多女干部，她们综合素质好，领悟能力强，如果让女干部们率先学古琴，能起到很好的引领示范作用，说不定能在宁波掀起一场古琴热。

培训班开办在国庆期间，难得的长假，很多女干部早已安排了出游计划。傅丹一个个打电话，做工作，说服她们放弃旅游来上古琴培训班，并告诉她们，学习场地和学习用的古琴已为大家准备好了，由古琴大师杨青老师亲自执教，五日内肯定都能学会，一个假期过出，每个人都能学会弹一两首曲子。一番"游说"下来，应者纷纷，报名踊跃，三十几位女干部组成了首期古琴速成班。

学员们第一天在宁波音乐厅看古琴音乐会,接受熏陶,第二天正式上课,上午、下午各三小时,晚上还有两个小时夜间练习。

教室设在宁波市美术馆的多功能厅,本来傅丹还特意让人准备了茶点,结果一天下来,茶歇区几乎无人"光顾",大家学得太投入了,分秒必争。

这个班有两个"编外学员",一个是傅丹的女儿瑄萱,另一个是傅丹的忘年交韦红雨。这俩人都是优秀的青年琵琶演奏家,可能觉得刚开始学的知识过于简单,培训班的前两天,不是迟到,就是早退,结果被傅丹当众严厉批评了一顿:"你们俩不要来了,自己不好好学,还影响其他人。"当众挨批,她俩感到既羞愧又委屈,但从第三天起,俩人就把态度端得正正的,来得最早,走得最晚,结业成绩自然也是全班最优秀的。

五天的学琴过程不可谓不辛苦,学员们有的手指磨破了,有的背也直不起来了,但无人言苦喊累,都学得十分认真、投入。古琴琴音中正平和、清微淡远,质与君子同,是最能代表中国文人气质的乐器,有着非常深厚的文化积淀。这批学员本就有着较高的学养,对古琴有着自然而然的认同感,加之杨青老师精彩到位的讲授,学习效果自然不俗。经过五天集训,学员们学会了古琴音谱,也能完整地弹奏几首古琴小曲。学习过程中的收获与内心的充实感,让她们在精神上的愉悦超越了身体的辛劳。

培训班最后一天的结业汇报演出,每个人都上台弹奏一首古琴小曲,并分享了各自的学习心得。看得出来,这五天大家的收获不仅仅在琴艺上,更重要的是寻找到了一种能在忙碌工作之余放松自己的精神寄托,一处能在纷繁尘世中让自己获得内心平静的安宁之所。

培训班结束后,很多学员仍是天天坚持练习,有的已经会弹奏古

宁波首期女干部古琴培训班学员参加庆祝三八妇女节演出

琴经典作品了。更多的是,如傅丹所愿,她们成为宁波古琴文化艺术推广的生力军,在她们的影响下,越来越多的人开始喜爱古琴,学习古琴。

2009年三八妇女节文艺晚会上,首期培训班学员、翁鲁敏、伊敏芳、顾卫卫、杨慧月、贺宇红、姜娴等30多位女干部,穿着大红色汉服,表演了《秋风词》《仙翁操》《酒狂》,引发观众的一片惊叹,这些平日里严肃认真的女领导们,一个个身姿优雅、美丽温婉地端坐于舞台之上,又是另一种动人风姿。

女干部培训班开了宁波古琴学习的先河,傅丹每次举办音乐讲座,都要适时介绍古琴,激发大家学习古琴的热情,在她的影响下,台州市三门县法院还成立了司法界首个古琴学社,后又牵头成立了县古琴学会。

在之后的三年里，傅丹请杨青为宁波干部、群众、学生举办了7期古琴培训班，还在浙江纺织服装职业技术学院开设了古琴选修课，组建了校古琴社团。

傅丹广邀媒体宣传古琴历史、古琴文化、古琴艺术，特邀国内古琴名家、大家到宁波讲学、演出和培训。著名古琴演奏家龚一，著名古琴演奏家、教育家李祥霆等都曾受邀来宁波参加古琴雅集活动。

古琴从此在宁波大地上生根、发芽、开花，芳香缕缕，还带动了台州仙居、天台、三门等地的古琴学习氛围，被古琴界传为佳话，因在古琴文化弘扬推广中的贡献，中国琴会特聘傅丹为顾问。

古琴易学难精，那时傅丹每年都要到北京开几次会，每次都会把琴带上，一有空就去找名师指点学习，以图精进。白天开会，晚上住在宾馆，常常把房间办公桌的抽屉拉出来当琴架，摆上琴练习。

人家说"半曲平沙走天下"，傅丹不仅学会了《梅花三弄》《欸乃》《平沙落雁》这些古琴经典曲目，还曾在宁波逸夫剧院，与笛子演奏家屠靖南一起演奏琴箫合奏《梅花三弄》，不明详情者，常以为她是专业的古琴演奏家，专程来拜师学艺者络绎不绝。

2009年，时任宁波市文联主席傅丹，邀请著名古琴家杨青、著名斫琴家王鹏、古琴收藏家陶艺前往天一阁，对天一阁库藏秦氏支祠后裔秦秉年先生捐赠的14把古琴，进行专业鉴定。三位专家确认：这是一批唐代和明朝的古琴，尤其一张唐代古琴"石上枯"，令他们大为惊叹，其时全国唐代古琴存世仅12张，宁波竟占其一。此后不久，天一阁就请国内著名古琴修复师，对这些古琴进行逐一修复。现在，这些古琴已成为天一阁镇馆之宝。

2010年，一场汇集全国众多古琴名家、书画名家和制琴名家参与的"天一夜宴——名琴、名曲、名家演奏会"在古老的天一阁古戏台拉开序幕，天一阁博物馆馆藏的唐宋元明清各个朝代的14把珍贵古琴

第四章 艺无止境,永远在路上

1 与著名古琴演奏家龚一共同探讨古琴艺术的传承与发展
2 宁波首期古琴演奏速成班结业合影

——亮相,时任中国古琴学会执行会长、著名古琴演奏家龚一,著名古琴演奏家、教育家李祥霆同台献演,为大家带来一场叹为观止的古琴艺术视听盛宴。

杨青说:"傅丹老师有着琵琶演奏的基础,触类旁通,学古琴非常快,她又天赋过人、肯下功夫,现在已经是一位古琴演奏家了。更可贵的是,她为古琴的传承和发展,起到了很好的推波助澜的作用,值得我们尊重。"

古琴大家龚一感慨道:"古琴界有傅丹这样懂艺术的官员在不遗余力地推动,相信古琴艺术会传承得更好,发展得更快。"

梦回"龟兹"

库车,古时隶属龟兹国辖境,龟兹国是唐代安西四镇之一,是丝绸之路新疆段塔克拉玛干沙漠北道的重镇,宗教、文化、经济等极为发达,龟兹人擅长音乐,龟兹乐舞正是发源于此。琵琶2800多年前从波斯传到龟兹(现新疆阿克苏库车),再传到长安,盛行于唐代。古时龟兹享有"西域乐都"的美誉,库车有个唐代遗址克孜尔尕哈千佛洞,其中第38号石窟又称伎乐窟,在这个中心柱窟里色彩绚丽的壁画上,每位佛祖手上都拿着不同的乐器,其中就有琵琶,这些来自千年以前的艺术遗存见证了这个古老乐器曾经的繁盛与精彩。

巧的是,库车市正是宁波市对口援疆城市。在经济援疆的基础上,以文化援疆作为稳疆、安疆的长远之计和固本之举意义更显深远。

第四章 艺无止境，永远在路上

2016年9月，傅丹率队到库车交流考察，当地文化部门的领导听说傅丹是个琵琶名家，当地百姓本就能歌善舞喜爱音乐，便热情相邀，请傅丹老师为他们展示一下琵琶音乐的风采。不同民族有不同的语言和文化，音乐却是最好的沟通桥梁，傅丹欣然应允。宁波到库车，一路交通辗转，琵琶携带颇有不便，便请当地代为安排一把琵琶。没想到的是，当地联系了所有官方和民间的艺术团体，却没能找到一把当代琵琶，也没有一位琵琶演奏员。在中国，这儿是琵琶的发源之地，曾经有辉煌灿烂的琵琶文化史，如今却几乎看不到琵琶的身影，这令傅丹很是感慨，也深觉遗憾。

傅丹只能从宁波把琵琶一路背到了库车，考察之旅有了琵琶乐音相随，气氛异常热烈。傅丹还特意为大家演奏了《天山之春》《送我一枝玫瑰花》《大阪城的姑娘》等带有新疆旋律的琵琶曲，更是受到当地百姓的喜爱，他们自发地或以新疆手鼓或以歌舞相和。民族一家亲，这便是最好的诠释。

这里书写着琵琶的前世，数千年后，这件古老的乐器穿越时空长廊又回到了启程的地方，这个她无数次梦回的故乡。

这次考察中，有个令人印象深刻的小故事。当时傅丹带队在当地一个村庄演出，一位维吾尔族老大爷拿着手鼓一路跟随，一有机会就凑过来用热切的目光看她手中的琵琶。傅丹为老大爷的热情所动，演出结束后便邀他共奏一曲，得偿所愿的老大爷开心极了，两人即兴来了一场琵琶与手鼓的欢乐对话，引得热情的围观百姓欢呼阵阵。

回到宁波后，琵琶在库车的式微，傅丹十分挂怀。琵琶是中华艺术长河的璀璨明珠，更是极具文化代表的民族传承乐器，一定要想办法让琵琶在琵琶艺术发源地传承下去，把库车这段已有几千年的琵琶发展史续写下去。傅丹开始为此事奔走，经过不懈努力，一个由宁波市援疆办、中共宁波市委宣传部、宁波市文化发展基金会和宁波中华

1
2

1 发起成立宁波中学龟兹琵琶学社,并向学校捐赠教学琵琶

2 宁波中学庆祝新疆班办学二十周年,为傅丹等贡献卓越的人士颁发"特别奉献奖"

文化促进会共同发起了"文化援疆——丝路琵琶梦回龟兹"的文化项目在宁波中学新疆部正式落地。

2016年12月30日,宁波中学"龟兹琵琶学社"举行了隆重的成立仪式,傅丹邀请了著名琵琶艺术家吴玉霞、汤良兴,国乐名家蒋国基、方锦龙,制琴名家曹卫东担任龟兹琵琶学社艺术顾问,主办单位还为琵琶学社赠送了24把琵琶,首批24位来自新疆的琵琶学子郑重接过琵琶,也接过琵琶传承的责任和使命。

琵琶学社主教老师是傅丹亲自挑选的,是两位青年琵琶演奏家——一位是毕业于上海音乐学院的琵琶硕士史珺,一位是国家二级演奏员、宁波小百花越剧团首席琵琶王芳,另选一位有着丰富社团教学经验的宋虓菁担任助教,傅丹不定期到社团亲自指导。新疆班的学生能歌善舞,音乐领悟能力强,学员们经过一年以上的学习后,基本上都掌握了一定的乐理知识和琵琶的基本演奏技巧,排练了不少齐奏或重奏曲目,也能独立演奏一些琵琶小曲。龟兹琵琶学社开办五年来,招收培养了百余位新疆籍琵琶学员,多次出现在宁波中华文化促进会牵头举办的,如2018宁波大剧院大师班傅丹琵琶导赏课、2019年"送你一枝春茶花"鄞州区"艺起来"新春音乐会、2021唱支山歌给党听——500琵琶奏红歌等大型文艺活动中,学员们一身维吾尔民族服装、怀抱琵琶美丽动人的模样惊艳了无数人的目光,也成了媒体闪光灯追逐的焦点。

基于傅丹对宁波中学新疆班开办的大力支持和突出贡献,在宁波中学新疆班办学二十周年之际,为傅丹颁发了代表最高敬意的"特别奉献奖"。

有了这一批批的琵琶种子,我们坚信,在不久的将来,从龟兹古国飞入中原大地的艺术瑰宝——琵琶,会沿着它来时的路,梦回故土,重新奏响在库车的大地上。

"朝圣"之旅

2019年10月14日起,为了纪念日本新天皇即位,东京国立博物馆将举办"正仓院的世界——皇室守护传承之美"特展,正仓院第一名品——唐代螺钿紫檀五弦琵琶也将展出,它于唐朝随日本遣唐使传至东瀛,传说是唐明皇李隆基和爱妃杨玉环送给日本的国礼,为日本圣武天皇生前至爱之物。

作为正仓院的镇馆之宝,这件绝世珍品上次对外展出是在十年前,而下一次又不知在何时。傅丹看到这则消息心潮澎湃,与女儿瑄萱商量后,决定一起远赴日本,踏上琵琶的"朝圣之旅",为确保一切顺利,特意托日本的朋友帮忙提前订好了参观票。

日本之行之前,傅丹受浙江艺高创意有限公司iartschool爱艺术+与华为视频·DIGIX艺视界之邀,作为签约艺术家去古城西安举办傅丹专场琵琶品鉴会。

iartschool爱艺术+是由浙江艺高文化创意有限公司搭建的文化艺术优质内容专业云平台,旗下拥有600多位国内外一流的独家签约艺术家、教育家,开设了音乐、美术、书法、摄影、舞蹈及各类艺术欣赏和学习课程,傅丹女儿瑄萱在浙江艺高担任总裁,作为主办方负责人和助演艺术家的双重身份陪同妈妈前往。

2019年10月24日,西安曲江书城内,人潮如涌,人们从城市的四面八方云集而来,为一睹这盛唐时风靡帝都长安的雅乐风采。

西安市文化局局长严彬原是话剧演员,与傅丹是好友,两人在性格与艺术追求上有着诸多共同点,可谓惺惺相惜。一听傅丹要来开音乐会,严彬热情邀请了很多西安文化界的名人来捧场。

第四章 艺无止境，永远在路上

1 2019『送你一枝春茶花』鄞州区『艺起来』新春音乐会现场500名琵琶手正在演奏

2 在2019『送你一枝春茶花』新春音乐会上演奏《春江花月夜》（左一为国家一级演奏员梁丽丽，左二为国家一级演奏员葛梅君，左三为国家一级演奏员属靖南，左四为国家一级演奏员傅丹，左五为国家一级演奏员沙日娜）

3 受邀参加华为艺视界·DIGIX琵琶品鉴会傅丹专场（西安）并受聘为华为·DIGIX艺视界签约艺术家

273

从宁波赶到西安,一路奔波,傅丹原本很疲劳。可一登上舞台,十三朝古都的气息扑面而来,观众很多女子都是纱裙摇曳、手持罗扇的唐朝仕女装扮,傅丹感觉自己似乎梦回长安,来这里仿佛并不是开一场鉴赏会,而是和大家一起重温琵琶艺术的千年繁华。

从琵琶的起源,到琵琶在唐代的盛行;从大唐乐舞的灿烂,到《琵琶行》解析,再到琵琶经典曲目……傅丹忘却了旅途的辛劳,激情洋溢地沉浸在她的声音和乐曲中,无数双目光如痴如醉地注视着她,似乎已忘却今夕何夕。

在她的娓娓讲述中,琵琶的前世今生,生动地呈现在大家面前:

"批把本出于胡中,马上所鼓也。推手前曰批,引手却曰把,向其鼓时,因以得名也。"意即批把是骑在马上弹奏的乐器,向前弹出称作批,向后挑进称作把;根据它演奏的特点和声音而命名为"批把,后逐渐演变成琵琶"。

"在唐朝,琵琶是一种很流行的乐器,岑参有诗云:'凉州七里十万家,胡人半解弹琵琶。'而江陵一带更是'江陵号衣冠薮泽,人言琵琶多于饭甑,措大多于鲫鱼'。也就是说,在西北一半的人会弹琵琶,江南会弹琵琶的人像过江鲫鱼一样多,琵琶的数量多过饭甑(烧饭的餐具),那是何等的盛景啊。"

她还给大家讲了一个关于琵琶的轶事趣闻:

盛唐时期的长安,上至皇帝,下至平民,都很喜欢弹琵琶。皇家还设置了擂台,大家都可以来打擂。有一次,作为擂主的宫廷首席乐师演奏了琵琶曲《绿腰》,从人群中走出一位妙龄少女,说:"我来弹奏一曲《新翻羽调·绿腰》。"

一曲终了,少女技惊四座,竟胜过宫廷乐师一筹,围观者掌声雷动,叫好声不绝于耳。皇帝见此景,就命宫廷乐师拜少女为师。

少女说,等我更衣再来。

少女换了衣服走出来,原来是位和尚。他对宫廷乐师说,我从你的乐声中听出了邪音。

宫廷乐师心下一惊,暗暗称奇,如实回答道,我小时候是跟一个邻居学的琵琶,他是一名巫师。说完匍匐跪地,要拜和尚为师。

和尚表示,要我收你为徒不难,但你要先把你所学的演奏技法和曲子全部忘掉……

傅丹又与大家分享了白居易《琵琶行》的精彩诗句:"千呼万唤始出来,犹抱琵琶半遮面。转轴拨弦三两声,未成曲调先有情……大弦嘈嘈如急雨,小弦切切如私语。嘈嘈切切错杂弹,大珠小珠落玉盘。"她一边吟诵诗句,一边用琵琶模拟和演绎诗当中描绘琵琶演奏的形态、技法、音响。

开场之后,傅丹邀请西安音乐学院倪慧娣副教授上台,以一曲《阳春白雪》开始了现场演示的环节,那清新流畅的旋律、活泼轻快的节奏,让现场听众仿佛感受到冰雪融化、大地复苏的初春景象。

随后,傅丹又与青年二胡演奏家梁丽丽、箜篌演奏家陈莉娜共同演绎三重奏《夕阳箫鼓》,清丽柔婉的旋律,入耳入心,令人沉醉。

伴随着热烈的掌声,傅丹未作停息,又演奏了《大浪淘沙》。这首琵琶曲旋律深沉苍劲,柔中带刚,呈现出曲作者瞎子阿炳对人世与命运不公的诘问,对光明的向往和期盼。

尾声将至,女儿瑄萱怀抱琵琶上台与妈妈同台演奏,以一曲热情奔放的《送我一枝玫瑰花》将现场气氛再次点燃。

瑄萱还向大家讲述了自小跟母亲学习艺术的心路历程,也分享着她的感悟:"我认为艺术是自己一生的伴侣,我现在为之努力的事业,是打造全国最大最专业的艺术云平台,我也希望能够尽自己最大的努力,让更多更优秀的艺术家来分享艺术之美,我们再用数字化视频形式将其记录下来、传播出去,使全世界的艺术爱好者都能从中受益,这就是我认为最有价值和意义的事情。"

女儿这番话令傅丹深感欣慰,她虽然没有走专业的道路,但也用不一样甚至影响力更大的方式传承着妈妈所坚守的,那种对艺术的无限热爱以及坚定地推广弘扬中华传统民乐的初心,台上母女俩的这份情怀与执着感动了现场每一位观众。

华为视频业务负责人为傅丹颁发了"华为视频·艺视界特约艺术家"证书,邀请她未来与华为视频众多签约艺术家一起,在华为视频客户端艺术频道上分享更多的精品艺术课程。

"今夜闻君琵琶语,如听仙乐耳暂明。莫辞更坐弹一曲,为君翻作《琵琶行》。"品鉴会在温馨感人的氛围中落下了帷幕,观众沉浸在琵琶的余音里,久久不肯散场,纷纷上台要与傅丹合影留念。

直至回到后台,傅丹才意识到自己因车马劳顿未及休整就上台,疲劳过度,体力严重透支,还诱发了右腿的静脉曲张,肿胀疼痛,站都快站不稳了,被同行的晚辈们左右搀扶着才勉强上了回住处的车。

从西安回到宁波几天后,就到了原定的日本行程的出发时间,老伴韩耀东一方面担心妻子的身体状况,一方面也深知傅丹去日本的决心。多年的扶持与陪伴,他太了解傅丹了,这是一个愿意为琵琶艺术事业奉献终身的女人。

退休后,韩耀东就自告奋勇地当起了家里的"后勤部长",买菜烧菜、打扫卫生、养鸟种花,家中一应事务都毫无怨言地承包了下来。

"傅丹,你今天回不回来吃饭呀?"每天饭点前,韩耀东一定会打个电话询问,这个习惯保持了 30 多年。

如果傅丹在家吃饭,那就做四菜一汤,如果他一个人吃,可能就是剩菜剩饭应付一下。每次做了菜,都是先给傅丹尝,他的口味重,傅丹则喜清淡,总是怕拿捏不好,怕傅丹吃得不合胃口。饭菜上了桌,好菜、新鲜菜也都是放在傅丹面前。

第四章 艺无止境,永远在路上

傅丹与先生韩耀东

傅丹出门之前，他总要细细地检查一下傅丹的衣着打扮，看到傅丹的发型有点乱，他就会轻柔地帮她抚弄梳理。这些习惯都已经成了自然，却最能打动傅丹，她总是念着他的好。

韩耀东学理工出身，毕业于浙江大学，曾是全国有名的水泵专家，在担任沈阳水泵研究所所长期间，国内所有新研制出的水泵必须经过他的审批才能投入生产和上市销售。他爱好广泛、学养深厚，写得一手好文章，还酷爱文艺，吹拉弹唱甚至杂技都能来上一手。最令傅丹感怀的是，他对自己的事业总是无条件支持，只要她想做的，他就力所能及地帮助她。

傅丹曾带队出访台湾地区进行文化艺术交流，宁波没有一支专业的民乐团，她就从宁波市歌舞团、宁波市甬剧团、小百花越剧团三个演出团体抽调演奏员整合在一起，组建了一支编制完整的临时民乐团。为保证节目质量，还要请专家来为他们排练，出访交通、吃住也都需要费用，资金有缺口怎么办？韩耀东四处托人，最后通过朋友从一家名为"布利杰"的服装企业拉来了赞助，民乐团以"布利杰民乐乐团"的名称出访，此事也成了宁波文艺界的一桩美谈。

2001年傅丹牵头举办全国琵琶大赛时，韩耀东又四处奔走，帮助筹集资金。傅丹经常参加市里的重大文艺活动，也经常到宁波各县市区琵琶传承基地实地指导，韩耀东就拿着手机跑前跑后地拍摄，通过朋友圈实时发布"宣传报道"；每当有关于傅丹的媒体报道，韩耀东也总是第一个转发，还要发动亲朋好友一起转发，言语间尽是自豪，熟悉的人都笑称他是傅丹的"头号粉丝"兼"战地记者"。

这样一位"超级粉丝"，在当时情形下，内心怎能不纠结呢？傅丹看出了老伴欲说还休的担心，她说："这把螺钿紫檀五弦琵琶是当世仅存的唐代五弦琵琶，是所有琵琶人心中至高至美的圣物。她的对外展示时间是不定的，上一次是十年前，下次就不知道在什么时候了。如果这次去不了,也许会留下遗憾。"

家人拗不过她,最后由女儿瑄萱陪同前往。瑄萱在机场和博物馆都提前预定了轮椅,从下了飞机那刻起,傅丹就一直坐在轮椅上,瑄萱一路小心翼翼地推着她、呵护着她,一如多年以前,傅丹用童车推着年幼的瑄萱,带她出门去看这个多彩斑斓的世界。

预约参观的那天,东京博物馆门前人山人海,炎炎烈日下,等待参观的长队里三圈外三圈,一眼望不到头,傅丹她们一直排到中午才得以进馆参观。

傅丹终于看到了那把令她魂牵梦绕的螺钿紫檀五弦琵琶,虽然在书中或相关视频中无数次见过她,但当她如此真实地出现在眼前时,傅丹的心仍是一阵狂跳。朝代更迭,世事变换,历经一千多年岁月的五弦琵琶,见证了无数个岁月静好与波澜壮阔的瞬间,那些陪伴过她的人和物早已化作烟尘,而她却依然静静地守在这儿,不染纤尘、高贵华丽,美得摄人心魄。前来"朝圣"者太多太多,馆方对参观作了严格限制,不让停留,不让拍照。这把琵琶制作工艺登峰造极、已臻化境,无一处不是精雕细琢,极尽巧匠之能,每一处镶嵌、每一个细节都值得细细品读。为了让傅丹多看上两眼,瑄萱推着轮椅,围着展柜尽可能慢地走着。转完一圈后就要在大厅重新排队,她们就一次次地排队,再一次次回到展柜前。傅丹的目光在琴身上摩挲了一遍又一遍,像是要永远把她刻进自己的灵魂深处。

乘兴而来,尽兴而归,这天傅丹很是开心,似乎完全忘却了身体的不适,回到住处依然饶有兴致地和大家回味和畅聊着关于螺钿紫檀五弦琵琶的种种。当天睡到半夜时,傅丹突然惊醒了,她感觉天旋地转,浑身冰凉,床都仿佛倾斜了,人像是随时会从床上滚下来。她强撑着想支起身,身体却完全不受控制,只好艰难地叫唤着同屋住着的瑄萱,问她是不是地震了?地震自然是没有的,瑄萱知道,妈妈身

女儿瑄萱推着因腿疾无法行走的傅丹前往日本奈良观看正仓院展出的唐代螺钿紫檀五弦琵琶

体出问题了。身处异国他乡，语言不通，环境不熟，她也顾不上许多，马上拨通了日本朋友的电话，把情况略作说明，朋友连衣服都未及更换，一身睡衣开着车就把傅丹送去了医院。经检查，是劳累过度引起的急性高血压，好在送医及时，经过妥善的治疗，一两天后就基本恢复了正常。

离开日本的前一天，傅丹又去了另外一个博物馆，观赏收藏于日本的另一把珍贵琵琶。瑄萱说："妈妈大老远来趟日本，眼里心里却只有琵琶，连富士山都没去看。"傅丹笑着回答："这些来自唐朝的琵琶在我心里是如圣灵一般的存在，我本就是来'朝圣'的，富士山去不去又有什么关系呢！"

这一趟旅程，先是古城西安，那儿有琵琶最辉煌灿烂的前世；再是日本，那儿是当今琵琶爱好者的"朝圣"之地。傅丹陷入沉思，身处琵琶发源地的江南，我辈又该如何振兴传承，如何重塑辉煌？

在宁波创建"中国琵琶之乡"的梦想就在那样的时刻，那样的心境中萌芽了。她要重新踏上征程，哪怕前路坎坷艰辛，心之所向，素履以往。

琴音如水

宽大的客厅里，悠扬的琴声如淙淙流水……此时，傅丹正坐在甬江边的瑄萱家，听着外孙女妞妞弹《龙船》《新翻羽调·绿腰》。窗外是一往无前的甬江水；窗内是妞妞小小手指尖流淌出的琴音，孩童的演奏，颇有些返璞归真的味道……

此情此景，让傅丹想起小时候在临江上的吊脚楼里，看外婆对着窗户弹琴的日子，江面上也有船驶过，一如眼前。那时候，她与外婆、母亲坐在一起，如今她、瑄萱和妞妞，也是三代人坐在一起，岁月轮回，艺术流传，音乐就是有这样神奇的魔力，一把琵琶把时光串联在了一起。

母亲雷玉娟生平最喜欢戏曲，傅丹小时候，母亲经常带她去看戏，是母亲给了她最早的艺术启蒙，当时傅丹就在心里种下了一颗种子："等长大成人了，一定要多带母亲去看戏。"

雷玉娟刚随女儿来宁波时，傅丹正在歌舞团当团长。担任宁波市文化局副局长后，傅丹分管所有的剧团。一年忙到头的她，忙到没有时间回家陪母亲,更不要说带母亲去看戏了。母亲在宁波只生活了五年就去世了,傅丹心里的那颗种子始终没来得及发芽,1800多个日日夜夜,傅丹只带母亲去看过宁波市歌舞团的演出,这成了她此生最大的遗憾。

在音乐氛围浓厚的家庭中出生,女儿瑄萱自小就很有艺术天赋,傅丹在上海音乐学院读书时,女儿跟着她到了上海,住在上海奶奶家,从幼儿园到小学一年级,她经常参与接待外宾和领导的演出。

瑄萱8岁开始学琵琶,后被中央音乐学院附小录取。因为孙雪春舍不得她幼年离家,瑄萱便没去成,雪春内心不希望瑄萱弹琵琶,他希望瑄萱能继承他的事业。

"是金子到哪都会发光",在南昌二中的六年学习期间,瑄萱逐渐展现出优秀的琵琶艺术天赋,在各类赛事中屡屡获奖。在校期间,每年的文艺晚会上都能见到她演奏琵琶的身影。

瑄萱从小就有明星梦,想当电影演员。高考前夕,她想报考电影学院。当时,限于家庭经济条件,傅丹想让她打消这个年头,就故意对瑄萱说:"你长得不够漂亮,还是捡起你小时候学的琵琶,去考师范大学吧。"

傅丹心里知道,上师范大学不要钱,又可以把女儿留在自己身边,结果瑄萱高考文化课成绩和琵琶专业成绩,在所有报考师范大学的考生中名列第一。

后来,瑄萱又以优异的成绩从江西师范大学艺术学院毕业。毕业时举行了个人七彩音乐会,又弹琵琶,又弹古筝,还担任主持,表演独舞。江西省电视台专题报道了这台七彩音乐会。"七彩音乐会"是瑄萱对舞台的一次拥抱,也是一次暂时的告别。

毕业后,瑄萱一开始被分配到宁波大学美育办公室工作,她不愿意到母亲所在的宁波市歌舞团,当时看到母亲的单位条件这么差,她又说要去外贸公司赚钱，希望用经济实力来支持妈妈的艺术理想和文化情怀。

后来，瑄萱下海搞起了外贸公司。工作之余，她仍然放不下曾经的明星梦，尤其是对琵琶情有独钟。她参加过宁波民族器乐大赛和宁波电视主持人大赛，均夺得了冠军。

此后她一直活跃在艺术活动一线，参加组织过艺术家演出和展览等大型活动，还荣获2019年度"浙江省网络视听年度人物"。

母亲的言传身教，培养了瑄萱的艺术情怀，母亲献身艺术事业，尽最大的努力做公益性普及、传承民乐的情怀激励着瑄萱，让瑄萱觉得弘扬艺术经典，是一件对社会非常有意义的事。她在开公司、办工厂，取得了一定的成绩后，恰逢浙江民族管弦乐学会会长、著名笛子演奏家蒋国基陪同浙江艺高文化创意有限公司创始人蔡懿来宁波，邀请傅丹为浙江艺高所打造的网络艺术教育平台 iartschool 爱艺术＋录制琵琶教学视频。蔡懿是一位有情怀的企业家，曾在浙江卫视任高层管理，并在傅丹的家乡临海担任过分管文化科技的副市长。瑄萱为浙江艺高致力于文化艺术的推广与传播的运营理念所感动，毅然决定把自己所学的艺术知识与企业管理经验以及把过去积累的资金全部融入到这项事业中，共同搭建起艺术爱好者与艺术家之间的桥梁。

在蔡懿和瑄萱的带领下，《iartschool 艺术家美育数字资源库建设》项目入选2019国家广播电视和网络视听产业发展项目库，成为最具示范引领作用的项目。正是因为出身于音乐之家，瑄萱在从小学习艺术的这段经历中更容易接触到优秀的艺术教师，她清楚地认识到专业权威的名师指导对于艺术技巧和素养提升的重要性，但不是所有人都如她这般幸运，想要找到名师谈何容易。而在她搭建的这个互联网平台上，艺术学习者可以零距离地跟着艺术家学习艺术。

为了将更多艺术知识传递给更多热爱艺术的人们，浙江艺高与文化和旅游部全国公共文化发展中心及全国群文单位合作了数字慕课、数字文化云等项目，同时与国家公共文化云战略合作搭建"学才艺"系统，又与中国文联网传中心战略合作共建"互联网+文艺"平台。

在业务发展的同时，瑄萱积极带领团队承担作为艺术普及工作者的社会责任，开展网络视听与社会公益相关工作。2019年，她统筹实施的《互联网+项目：传播民乐之美》入选文化和旅游部"春雨工程"文化志愿服务项目。通过线上教学及线下活动的传播方式，在青少年尤其是偏远地区人群中开辟出了传播中华优秀传统艺术文化的新道路，用触手可及的"数字"语言，服务于基层、贫困地区的群众们，团队也被授予了"2019浙江省网络视听年度公益项目"称号。

2020年新冠肺炎爆发期间，iartschool爱艺术+携手中国文化馆协会面向全国各级文化馆站免费开放百门精品艺术课程，做好线上公益服务，助力群众"停课不停学"，为抗击疫情尽了一份绵薄之力。

2021年，恰逢中共中央办公厅、国务院办公厅印发《关于全面加强和改进新时代学校美育工作的意见》文件，瑄萱带领团队作为主办单位之一，举办了中国文化馆协会青少年美育委员会成立大会。她主持这次大会，并在委员会中选举担任秘书长一职。

作为委员会成员之一的瑄萱，不忘初心，从学艺术到搏击商海最终回归到推广传播艺术。瑄萱的公司经常支持各级琵琶学会的赛事和活动，她自己也经常参与其中，因此也被聘为浙江省琵琶专业委员会副主任和宁波琵琶学会副会长。

瑄萱带着骨子里对艺术的酷爱，千回百转，又回到了艺术这个原点。母亲搞文化艺术活动，女儿的公司录制传播，她站在母亲背后，来支撑母亲传承民族音乐的梦想，并且借助互联网这个巨大平台，用最现代的方式传播经典，让艺术进入寻常百姓家，让中华文化以一种全新的方式走向世界。这些都让傅丹深感欣慰。

第四章 艺无止境,永远在路上

1 傅丹和女儿瑄萱
2 傅丹和外孙女妞妞
3 祖孙三代同台演出

而令傅丹最开心的是外孙女妞妞在学习琵琶艺术道路上付出的努力。有一年小金钟琵琶大赛，妞妞没拿到名次，瑄萱快要哭了。妞妞反过来安慰妈妈："这证明我平时练习得不够，妈妈你不要难过，我会继续努力的。"

2021年宁波市"未来之星"琵琶比赛，妞妞得了少年组金奖。瑄萱问妞妞："开心吧？"妞妞很淡定地回答："我得了奖，最开心的是外婆。"

在傅丹听来，妞妞的琵琶声，是世界上最美妙的声音，傅丹希望这个声音一直延续下去，突破时间与空间的界限，不断延长、延长……

妞妞在学校不光弹琵琶，还喜欢演话剧，去年她演一位流浪歌女，穿得跟乞丐似的，是个配角。后来又演过一个白发苍苍、步履蹒跚的老奶奶，也是个配角。

瑄宣问她："你怎么每次都是演配角啊？"

妞妞认真地答道："配角也很重要的，没有配角谁来衬托主角？"12岁的小女孩就懂得谦让，懂得把鲜花和掌声留给同伴。

傅丹欣慰于小妞妞的眼界和格局。是啊，一个人不可能总是当主角，当好配角也很有意义。她想到自己当年在舞台上是光环笼罩的主角，但后来她做的一切事情，就是当好配角，培养出一个又一个的主角，让她们在舞台上发光、发热。

最近一次上舞台，妞妞终于当上了主演，跳领舞的小天鹅，可她个头比同伴高出了一大截，结果看起来像是"天鹅妈妈"带着小天鹅跳舞了。这场景令傅丹忍俊不禁，她想起自己在歌舞团的那些年，何尝不是一只领舞的"天鹅妈妈"，护着身后羽翼未丰的"小天鹅们"成长、飞翔。

妞妞的琴声渐止，但余韵如傅丹眼前的甬江之水般绵绵不绝。傅丹为传播和弘扬琵琶艺术不遗余力，她希望外孙女和更多的孩子，能矢志不渝地热爱民族音乐，传承传播民族音乐，让民族音乐的长河，奔流到海，滚滚不歇……

知遇丹霞

在琵琶界，傅丹与中国民族管弦乐学会会长吴玉霞的友谊，是一段广为人知的佳话。

两人相识，是在1980年夏天举办的"上海之春"琵琶比赛上，傅丹是江西代表团的领队，吴玉霞是中央直属院团的参赛选手。

傅丹仍清晰地记得，吴玉霞弹的是《草原小姐妹》，时年21岁的吴玉霞，洋溢着青春的活力，然而舞台上她却是那样的端庄娴雅，演奏中无一丝花哨炫技，在一众选手中显得很是特别。

傅丹一下子就记住了这个长相清秀，与扮演林黛玉的越剧名家王文娟颇有些相像的女子。琵琶声中，看着舞台上的吴玉霞，傅丹的脑海中不由地又浮现出挚友章婉萍在舞台上弹琵琶的身影，好像两人无形中有种千丝万缕的关联。如今想来，许是缘分使然，傅丹对她们都有种自然而然的亲切感和亲近感。

俩人正式相识，是在1986年中国民族管弦乐学会的代表大会上。

中国民族管弦乐学会创始人之一的秦鹏章先生，是卫仲乐先生的大弟子、傅丹的大师兄，时任中央民族乐团指挥。会后，好友相聚畅谈，秦鹏章把吴玉霞介绍给傅丹："吴玉霞是我们团优秀的青年琵琶演奏家，你们都是琵琶界年轻一代中的翘楚，应该有很多共同话题，可以

傅丹与吴玉霞

多交流交流。"

吴玉霞又说起,她的启蒙老师是卫仲乐先生之子卫祖光,傅丹一听,两人算是师出同门,对吴玉霞更增一分亲切。之后,她们就民族音乐的发展与未来交换了想法,发现竟有许多一致的观点,这使得彼此间有了些相知相惜之感,友谊之花从这刻始縶然开放。

几年后,中央民族乐团受邀来宁波大剧院演出,傅丹有三位上海音乐学院的同学是中央民族乐团的演奏员,分别弹琵琶、拉二胡和拉大提琴。演出结束后，傅丹邀请这三位同学和吴玉霞到她家做客。艺术家们的雅聚，欢声笑语畅聊之余，又是一场小型的音乐会，大家都多才多艺，傅丹家中的乐器也十分丰富，你方奏罢我登场，其乐融融。

不觉中，夜色已深，分别前吴玉霞为大家最后弹奏了她自己创作的一首琵琶作品，弦响夜更幽，琴声如诉如梦，帘外月色胧明，吴玉霞的指尖在琵琶弦上舞动跳跃，她整个人也好似笼罩在一层柔美的光芒之中，散发着一种迷人的魅力。

傅丹看着她，心想：这才是真正优秀的琵琶艺术家，正好借此机会，请宁波琵琶界的年青人一起来见识和学习一下。

傅丹当即邀请吴玉霞在宁波做一场琵琶专场讲座，吴玉霞欣然应允。由于时间仓促，临时通知大家，来听讲座的人并不是太多，但吴玉霞的情绪丝毫没有受影响，仍然热情洋溢地分享。

讲座场地在宁波市少年宫，她告诉大家，她的家族中并无从事音乐工作的人，自己的学艺经历就是从青少年宫开始的，今天非常开心，好像又回到了出发的地方，来跟大家分享琵琶艺术。朴实而亲切的开场白，一下子拉近了与大家的距离。她又讲了自己小时候学琴的一些趣事，尤其讲到最初因为买不起琴，拿搓衣板练指法的往事，让大家觉得非常有趣，又很受触动，如此艰苦的环境中，却走出了一位如此优秀的琵琶演奏家。吴玉霞又给大家示范演奏了一些代表性的曲目，对其中的重点难点进行详细解说，还分享了她平时积累的非常宝贵的舞台经验。最后，又特意留出时间与观众互动，现场回答了大家提出的琵琶学习中遇到的疑虑。

讲座结束，全体报以热烈的掌声，大家纷纷表示，真是不虚此行，收获满满。一场临时安排的讲座，几乎没有准备时间，吴玉霞却能条理清晰、突出重点地完成，能讲能弹、乐于分享、亲和力出众，使得傅丹对吴玉霞的好印象又深了几分。那时起，她就开始琢磨，以后一定要再找合适的机会,再邀请吴玉霞来宁波办讲座、开专场音乐会。

2001年首届中国琵琶大赛在宁波举办,来自全国各地的琵琶选手齐聚宁波,除了比赛之外,主委会也在考虑为选手提供学习和观摩的机会,邀请国内优秀的琵琶演奏家来开专场音乐会。傅丹脑海中又浮现吴玉霞的身影,年轻一代琵琶演奏家中她的水准毫无疑问是顶尖的。

接到傅丹的邀请,吴玉霞二话不说,一口应承了下来。

原计划中,音乐会是吴玉霞的个人专场,一切按照拟定计划井然有序地准备着。可计划没有变化快,就在大赛开幕前一天,傅丹接到了时任中国文联党组书记高占祥的电话:"听说全国琵琶大赛期间安排了琵琶专场音乐会,有人给我推荐了一位优秀的青年琵琶演奏员,中央音乐学院刚毕业的研究生,你们能不能给她在音乐会中安排一个节目?"紧接着,林石城先生又推荐了一位戏剧学院的琵琶老师,也是希望能在音乐会中插入一个曲目。

傅丹有些为难。一来,音乐会所有曲目都已安排妥当并完成了排练和走台,临时插进节目,会不会打乱原来的节奏?二来,她担心吴玉霞的情绪受到影响。但令傅丹没想到的是,她跟吴玉霞一提这事儿,吴玉霞就毫不犹豫地答应了:"可以的,我拿掉两个曲子就是了,有更多优秀的演奏者参与进来,演出会更加丰富,也可以让选手有更多的观摩机会。"

傅丹原本还准备了一些劝导的话语,结果一句也没用上。吴玉霞的谦让与大度,令傅丹对她的欣赏更甚从前。交往越深,傅丹越觉得,在某些地方,她和吴玉霞有着高度的契合:对老师和前辈充满敬意与感恩,对琵琶学子心怀大爱之心,淡泊名利,不计较个人得失,更重要的是,对民族音乐的弘扬和传承都心怀一份坚定的信念和使命感。

有段时间,吴玉霞得知傅丹正在大力推广古琴,在她的引领下,宁波掀起了一阵古琴热潮,便给傅丹打电话:"傅老师,你的专业是琵琶,怎么只推广古琴,也推广一下我们的琵琶呀!"

傅丹坦诚地说了自己的想法:"古琴入门相对简单,上手也容易,学习得当,几天下来就能弹上一两曲,比较容易推广;琵琶虽然表现力很强大,但演奏技法难度太大,上手不容易啊,一般人可能都会有畏难情绪。"

"傅老师,我在全国政协会议上写了提案,要大力推广民族音乐。琵琶是民乐之王,是中华文化的瑰宝,我们就一起来把这个事情做起来吧。"

机缘巧合,傅丹也曾在省政协会议上写过类似提案,要关爱中老年人的精神健康,应该大力推广对民族音乐的学习。好听的音乐能使人心态平和,抚平烦躁的情绪,尤其是学弹琵琶,十根手指、耳朵、眼睛和大脑要紧密配合,能很好地刺激大脑神经的活跃度,还有预防老年痴呆症的作用。

吴玉霞的话正中傅丹下怀,这个事情她一个人做起来不易,但有了志同道合的伙伴,心中的激情又被点燃。

要推广琵琶,首先得打消人们对琵琶学习的畏惧,大部分人都认为琵琶是"阳春白雪"、高雅艺术,只有在音乐殿堂中才能一睹芳容,好听是好听,但是对于普通人,尤其是没有任何音乐基础的人来说,学习简直难于登天。傅丹便想到借鉴古琴的教学方法,改变传统的教学思路,减少冗长而相对枯燥的指法练习时间,只要先学会最基本的弹挑指法,再让学员开始小曲目的练习,培养兴趣,让初学者快速地从中获得成就感。

傅丹想开办一期公益琵琶学习班来验证这个新思路,首要解决的问题是需要一套符合成年人零基础学琵琶的教材。市面上的教材大多针对的是少儿考级和专业学习之用,不适合大范围推广普及。傅丹

1 《零基础学弹琵琶》新书首发式暨宁波首个琵琶社团——浙江纺院琵琶社团成立仪式

2 高雅艺术进校园——吴玉霞艺术讲座走进宁波中学,聘请著名琵琶演奏家汤良兴、著名笛子演奏家蒋国基、爱艺术+董事长蔡懿担任学校艺术顾问

第四章 艺无止境,永远在路上

3 宁波琵琶学会成立大会
4 参加宁波交响乐团与吴玉霞、于红梅合作音乐会前的交流(左一杨慧月,左二吴玉霞,左三汤良兴,左四傅丹,左五于红梅,左六朱晓蓉,左七林莺,左八童铭,左九况艳)

与吴玉霞商议后,决定新编一套针对性较强的零基础琵琶教材。

她们又联系了在上海音乐出版社任主编的同门小师妹范慧英,邀其参与进来。那个夏天,宁波中华文化促进会的会议桌上,三位老师的身影从日出到夜暮一直忙碌着,时而交头讨论,时而持琴试奏,既要考虑音乐的艺术性,又要兼顾初学者上手的难易。经过几十个日夜耕耘,她们甄选出一批大家耳熟能详的儿歌、民歌、琵琶经典作品甚至是流行歌曲选段,简化演奏指法,重新编曲定谱。随书还附录了音乐光盘,由吴玉霞亲自示范演奏,伴奏配器由国家一级作曲罗晓峰完成,这将有助于学习者对照、跟随练习和自我纠错。

为了让学习者更好地理解创作背景,范慧英为部分曲目撰写了作品解读,因为只有充分了解作品内涵,才能和音乐达成共鸣,技法之外,情感的表达才是音乐演奏的灵魂。

暑往秋来,在一稿又一稿的修改后,《零基础学弹琵琶》的初稿终于完成,首版印刷了5000册。

没想到的是,本是为成年人学琴编写的《零基础学弹琵琶》正式出版后,不仅受到成年习琴者的喜爱,还受到广大基层琵琶教师的追捧。他们认为该书用于青少年儿童的教学,也非常适用。5000册很快便一售而空,并在短短数年间,再版了三次,仍是供不应求,网店甚至出现了大量复印版的《零基础学弹琵琶》。

时间转眼到了2016年春,宁波市委、市政府提出了建设国际港口名城、打造东方文明之都、跻身全国大城市第一方队的战略目标。要打造"一都(东亚文化之都)三城(书香之城、音乐之城、影视之城)",这既为宁波文化发展明确了方向,也为宁波文化发展提供了前所未有的机遇和条件。为了更好地繁荣发展宁波文化事业,宁波设立了文化发展咨询会议,拟聘请国内文艺界重量级的人物为宁波文化发展咨询会议委员,并为他们在宁波成立文艺大师工作室。

第四章 艺无止境,永远在路上

1
—
2

1 向行知琵琶艺术馆捐赠馆藏琵琶

2 陪同著名琵琶演奏家、中国柳琴之父王惠然伉俪参观行知琵琶艺术馆（左一为行知实验学校校长谢增焕,左二为时任镇海区文联主席张如新,左三为王惠然夫人,左四为王惠然,左六为鄞州区文联副主席杨慧月）

时任宁波市委宣传部常务副部长的张爱琴，专程前来跟傅丹请教："您是宁波文艺界的领袖，全国的民乐大家也有很多是您的朋友，有没有合适的推荐人选？"

"我是弹琵琶的，对琵琶界最熟悉，中国艺术研究院的吴玉霞，原是中央民族管弦乐团的首席琵琶，专业能力就不用说了，为弘扬民族音乐也做过很多的事情，我认为她就是个合适的人选。"傅丹毫不犹豫地回答。

不久，傅丹和张爱琴，还有时任宁波市委宣传部组织人事处处长戴建立一起，专门去北京拜访吴玉霞，将宁波市对文化建设和成立文艺大师工作室的愿景和计划与吴玉霞作了详尽的介绍，并诚挚邀请她成为宁波首批文艺大师之一。

宁波对文艺发展的重视和一行人表达出的真挚诚意打动了吴玉霞，其中更包含了傅丹对她的信任和她们之间的深厚情谊。当时她是中国艺术研究院的博士研究生导师，兼任着中国民族管弦乐学会副会长、中国音协琵琶学会常务副会长，还常常全国各地飞，举办艺术讲座和专场音乐会，多重身份之下，原本工作就非常繁忙，但面对这个邀请，她仍然一口答应了下来。

是时，文艺大师工作室相关事宜仍在筹备之中，具体如何运作尚无详细规划，但仅凭着对傅丹的了解和信任，以及傅丹多年来在宁波民族音乐传承方面所奠定的基础，吴玉霞对宁波工作室的未来充满信心。

2017年2月16日上午，宁波市繁荣发展社会主义文艺工作会议隆重召开。包括吴玉霞在内的首批12位在国内极具影响力的文艺大家，从时任浙江省委常委、市委书记、代市长唐一军手中郑重地接过宁波市文艺大师的聘书。

2月17日上午，在宁波中华文化促进会举办了吴玉霞文艺大师工作室揭牌暨首批琵琶高级研修班开班仪式。第一批12位学员是傅丹精心挑选出来的,他们有的是宁波各大文艺团体的首席琵琶演奏员,有的是具有国家中级以上职称的青年琵琶演奏家,有的毕业于中央音乐学院、上海音乐学院等国内各大音乐院校,还有的是县市区文联重点推荐培养的民乐人才。

首期琵琶高级研修班的目标非常明确,要为宁波培养一批具有引领作用的优秀艺术人才,为民乐艺术事业的发展培养后备力量,注入更多的新鲜血液。

时间宝贵,吴玉霞在宁波的时间被傅丹安排得满满当当,研修班第一期课程刚结束,她们又马不停蹄地赶到宁波中学,开展"艺术的审美与表达"专场讲座。

宁波中学的道德讲堂内,数百名师生虔诚而略带紧张地端坐着,期待着这位久负盛名的文艺大师的到来。在邵迎春校长热情洋溢的欢迎辞后,吴玉霞健步走上了讲台,她面带着亲切的微笑:"亲爱的同学们,很高兴今天来到这里和大家讲讲琵琶的故事,听说这里有很多来自库车的同学,你们的祖先在2800年前就会弹琵琶了,可比我厉害多了。"

台下欢笑声一片。

她又接着说:"你们邵校长介绍我是文艺大师,你们可知道何谓文艺大师?"

同学们你看看我、我看看你,都不知该如何回答。

"所谓文艺大师,就是搞文艺工作的、年纪比较大的老师。"

吴玉霞老师谦逊又不失风趣的开场博得了在场师生的满堂喝彩,亲切的话语犹如和煦的春风拂过,现场的气氛变得轻松而愉悦,精彩处大家热烈鼓掌,问答时大家踊跃发言,吴玉霞老师对琵琶艺术的热爱和坚守,对艺术传承的关切和实践让每位同学深深叹服。

讲座结束，傅丹、吴玉霞、汤良兴又来到宁波中学龟兹琵琶学社，面对第一批零基础学员，亲身示范，手把手教大家弹琴。同学们都激动不已，纷纷表示，第一次拿起琵琶就能得到大师一对一的指导，实在是太幸运了。

同年5月，在傅丹的促成下，吴玉霞与宁波交响乐团合作举办吴玉霞"珠落玉盘"琵琶音乐会。

5月6日晚，宁波大剧院主剧场三层观众席近两千个位子全部坐满，各方媒体也早已就位。宁波中华文化促进会江南丝竹乐队以一曲《欢乐歌》为"序"，之后，琵琶牵手三弦，吴玉霞携高徒以一曲《柳月辞》勾勒江南烟雨、音画长卷，紧接着是锣鼓喧嚣的《龙船》争渡，转而一曲曼妙轻盈的《敦煌乐舞》和婉约清丽的《春江花月夜》，观众翘首以盼、表现楚汉之争的《十面埋伏》将上半场推入高潮，一曲《心经》弦上生，平息了金戈铁马带来的澎湃心潮，重归祥和寂静。

下半场则是吴玉霞与宁波交响乐团的珠联玉映。"云想衣裳花想容，春风拂槛露华浓"，琵琶协奏曲《云想·花想》的创作灵感来源于李白的《清平乐》，在吴玉霞与交响乐团的携手演绎下，如泣如诉的深切情思欲说还休，余味无穷。

最后一个曲目是大型琵琶协奏曲《春秋》，这首作品是1994年吴玉霞举办琵琶独奏音乐会"千秋颂"前，特别委托著名作曲家唐建平创作的，现已是当代最具代表性的琵琶协奏曲之一。作品融合了儒家礼乐中"大乐与天地共和，大礼与天地同节"的思想，气势恢宏、震撼人心，舞台中央的吴玉霞仿佛化身统帅，指挥着音符大军，攻城略地，所到之处，万众归心。

媒体的报道铺天盖地，专家、记者不吝赞美之辞，对这场音乐会给予了极高的评价。吴玉霞用她的音乐，征服了甬城人民的心，这位文艺大师成了很多宁波人心中的骄傲。

1　相知相携三十载 —— 傅丹与吴玉霞

2　傅丹、吴玉霞（左一）与著名二胡演奏家、中央音乐学院副院长于红梅（左三）合影

次日,吴玉霞稍作休息,又赶到鄞州中学图书馆一楼报告厅,为鄞州中学师生带来了琵琶专场讲座,将"乐者的心境与情怀""音乐语汇中的格调与情致"娓娓道来,她从琵琶的演奏技巧、自己的艺术认知和人生感悟讲到如何通过感受艺术磨炼意志品质,对同学们在艺术学习和感知过程中的疑惑一一予以点拨。

紧接着,又是为期三天的高级研修班课程。每一期研修班,傅丹都要满腔热诚地动员学员:"你们要学习吴玉霞老师的奉献精神和'铁人'精神,用自己所学、尽自己所能传播和推广琵琶,不要辜负吴老师对大家的一片苦心。"

这年开始,吴玉霞开始了北京—宁波的频繁往返,仅2017年就为研修班学员授课10次,每次都是上午、下午、晚上连轴转,所有课程都是她亲力亲为,傅丹作为文艺大师工作室艺术总监全程督导和陪伴着大家。

2017年8月18日,首期高级研修班四位学员代表叶晓红、史珺、徐明慧、王芳组成"丹霞组合",在吴玉霞、傅丹的指导下,参加第三届"敦煌杯"中国琵琶艺术菁英展演,并在强手如林的竞争中,荣获职业组琵琶重奏银奖。要知道,她们的对手都是天天在舞台上历练的全国各大音乐院校的专业琵琶乐队。见到载誉归来的四人,傅丹心中说不出的欣慰与自豪,吴玉霞也专程打来视频电话对大家表示了充分的肯定和赞扬。

2018年3月9日,吴玉霞亲自带领学员们为宁波市民献上了一场精彩纷呈的音乐会,汇报学员们一年以来的所学和成长。两位老师为学员倾注了无数心血,寄予厚望,而学员们也用精彩的演出交上了一份令人满意的答卷。

首期高级研修班结业仪式暨宁波琵琶学会成立仪式在宁波文艺培训中心小剧场举办,研修班优秀学员被当选为宁波琵琶学会的首届领导班子成员,会长叶晓红、副会长孙瑄、史珺、王芳、徐明慧、陈丹丹,秘书长韩林蓉,副秘书长陆静波、乐伊莲,他们将带着新的身份,去承担并履行更多的责任和使命,宁波琵琶演艺界也从此有了自己的组织和家。

如果说吴玉霞文艺大师工作室第一年的目标是培养顶尖人才,接下来就是要把面铺得更广,使更多基层教师和演奏员从中受益。

2018至2021年间,吴玉霞工作室又开办了八期不同主题的琵琶短训研修班,有针对性地解决学员们在教与学的过程中所遇到的问题。

针对广大一线琵琶教师,吴玉霞将自己多年教学经验倾囊相授:"我发现大家的授课重点,大多体现在技术层面,对于音乐性格、作品内涵的挖掘和分析,涉及较少。表现一首作品,音乐语言的丰富、音乐文化的呈现,同样非常重要。指法虽重要,但听不出指法又是一重境界,所谓'大音希声、大象无形',音乐表达的终极目标是'愉悦之境'。艺术的教与学,苦练之外,更要勤于思考,用心、用情、用脑方可事半功倍。"

对于学员在舞台表现方面的不足,吴玉霞又将多年的舞台经验分享给大家:与平常练习不同,舞台表演是现场与观众的交流和共情,是演绎者与欣赏者的磁场共鸣,希望大家能多些艺术积累,充分了解作品的创作背景和内涵,将自己完全融入到作品的情感表达之中,并将你的理解,通过气息、表情和音色充分地表达出来,先要打动自己,才能打动听众。她还会跟学员分享很多舞台细节处理的"小秘密",例如:如果演出中跑弦了怎么办?椅子怎么放?琵琶朝向哪边声音最均衡?轮指的触弦点和触弦角度怎么调整声音最干净?买来的弦怎么改装音色会更好?轴子打滑牙膏最好使……

吴玉霞的用心,感动着每一个参加过研修班的学员,学员学习日志中,总是有着同一句话:吴老师的课,真是"干货"满满,我们收获很大;吴老师是真正德艺双馨的艺术家,令人敬佩。

开始时,研修班学员多来自宁波本地,到后来,越来越多来自全国各地的琵琶演奏员和琵琶教师慕名而来,其中很多都是来自国内各大音乐院校的研究生或青年讲师,甚至是副教授和教授。

2021年5月3日下午,吴玉霞工作室第九期研修班学员举办了一场特殊的结业仪式,吴玉霞、傅丹带领70余名学员,在美丽的甬江畔,席阶而坐,在汩汩江水的伴奏下,以一曲旋律优美、激昂壮阔的《浏阳河》为我党百年诞辰献上诚挚的祝福。经媒体以视频方式报道后,短短两天内引发了数十万的关注和点赞,在全国琵琶界引发了巨大反响,琵琶界人士都对宁波建设文艺大师工作室的政策表示极大的羡慕和向往,纷纷赞扬宁波在文艺发展战略上走在了全国前列。

因吴玉霞工作室对宁波文化艺术发展的突出贡献,宁波市政府授予吴玉霞"宁波市荣誉市民"称号,关于她的介绍和事迹在宁波帮博物馆展出。这也是多年以来,宁波市首批获此荣誉的艺术家。

在接受媒体采访时,吴玉霞说:"很多人都问我,身为一个功成名就的艺术家,为什么愿意做一些艺术的普及工作?在宁波我们不仅培养精英人才,也会给众多琵琶一线从业者甚至是琵琶琴童授课,也经常走进校园、机关、企业等去做一些艺术普及讲座。在我看来,艺术人才的培养,要重视塔尖,那是因为我坚信艺术到了一定的层次必须注重精英艺术人才的培养。但同时,也应该关注塔基的筑造,也就是艺术普及教育,没有塔基,哪儿来的塔尖呢?

"从我自己的经历来看,能够走上琵琶演奏这条专业道路,就是得益于社会的艺术普及教育。我就是从少年宫启蒙,后考入北京的专业院校,再后来成为职业演奏者和艺术教育者。

"我在宁波所做的一切,都是受傅丹老师的影响,她是我非常尊重和敬佩的艺术家,也是我非常信赖和喜爱的大姐。一位优秀的演奏家走下舞台后,担起了弘扬民族文化艺术的重任,她用一种高度的文化自觉影响了身边的所有人。我在宁波的工作室,很多事情都是她在全盘策划和组织,在很多方面她都给了我强有力的支持,这种支持包括了人力、物力和精神层面。如果说我今天被赋予了一些荣誉,那么这个'军功章'也有她的一半。"

2021年,宁波续聘吴玉霞为第二届文艺大师,同年她也当选为新一届中国民族管弦乐学会会长,成为中国民乐界的首任"女掌门"。

吴玉霞所承担的社会责任更甚从前,但对于宁波工作室的事情,她总是优先安排,即使再忙也会多将一些精力投注在这里。

在吴玉霞的心中,宁波已然是她的第二个故乡了。

传承之路

对于琵琶艺术的传承,傅丹与吴玉霞的理念是一致的,没有塔基,哪来塔尖?吴玉霞文艺大师工作室培养出来的一批精英人才,要让他们像种子一样,传播到全市各县市区,面向更多的青少年儿童去进行琵琶艺术的普及教育。

深思熟虑之后,一个大胆的设想和规划在她的脑海中形成:在宁波每一个县市区,都至少建立一个琵琶传承基地,而且基地最好建在当地的学校里。

建设琵琶基地,不仅学校要有积极性,更要得到当地政府和文化部门的大力支持,有了各个方面的重视,琵琶传承基地才能更好、更长远地发展下去。

傅丹开始联系她曾经的老同事和朋友们，他们或在各县市区担任着主要领导职务，或主管着当地文化部门，请他们对辖区学校进行排摸和沟通：学校是否重视传统文化艺术教育？是否有打造琵琶基地的条件？能否就近安排优秀的琵琶教师任教？找到合适的学校后，她再与当地主管部门领导一起到学校去实地勘察沟通，条件成熟一个，建立一个。

2019年6月18日，宁波市行知实验小学阳明厅内，镁光闪烁、高朋满座，既有来自市级和鄞州区宣传部门、文联、教育局的领导，也有就读于行知的莘莘学子和他们的家长，在大家的见证下，宁波首个琵琶教学传承基地和首个校园琵琶艺术馆正式揭牌成立。

谢增焕校长担任活动主持并致欢迎辞，傅丹、吴玉霞和时任鄞州区副区长卜明长分别作了讲话，他们充分肯定了学校的办校理念并对首个琵琶传承基地的建设和首届琵琶学子寄予殷切希望。

卜明长副区长，宁波市教育局党委委员、副局长汪维民，鄞州区教育局副局长仇建辉为吴玉霞和傅丹老师颁发行知小学终身艺术顾问证书，为叶晓红老师颁发行知丹霞琵琶学社社长证书。

为了对学校建设琵琶基地给予支持，免除学生每日背琴上下学的辛苦，宁波中华文化促进会和明楼街道向学校赠送了16把教学用琵琶。

仪式上最感人的环节，是三位艺术家向行知琵琶艺术馆赠送自己钟爱的琵琶。

傅丹捐赠的是一把纳西古乐琵琶，是她专门从丽江寻觅回来的钟爱之物。2004年11月，傅丹在丽江考察观看纳西古乐表演时，被舞台上的纳西琵琶所"惑"，次日专程拜访演奏琵琶的老者，畅聊后得知，琵琶亦为老艺人亲制，更是心生敬意，深感其人文意蕴之丰富，当即表达了收藏的意愿。老艺人原本十分珍爱这把琵琶，但一来得遇知音，二来有感于傅丹的言辞恳切、锲而不舍，最终答应割爱出让，傅丹如获至宝，抱在怀里带回了宁波。今天，这把傅丹千辛万苦觅来的珍爱宝物，

与学生叶晓红一起参加宁波文化馆"一节好课"的录制

成了行知琵琶艺术馆的镇馆之宝。在沈正国主编的《中乐图鉴》中《遗落丽江的琵琶"形"——傅丹所藏纳西古乐琵琶品赏》一文,对这把琵琶有详细的介绍,称它是琵琶形制发展的一个历史"坐标"。

吴玉霞捐赠的琵琶,名为"珠玉",是她特别喜爱的一把琴。"珠玉"首次亮相是在国家图书馆主办的非物质文化遗产保护讲座月——端午诗词朗诵音乐会上,吴玉霞作为特邀嘉宾携此琴为现场观众带来"琵琶音乐鉴赏"音乐会,因其形制优美,音色圆润,为众多习琴者所追捧。

叶晓红捐赠的琵琶,是她16岁考入浙江艺术学校时,父亲带她专程前往上海民族乐器一厂挑选的,是她人生中的第一把"敦煌"牌琵琶。这把琴里书写了她学琴生涯的汗水和收获,原是打算留给女儿,鼓励她坚持学琴,将琵琶艺术传承下去的。

从筹备起历时两年打造的行知琵琶艺术馆,由宁波帮后裔、传统乐器文化学者沈正国担任策展人,位于行知实验小学的真趣楼,面积近300平方米,由主题音乐教室、展示厅、文化长廊、交流区域等组成,是展示琵琶历史文化和琵琶艺术学习交流的特色场馆。

行知校园琵琶艺术馆建成后,宁波每次举办琵琶相关的重大活动,都会请嘉宾来此参观,来者无不对其称赞有加。吴玉霞曾经说过一句话,很能代表大家的看法:"一所普通公立小学,建设具有时代意义的琵琶艺术馆,对传承中华优秀文化,培养学生热爱艺术、敬畏传统具有积极作用。这一创举,相信在全国也是首例。"

2019年12月4日上午,傅丹和刚被授予"宁波市荣誉市民"称号的吴玉霞,在市文联和象山县文联领导陪同下,走进象山县丹城第六小学,参加该校"丹霞琵琶学社"成立一周年活动。

一年前,丹城第六小学的琵琶传承基地成立时,傅丹和吴玉霞就曾来过这里,吴玉霞还为首批81位学员做了一场精彩的琵琶艺术讲座。

这一年来,在徐亚青校长的关怀和引领下,琵琶学习在这所校园蔚然成风。马科玲和鲍刚辉两位老师在吴玉霞琵琶研修班学有所成后,成为了这所学校的琵琶主教老师,琵琶娃们也十分争气,勤学苦练,一天天努力着、进步着。傅丹、吴玉霞数次前往学校,亲临指导,与孩子共享琵琶学习的乐趣。

在徐校长的致辞中,表达着她的治学理念和决心:"琵琶传承之路漫漫,六小人将以'日日行,不怕千万里;天天做,不怕千万事'的决心和恒心,一如既往地坚持下去,终有一天,会让琵琶之花绚丽绽放在我们美丽的校园。"

汇报演出开始了,一年时间,孩子们已学会了不少小曲子,欢快活泼的《儿歌联奏》,琴韵悠扬的《荷塘月色》,清香四溢《茉莉花》,热情洋溢的《铃儿响叮当》,尽管琴技稚嫩,但琵琶娃们脸上绽放的欢乐与自

第四章 艺无止境，永远在路上

1 / 2 / 3

1 组织宁波琵琶传承基地百名师生与宁波市文艺大师吴玉霞共同参加 2020 阿拉音乐节新年音乐会

2 傅丹指导宁波琵琶学会领导班子成员排练『敦煌杯』琵琶展演开幕式节目

3 大手牵小手——给最小的学生上课（左二为 2021 宁波市青少年『未来之星』获得者严子晴）

307

信，打动着现场所有来宾。

"六小"的琵琶娃们又是何其幸运，刚刚走进艺术的大门，就得到两位琵琶艺术大家的指导和关怀。

孩子们演出结束，吴玉霞和傅丹一起缓步走上了讲台。

傅丹对孩子们说："这一年来，大家都有了很大的进步，我感到很高兴。学琴之初可能会有点枯燥，但如果你们把琵琶当成是好朋友，每次弹琴就是在跟她快乐地玩耍，音乐就是你们沟通的语言，就能从中感受到更多的学习乐趣。希望孩子们和家长们都能持之以恒，提升琵琶技艺，磨炼意志品质。"

吴玉霞也对同学们的表现表示了肯定，她说："琵琶学习，基本功是根，乐感表达是本，要在自信的表达中，在艺术美育的熏陶中享受音乐的魅力。"她还把几位表现特别优秀的小朋友叫上了舞台，带领大家一起为她们鼓掌。

最后，吴玉霞又带领全体琵琶学员们一同演奏《铃儿响叮当》，连家长和老师们也情不自禁地比画起来，随着节奏陶醉在琵琶声中。

基地成立三周年时，傅丹带着叶晓红，再次来到这里，为该校在2021宁波市青少年中华才艺"未来之星"（"鸿峙杯"琵琶）评选暨中国音乐"小金钟"琵琶展演选拔赛中获奖的三位小朋友和一位老师颁奖，同时观看了琵琶基地的年度汇报演出。傅丹欣慰地说："三年前我们在这里建设了琵琶传承基地，现在已是蓓蕾初放，成果喜人。这得益于校领导的高度重视，驻校老师的辛勤耕耘，琴童家长的大力支持，当然还有同学们的勤学苦练。希望你们从这里起航，驶向更广阔的艺术天地，也愿优秀的传统文化——琵琶之花开遍祖国大地！"

2020年初，傅丹听说余姚市兰江小学琵琶社团办得不错，便带领工作团队，专程赶往学校考察。学校安排了一场小型的汇报演出，每个年级的学员都演奏了自己的拿手曲目，傅丹发现，学生们的指法都

第四章 艺无止境，永远在路上

1	2
3	

1　受邀担任中央电视台中国器乐电视大赛评委

2　走进宁波大剧院——傅丹名师导赏课

3　余姚市兰江小学琵琶教学传承基地参与央视《乐游天下》栏目拍摄

很规范，表现力也不错。通过校长许璟的介绍，傅丹发现，这是一所对传统文化艺术教育非常重视的学校，环境布置也充满了文艺气息，连学校用来装资料的纸拎袋上，都印着琵琶社团学员的演出照。又得知琵琶社团的辅导老师何尧堤、冯玲玲均是骆介礼老师的学生，这令傅丹对这所学校的琵琶教学更有信心，回去便联系当地文化部门，一起对学校的琵琶社团进行扶植培育。

2020年7月，兰江小学正式被授予宁波琵琶传承教学基地称号。11月27日，中央电视台音乐频道《乐游天下》栏目受傅丹之邀来宁波取景拍摄，其中一站便是兰江小学的琵琶基地。

拍摄当天，烟雨蒙蒙，龙泉山下阳明故居内雨声潺潺。在"真三不朽"厅堂前廊，兰江小学琵琶基地的30个孩子一遍遍地弹奏着刘德海先生创编的《故乡的太阳》，傅丹亲临现场担任艺术指导兼指挥。孩子们面带天真纯净的笑容，发髻上青绸飘飘，随着他们整齐划一的动作，琵琶声时而婉约清越，时而激情飞扬，回荡在纯净肃穆的青砖黛瓦之间，让人有种梦回嘉靖年间，与阳明先生来了一场跨越时空的对话的错觉。

导演组对这个节目非常满意，并在CCTV-15音乐频道《乐游天下——乡音乡情幸福年》迎春贺岁档播出，还登上了"学习强国"网站，引发了乐界强烈关注和反响。兰江小学琵琶基地的出色表现，为宣传余姚乃至宁波的人文风情奏出华音，为传承经典文化谱写出一曲美妙乐章。

这三个基地，只是傅丹在琵琶艺术传承和推广布局中的零光片羽。从第一个基地建立至今，短短三年间，傅丹领导的宁波琵琶传承中心与宁波各县市区文化主管部门联手，一共建设了29个琵琶教学基地，每年培育琵琶学子千余人，实现了大市的全面覆盖。

这些年来，傅丹几乎把自己变成了一把"行走的琵琶"，四方奔走呼吁，让越来越多的人了解和喜爱琵琶，也让越来越多的人来支持琵琶事业的发展。她就像一只顽强的雨燕，越过山屿越过云层，不曾有一刻的停歇，用一片赤诚和执着，感动和打动着身边所有人，也为宁波琵琶艺术的传承，奠定了坚实的基础，描绘出一片美好的蓝图。

回馈故土

离开家乡50年了，傅丹年少时，故乡的那段成长与求学经历充满了曲折和坎坷，那时的她总是盼望着能早日离开那个"伤心"之地。随着年龄的增长，傅丹渐渐地怀念起在故乡的年少岁月。当一个人的精神力足够强大时，曾经的"伤痛"便都化作了皇冠上的珍珠，成为美丽人生的点缀。傅丹视这些坎坷为成长中必经的磨炼和修行，亦是激励她砥砺前行的动力。

记忆中最美的是故乡的临海词调，它为傅丹开启了一扇通往艺术的大门，启迪她走上了艺术之路。蓦然回首，她发现自己对故乡的感恩和眷恋，原来一直深深地埋藏在心底。

2014年，傅丹在宁波举办了艺术生涯50年金秋音乐会后，和她的演出团队，又策划了一台回乡音乐会。在临海的演奏会上，傅丹一走上舞台，就用临海方言说道："我是临海人，喜欢吃麦油脂。"

亲切的面容，熟悉的乡音，乡亲们的掌声像潮水一样涌来，傅丹眼睛里也涨潮了。

这并非她第一次站在家乡的舞台上，在临海乡贤馆里，早已书写

反哺母校 —— 扶持临海师范附属小学傅丹琵琶学社

着她的辉煌,家乡人民一直视她为骄傲。临海的文联、妇联多次邀请她回乡举办艺术讲座,参与重要的文艺演出,她还担任着台州音协古琴学会和临海非遗中心的顾问。

可这一天,仍是那样的特别,这里有她的根,有她最亲最爱的人,紫阳街上青石板上记录着她成长的脚印,巾山下洒落过她无数的欢笑与泪水。她把思念和乡愁都融进了《秋水夕照》的音符里,琴声悠扬,情丝切切。

一片冰心在玉壶,傅丹把琵琶传承基地也建到了临海,她希望家乡的孩子们也能有机会来学习琵琶,从音乐中得到心灵的滋养。

2018年9月,临海师范附属小学的礼堂里,举行了傅丹琵琶学社成立暨捐赠仪式。

成立仪上,傅丹饱含深情地说:"我出生在千年古城临海,在这所学校度过了幼儿园和小学六年美好的童年时光,非常感谢临师附小对我的培养与教导。我 17 岁离开家乡走上艺术舞台,如今 72 岁回到家乡,回到母校,我特别希望自己从事了一辈子的琵琶艺术能在母校传承发扬。我也会常常回到这里,陪伴大家学琴。"

傅丹又以个人名义,为学校捐赠了 11 把崭新的琵琶,傅丹琵琶学社首期小学员们抱着琵琶爱不释手,眼睛里闪烁着向往的光芒,她们是多么期望自己能像傅丹奶奶一样,用手中的琵琶在舞台上绽放光芒。

傅丹让自己在临海的学生戴晓静,全面负责琵琶学社的一应事务,同时安排吴玉霞工作室首期高级研修班学员王晶担任学社主教老师,同是临海人的叶晓红,担任了学社的艺术指导。

戴晓静曾经追随傅丹去江西,以古筝演奏员的身份考进了南昌市歌舞团。傅丹调到宁波后,鼓励戴晓静考进了上海音乐学院继续深造。毕业后,戴晓静在临海开办了丹霞文化艺术中心临海分部。师恩深似海,那方艺术空间里处处是傅丹的影子。时光匆匆,二十多年过去,曾经的青葱少女成长为临海的古筝名师,唯一不变的是她将继续追随着傅丹的脚步,接过傅丹交给她的使命,为琵琶艺术在傅丹母校的传承奉献自己的微光。

"小金钟"展演

多年以来,傅丹一直非常重视宁波与琵琶艺术渊源的相关资料的收集整理工作,数年来,发掘出不少宁波籍或与宁波有着亲缘关系的琵琶大家。

琵琶大家王范地和国乐大家王惠然，都是宁波镇海人。王范地创作的《天山之春》《送我一枝玫瑰花》等作品已成为每一位琵琶练习者的必学曲目，是中国琵琶艺术"传统与现代"承前启后的一代宗师。王惠然是琵琶"四指轮法"首创者，他创作的《彝族舞曲》，被评为20世纪世界华人经典音乐作品。当代最负盛名的琵琶演奏家、教育家刘德海，是宁波女婿。他们终其一生，以丰厚的学术造诣培育了一代代琵琶新人，以非凡的成就推动了琵琶艺术走向更高的文化境界。

中国民族管弦乐学会会长、中国艺术研究院博士研究生导师吴玉霞，是宁波市荣誉市民，中共宁波市委宣传部引进的首批文艺大师之一。她曾担任中央民族乐团首席琵琶、弹拨乐声部长、副团长，也曾连任三届全国政协委员，并在音乐文化界担任多种要职。吴玉霞对宁波感情深厚，文艺大师工作室落户以来，一直高频度赴甬开展讲座、教学、公益演出，为宁波民乐事业的发展和整体水平的提高，发挥了重要作用。

中央音乐学院民乐系系主任兼非遗中心主任、博士生导师章红艳是宁波媳妇，中国音乐家协会琵琶学会副会长周韬、音乐理论家陈泽民、著名音乐学家庄永平、中国传统乐器网上博物馆《中乐图鉴》主编沈正国以及改编了《春江花月夜》和《月儿高》（《霓裳羽衣曲》）两首经典作品并带领大同乐会蜚声海外的国乐大家柳尧章都与宁波有着血溶于水的亲缘关系。

傅丹，作为一个新宁波人，主管宁波文化艺术工作多年，是宁波琵琶艺术推广发展的总设计师，她是当代杰出的音乐活动家，曾获中国音协琵琶学会特殊贡献奖和中国民族管弦乐学会颁发的"民乐艺术终身贡献奖"，大半生都奉献给了宁波，早就与这座美丽的城市血脉相连。

第四章 艺无止境，永远在路上

1
2

1　中国音乐家协会主席叶小钢为傅丹颁发2019中国音乐"小金钟"全国琵琶展演评委聘书

2　傅丹和中华文化促进会主席王石（左二）、中央音乐学院民乐系系主任章红艳（左三）合影

这些与宁波有密切关系的琵琶名家，为宁波争创"中国琵琶之乡"奠定了坚实的人文基础。

宁波近年来在琵琶传播推广方面也做出了杰出的贡献。傅丹带领的工作团队打造了29个琵琶传承基地，覆盖了宁波大市范围内所有县市区，引发了广泛的琵琶学习热潮。据不完全统计，目前宁波大市从事琵琶教学的人数在100名以上，学习琵琶的人数至少有2万名。而这为"中国琵琶之乡"的创建营造了良好的环境和氛围。

为了让宁波成为全国的琵琶艺术交流中心和高地，2018年底，经傅丹和吴玉霞的多次沟通和游说，中国音乐家协会经过论证，决定将2019年中国音乐小金钟全国琵琶展演交由宁波承办。

中国音乐金钟奖是中宣部批准设立、由中国文联和中国音协共同主办的中国音乐界综合性专业大奖，是与戏剧梅花奖、电视金鹰奖、电影金鸡奖并列的国家级艺术大奖，也是国内音乐类最具权威性和最具影响力的奖项。"小金钟"所针对的人群是17周岁以下青少年儿童。展演期间，来自海内外优秀的琵琶学子、顶尖的琵琶艺术家将齐聚宁波，共襄盛事。活动的成功举办，将大大提升宁波在全国琵琶界的知名度和影响力。

傅丹开始频繁往返于北京与宁波之间，与吴玉霞一起与中国音乐家协会沟通展演相关事项。宁波方面，则由时任中共宁波市委宣传部常务副部长魏祖民亲自主持协调，落实经费问题，组织协调各参与单位的具体工作,并亲自担任组委会执行主任。

经过长达半年的筹备，十余个部门、单位的强强联手和不懈努力，2019年8月13日,中国音乐小金钟 —— 全国琵琶展演在宁波镇海正式拉开序幕。

8月14日，全国琵琶（含新文艺群体）教师增强"四力"培训班开班，来自全国的105名琵琶骨干教师参加培训。中国音协分党组成员、副秘书长王宏,时任中共宁波市委宣传部常务副部长魏祖民,中国音协琵琶学会常务副会长吴玉霞,中国音协琵琶学会顾问傅丹,宁波市文联副主席施孝峰出席开班仪式。魏祖民代表宁波市致欢迎词,王宏作动员讲话。

培训班师资队伍非常强大,中国音协分党组书记、驻会副主席韩新安,著名琵琶演奏家吴玉霞、章红艳、张强、李景侠、杨靖,著名二胡演奏家朱昌耀一一为学员作专题授课。

15日晚,开幕式音乐会在镇海大剧院隆重举行,200名来自宁波琵琶艺术传承中心教学基地的琵琶手在剧院外场进行暖场表演,这个精心安排的环节让大家纷纷赞叹宁波琵琶艺术氛围之棒。

音乐会开幕式由魏祖民副部长主持,时任中共宁波市委常委、宣传部部长万亚伟先生在致辞中介绍了宁波与琵琶艺术的渊源、在推广琵琶上做出了积极的努力,并感谢中国音协对宁波的信任和对宁波"音乐之城"建设的支持,最后他强调:"我们相信宁波已具备争创'中国琵琶之乡'的条件,我们期待这一天的早日到来。"

中国文联副主席、中国音乐家协会主席叶小钢先生在讲话中说道:"在全国上下喜迎新中国成立70周年之际,在宁波举办这样一场活动,具有非比寻常的意义。琵琶艺术是中华传统文化的重要组成部分,传承和发展以琵琶为代表的传统文化艺术,不仅能提高人们的音乐素养、审美情操,更能提升人们的文化自觉和文化自信。宁波是一座有着深厚底蕴的文化名城,近年来在打造'音乐之城'建设和琵琶艺术的传承推广上成效卓著,相信本次活动在与琵琶有着深厚渊源的宁波镇海举办,一定会圆满成功。"

致辞过后,以青年琵琶演奏家杨婷婷演奏的《诉·读唐诗〈琵琶行〉有感》为始,星光璀璨、精彩绝伦的开幕式音乐会正式奏响。一幅惊艳世人目光的音乐长卷徐徐展开,中国广播民族乐团琵琶首席陈音的《长恨歌》、著名笛子演奏家戴亚的笛子协奏曲《陌上花开》、著名琵琶演奏家杨靖女士的《楼兰姑娘》、著名琵琶演奏家张强的《袖剑与铜甲金戈》、著名琵琶演奏家周韬的《春江花月夜》、著名二胡演奏家邓建栋的二胡协奏曲《乱弹琴声》、著名琵琶演奏家章红艳的《霸王卸甲》、著名古筝演奏家王中山的古筝协奏曲《临安遗恨》在宁波交响乐团的伴奏下,一一奏响。压轴节目是著名琵琶演奏家吴玉霞带来的大型琵琶协奏曲《春秋》选段,最后全体艺术家用一首激情昂扬、热血澎湃的琵琶齐奏《我的祖国》为祖国华诞献上贺礼。至此,一场代表了国内民乐最高水平的饕餮盛宴缓缓落下帷幕。

次日,由200多名海内外选手参加的小金钟琵琶展演,分职业组和非职业组在三个赛场同时举行,经过三天的激烈角逐,各个组别最终胜出者将获得中国音乐小金钟琵琶新星、新秀、新人的荣誉称号。宁波选手不负众望,在此次展演中表现非常亮眼,有4名选手获奖并参与了8月18日晚的闭幕式暨颁奖典礼,"新星奖"获得者更有幸在闭幕式音乐会上与全国顶尖琵琶名家同台演奏。

来自宁波市实验学校的黄忆北获非职业(少年A)组"琵琶新星"称号,她从4岁开始随宁波资深琵琶教师严琦学琵琶,曾在"敦煌杯"等全国大赛获金奖,此次在家门口举办的全国最高级别音乐赛事上获奖,小姑娘既开心也很谦虚:"可以和这么多优秀的琵琶学员一起参加展演,对我来说是一个很好的学习机会,能代表宁波参赛、为宁波争光,我很开心,我会继续努力的。"此外,戴千城和吴佳璟分获非职业(少年A)组和非职业(少年B)组"琵琶新人"称号,从宁波培养出来,刚刚考入武汉音乐学院的郑舒文获职业组"琵琶新秀"称号,宁波琵琶学会名誉会长严琦获"优秀教师"称号。

在总共66个奖项席位中,宁波或宁波培养的选手占据了4席,这样的成绩在全国可以说是首屈一指。这得益于宁波琵琶教师在日常教学中的辛勤耕耘，也得益于赛前傅丹为参赛选手组织的多次特训和指导。

办一场这样全国性的大活动，宁波中华文化促进会作为主要承办单位，承担了大量的组织和后勤接待工作。宁波文促会一共也就5名工作人员，傅丹、李浙杭负责总体指挥，所有工作人员全部上阵，傅丹又借调了宁波市文联的两位处长章惠宁、张琳和小百花越剧团原团长董兰儿等一起组成工作组团队。

傅丹的老部下，宁波演艺集团的领导邹建红、严肖平、屠靖南、陈大成等，在展演期间，几乎免费提供了大量的工作人员和设备。他们笑称，只要傅老师一声号令，再累的活也要接，再亏本的"买卖"也得做。宁波琵琶学会班子成员、吴玉霞文艺大师工作室学员、宁波琵琶学会名誉会长严琦的学生们纷纷报名加入志愿者行列，甚至有不少人来自宁波以外的城市。他们受到傅丹和吴玉霞的感召，带着一份琵琶人的责任与使命，放下手头的工作奔赴宁波，无怨无悔地奉献一份力量。

吴玉霞是本次展演活动的评委会主任，主持评选工作。傅丹再次身兼数职，既要领导宁波工作团队，又是浙江省唯一的评委代表。比赛从早上持续到晚上，评比结束再开评委沟通会议，几乎每天都要工作到凌晨。一个年逾古稀的老人承担这样的工作量，在别人看来简直是无法想象的，但凭着强大的信念，傅丹还是撑了下来，虽然活动结束后她用了半个月时间才缓过来。

各部门、单位，在魏祖民副部长、傅丹老师的领导之下，齐心协力，众志成城，"小金钟"展演活动最终大获成功，得到了中国音协、全体评委以及所有学员和选手的高度肯定。对他们来说，很多个感动的瞬间成了他们的美好回忆：每一位评委老师都有一位一对一服务的志愿者；每一位参赛选手都能提前收到赛事的准确信息；各个赛场有"红T恤"志愿者随时为大家提供耐心细致的咨询和指引服务；赛场由宁波琵琶学会会长叶晓红带领副会长、秘书长为选手调音、叫号、登记;参加培训的学员有发烧症状,15分钟后就得到了专业医生的上门诊治;离开时组委会安排了一辆又一辆大巴把大家分批送往地铁站……评委、学员和选手们纷纷表示,希望以后"小金钟"都能在宁波举办。

在各方高度肯定之下,中国音协相关领导表示,他们将会把中国音乐"小金钟"琵琶展演永久落户宁波的可能性作为一项重要工作来讨论,也将进一步论证"金钟奖"在宁波举办的可行性。

此时的傅丹,面带欣慰的笑容凝视远方:宁波,离"中国琵琶之乡"又近了一步,该开始下一步的规划了。

回响·回乡

中国音乐"小金钟"琵琶展演刚落下帷幕,镇海籍国乐名家王惠然的作品回乡音乐会——"赤子的琴声"就在宁波镇海文化艺术中心隆重上演。

当坐着轮椅的王惠然上台谢幕时,剧场里响起了经久不息的掌声。王惠然说:"回馈家乡举办音乐会,是我多年的夙愿。我虽然年老体弱,但是很想为家乡的音乐之城建设做点力所能及的事情,以解一个游子的念乡之情。"

王惠然作品回乡音乐会的成功举办,让宁波人民对家乡的这位国乐大家和他的作品有了更深的了解,也在国内乐界产生了相当不错的影响。

第四章 艺无止境,永远在路上

音乐会结束的第二天,王惠然专程来到宁波中华文化促进会拜会傅丹,一来是感谢她对这次回乡音乐会的倾力支持,二来是表达愿意为宁波音乐事业做点事情的想法。傅丹与王惠然是多年的老朋友,这年正月初二,傅丹还去珠海王惠然的家里拜年,带去了故乡亲人的问候,也欢迎他多回老家走走。

王惠然说,他曾经4次回宁波,其中3次与傅丹有关。第一次是2001年来宁波担任首届中国琵琶大赛评委,是傅丹邀请他的;第二次是在2015年,傅丹邀请王惠然来为宁波琵琶演奏员作指导,并且陪着他找到了他的故居和祖坟,帮王惠然了却了多年的心愿;再就是这次的回乡音乐会,王惠然说,这次还带了女儿来,叫她也来认认祖先,希望她能有机会为家乡的艺术发展做点贡献。

次日,在傅丹和镇海区文联主席张如新的陪同下,王惠然参观了宁波市行知实验小学的琵琶艺术馆。在行知琵琶艺术馆,王惠然来到介绍自己的镜框前,激动地从轮椅上站起来,逐句念着介绍他的文字,连连说"惭愧惭愧",还特别郑重地在自己的介绍文字前拍照留念。

回到琵琶馆座谈时,他又向大家讲述了"四指轮"的来历:"这里介绍我首创了'四指轮'法,这个事情其实是没有办法的办法。13岁时,我经常与哥哥溜进家附近的书场,免费看评弹演出,同时自己琢磨着学弹琵琶。没老师教,我就模仿评弹艺人的弹法,轮指是反着来的,先出小拇指弹再是无名指、中指、食指和大拇指。后来去考上海音乐学院,初试、复试都通过了,到最后卫仲乐教授面试时,说我的指法是'土法上马'不正规,结果没考上。此后,我就慢慢尝试着把指法纠正过来。某一天,突然发现只用4个手指也可以弹出长轮,把大拇指解放出来弹奏独立的伴奏声部,奏出复调或和声效果,演奏出的曲子反而更有层次。后来大家都觉得挺好,便流传开来了。"

与宁波镇海籍著名琵琶演奏家、中国柳琴之父王惠然合影

　　王惠然对于家乡的一所普通公立小学能打造出这么好的琵琶艺术馆很是欣赏和认可,据他所知,这在全国也是唯一的,他还向该校校长谢增焕表示:"我要把《彝族舞曲》手稿捐献给艺术馆,以表达我对家乡的一份心意。"

　　王惠然全家都是从事音乐工作的,女儿是中国十大杰出柳琴演奏家之一,儿子是作曲家、第26届世界大学生运动会会歌作者,夫人曾担任安徽省歌舞团的首席琵琶演奏。王惠然说:"我年纪大了,为宁波做不了什么大事了,但是我会让孩子们继续为家乡出力,因为这里是我们的根。"这位名满天下的艺术家对故土的一片赤诚之心,感动着在场的所有人。

　　另一位镇海籍琵琶大家王范地先生,他创作了《天山之春》《送我一枝玫瑰花》《红色娘子军随想曲》等诸多流传很广、影响巨大的琵琶作品，又培养了上百位优秀的琵琶教育家、演奏家，必须也要为他举办一场作品回乡音乐会。

傅丹是1976年认识王范地先生的，那年她代表江西代表团在北京参加全国文艺调演，住在西苑饭店，听说王范地先生正好也在那里录制唱片，就想去拜访先生。

那时王范地已经是国内琵琶界的顶尖人物，一般人都不敢冒昧相扰，初出茅庐的傅丹就这么"贸然"登门了。

王范地先生比想象中更加和蔼可亲，对傅丹有问必答。傅丹请教了《天山之春》的弹奏技巧和这首作品的情感表达方式，王范地便细细地讲给她听，重点难点处还亲手示范。这一趟，令傅丹茅塞顿开，也对先生充满了敬意。

1977年，傅丹在上海音乐学院深造，师从国乐大家卫仲乐先生。有一次，学院邀请王范地先生来讲学，傅丹见到他就叫他王老师好，王范地先生却说："我也曾经是卫仲乐先生的学生，论辈分，我只是你的师兄，你是我的小师妹。"

从此，王范地每次见到傅丹，总是乐呵呵地叫她小师妹，而傅丹仍然恭恭敬敬叫他王老师。在她心中，他永远是自己可敬的师长。

王范地对故乡很有感情，对"小师妹"的工作也很支持。2001年宁波举办全国琵琶大赛，接到傅丹的邀请，他放下手中的一切工作赶赴宁波，还联络北京、上海、广州甚至国外的琵琶名家前来助阵。

比赛期间，评委间也会产生不同的意见，王范地就出面调停帮忙化解，以他的威望大家自然再无他议。每天比赛结束后，评委会都要对当天选手的成绩做梳理、总结，经常讨论到凌晨，王范地先生也总是最晚离开会场的那一个。

王范地很乐意指导宁波的琵琶练习者，傅丹曾经有一个叫冯静静的学生，王范地听了这个小女孩的弹奏后，很是欣赏："这个孩子很有

1
—
2

1　傅丹与王范地夫人张先玲女士

2　2020年琵琶大家王范地经典作品回乡献演音乐会

灵气，以后我直接来教。"

忆起与先生之间的种种过往，傅丹很是感怀，如今先生已故去，但其精神永存。他的一生，是追求艺术、不断进取、令人仰望的一生。他的一生，是致力于对琵琶和其他传统民族音乐的探索研究与实践，集演奏、教学和理论研究于一体的一生。

王范地作品回乡音乐会的规划开始在傅丹脑海中成形，为了使活动更有分量，更具影响力，傅丹又开始了新的一程奔波。因为王范地先生也是九三学社社员，傅丹在参加九三学社中央文化工作会议时，征得了九三学社中央文化委领导的支持，并将王范地作品回乡音乐会正式更名为"回响"；傅丹又与王范地先生任教的中国音乐学院和中共宁波市委宣传部相关领导进行沟通，双方均表示会给予支持。

2020年10月16日，借落实中央关于"中华优秀传统文化传承发展工程"之势，由九三学社中央文化工作委员会、中国音乐学院、中共宁波市委宣传部主办，宁波中华文化促进会总体策划承办的"琵琶大家王范地经典作品回乡献演系列活动"在王范地故乡——宁波镇海盛大开幕。

纪念先贤，是为了不忘历史；回顾经典，是为了继承传统。奏响大师作品，让那些不朽音符在故乡"回响"，是对先生的最好缅怀，也是对先生淳美艺术情怀和至臻艺术精神的最好传承。活动以"铸名家之碑，设国器之源，培民乐之根，聚传统之魂，立琵琶之乡"为主旨，邀请来自全国各地的琵琶艺术家、教育家汇聚镇海，以"四个一"为架构，即一场高水准的音乐会、一场高质量的学术研讨会、一场琵琶艺术讲座、一次先生故里的艺术采风，为观众和受邀前来的嘉宾呈现了一场精彩纷呈的琵琶盛宴。

音乐会上，王范地先生的夫人张先玲，中共宁波市委常委、宣传部部长李军，九三学社中央文化工作委员会副主任、秘书长何深思，中国音乐家协会副主席、中国戏曲学院副院长宋飞出席现场并致辞。

宋飞、吴玉霞、陈音、李玲玲、林玲、任宏、朱宏波、汤晓风、童莹、张亮、杨婷婷、杜秋怡等众多优秀艺术家、教育家演奏了由王范地先生创编、演奏、指导的经典之作。包括曾风靡一时人人必弹的《送我一枝玫瑰花》，享誉海内外的《金蛇狂舞》《瀛洲古调》《月儿高》《塞上曲》《霸王卸甲》等传统古曲。

是晚，镇海文化艺术中心，人潮如涌，掌声如潮。另有超过百万观众通过 iartschool 爱艺术+、爱奇艺、哔哩哔哩等各大网络平台，在线同步观看了音乐会盛况，引发了热烈反响。

次日举行了王范地琵琶艺术研讨会暨《王范地琵琶艺术理论与实践》新书首发式及王范地教学艺术分享会。研讨会上，田青、杨青、肖梅、谈龙建、张鸣、汤良兴、吴玉霞、宋飞、章红艳、于庆新、陈音、葛德琴、张艺昆、王超慧、赵瑾、朱宏波、任宏、杨婷婷、杜秋怡等音乐理论家及琵琶艺术家围绕王范地及其琵琶艺术理论，不仅从学术层面深入地分析、梳理了其理论脉络，也从情感方面表达了他们对先生的敬仰和怀念。研讨会被全程录制下来，每位艺术家的发言也都以文字稿的形式留存下来，这些对于宁波来说又是一笔宝贵的艺术财富。

17日下午，在宁波镇海图书馆报告厅举行的王范地老师教学艺术分享会，由陈音主持，助讲嘉宾童莹、逯凯、赵瑾、葛德琴、任宏、唐华基于王先生的教学理论和代表作品进行了示范、讲解及答疑。

分享会结合《诉·读唐诗〈琵琶行〉有感》《虚籁》《小月儿高》等多首琵琶名曲谈王范地老师对于琵琶教学的基础理念，及其对众琵琶演奏者的表演、教学影响，在互相交流中寻求进步，加深了对王先生教学理念的理解。

"回响——王范地经典作品回乡献演系列活动"在先生的家乡成功举办，这是宁波的骄傲和荣耀，也寄托着家乡人民对王范地先生最

1 参加杭州刘德海艺术研讨会（左一为"江南笛王"赵松庭，左二为琵琶大师刘德海，左三为三弦演奏家姜水林，左五为琵琶教育家骆介礼）

2 傅丹祝贺琵琶大家刘德海80周岁生辰

崇高的敬意和最深切的缅怀,有助于推动宁波"音乐之城"建设、争创中国琵琶之乡,并在一定程度上促进了宁波文化事业和文化产业的大发展大繁荣。

中国琵琶之乡

时光荏苒,转眼已是 2021 年。

深挖宁波与琵琶的渊源、大力建设琵琶传承基地、引进吴玉霞文艺大师工作室、培养琵琶高精尖人才、全面推广普及琵琶艺术教育、承办国家级琵琶展演、举办高端琵琶音乐会……宁波琵琶艺术的弘扬与发展,按照傅丹原定规划设想一步一步稳健实施着,而下一个目标,是创建中国琵琶之乡。

在中共宁波市委宣传部和宁波中华文化促进会的大力支持下,镇海区经浙江省音乐家协会推荐,于 2020 年 12 月向中国音乐家协会提出了将镇海区创建为"中国琵琶之乡"的申请。2021 年 3 月,时任镇海区委宣传部部长的郑海江率领工作团队赴京,向中国音乐家协会详细汇报了创建琵琶之乡的筹备情况,吴玉霞、傅丹全程陪同,为镇海发声助力。

2021 年七一前夕,镇海区委宣传部与宁波中华文化促进会再次联手,组织了宁波琵琶艺术传承中心 25 个基地 500 名师生在中石化镇海炼化分公司,奏响红色经典华美乐章。

本次活动策划筹备历时近半年,由傅丹牵头活动策划、吴玉霞参与演奏作品的改编，李浙杭担任现场总指挥，各个琵琶艺术传承基地在主教老师的带领下学习、排练了三个月。

活动当天，在傅丹、李跞、叶晓红三位琵琶名家的引领下，500位演奏者统一身穿红色T恤、白色长裤，围坐组成"中国共产党成立100周年"庆典标志和"百年华诞、风华正茂"八个大字，200名镇海石化工人托举着一面巨大的党旗，立于琵琶方阵前方，《唱支山歌给党听》《没有共产党就没有新中国》《红星歌》昂扬激越的旋律响彻天际，即使天公有意考验，雨丝飞扬，却丝毫没有影响大家的热情，每一张脸上都洋溢着自豪的笑容，每一个音符都歌唱着对党的诚挚祝福。

次日，浙江卫视、《钱江晚报》、宁波电视台、《宁波日报》、网易新闻、人民网等数十家媒体对本次活动进行了图文报道，央视"新闻直播间"栏目以《浙江宁波：奏响经典乐章表达礼赞之情》为题，做了专题报道，宁波琵琶风潮在这个红色七月，以燎原之势席卷全国。

2021年7月9日，中国音协派出专家考察组，实地考察了镇海创建"中国琵琶之乡"的筹备工作，镇海区浓厚的琵琶艺术氛围，遍地开花的传承教学基地给考察组一行留下了深刻的印象。

2021年的秋天是宁波琵琶界的丰收季，注定载入宁波音乐发展史册。9月26日，中国民族管弦乐学会第七次全国代表大会在京举行，宁波的文艺大师、荣誉市民吴玉霞众望所归，当选为新一届会长；傅丹因长期以来为民族管弦乐艺术的振兴、传承与发展做出的杰出贡献，被中国民族管弦乐学会授以"民乐艺术终身贡献"荣誉称号。

最令人振奋的消息来自9月27日，中国音乐家协会正式发文，向宁波镇海授予了"中国琵琶之乡"称号，目之所及，在具有"商帮故里，院士之乡"美誉的镇海区，处处一片欢腾，所有的努力与坚持，终成圆满。

作为"中国琵琶之乡"的总设计师和引领者的傅丹，此时正在北京

1 中国文化部原常务副部长高占祥(左二)为傅丹新书题字『丹心胜金』

2 中国民族管弦乐学会授予傅丹『民乐艺术终身贡献』荣誉称号

探望她的老领导、老朋友——中国文化部原常务副部长、中国文联原党组书记高占祥。

高占祥亲笔题写"丹心胜金"赠予傅丹。琴弦细长,一如傅丹这辈子的琵琶艺术之路,不惧道阻且长,我自绚烂芬芳;拨弦弹挑,却听琴音铿锵,奏出傅丹璀璨的人生篇章。但是,无论走得多远,傅丹始终没有忘记那份纯真的艺术初心,始终保持着那颗纯粹的赤子之心。回望过去75年的生命历程,"丹心一片,纯粹胜金"是对傅丹波澜壮阔一生的高度概括,故以"丹心胜金"四字为本书题名。

永远在路上

"中国琵琶之乡"的成功创建,了却了傅丹的一个心愿。这时的她已经是一位75岁高龄的老人,身体状态也不算太好,上下楼梯甚至需要有人搀扶。身边的人都劝她,您为宁波的文艺发展、为琵琶艺术的传承已经做得太多太多了,是时候停下来好好休息、颐养天年了。

可是,傅丹的脑海中又有了新的目标与规划,那就是古琴艺术的推广与传承。

2008年她曾邀请中国古琴学会副会长、著名古琴演奏家、教育家杨青到宁波开班授课,数年时间培养了一批古琴教师和学员,在甬城掀起过一阵古琴热潮,一时间宁波大小琴馆遍地开花。2009年,又邀请杨青和斫琴名家王鹏、古琴收藏家陶艺前往天一阁,对天一阁库藏的秦氏支祠后裔秦秉年先生捐赠的14张古琴进行研究和鉴定,确认这是一批唐代和明朝的古琴，还惊喜地发现了一张源自唐代的传世名琴——"石上枯"，国内有记载的存世唐琴仅12张，"石上枯"品相、音色俱佳，现已成为天一阁博物馆镇馆之宝。傅丹还数次邀请中国古琴泰斗龚一来到宁波演出、讲学，宁波古琴艺术的发展，曾一度繁荣。

后来，傅丹把大量的精力都放在了宁波中华文化促进会的日常事务和琵琶艺术的推广上，宁波古琴界缺少领军人物，各自运作，未形成合围之力，发展势头未见明显起色。

2021年金秋，傅丹应邀参加中国琴会在温州举办的古琴音乐会，中国古琴学会会长、中央音乐学院博士生导师、宁波籍著名古琴演奏家赵家珍见到她说："全国的民乐界都羡慕宁波琵琶界讲团结、讲奉献的氛围，您把琵琶事业办得如此红红火火，您是中国古琴学会的顾问，是不是也能为我们古琴艺术在宁波的弘扬和发展出谋献策呢？"同时她也表态："我是地地道道的宁波人，我很愿意为家乡的古琴事业做点事、出点力，只要傅老师一声召唤，我一定全力以赴。"

此话，与傅丹所想不谋而合。她立即组织人员，对宁波的古琴艺术发展情况进行了全面调研。据不完全统计，宁波市现从事古琴教学、传播的会馆（所）20余家，古琴教学人员50余人，习琴人员2500余人，已具有一定的普及规模和基础。如果把大家组织起来，成立宁波古琴学会，集众人之力，宁波的古琴艺术发展一定会迈上一个新的台阶。

经过紧张的筹备，2021年10月16日上午，由宁波中华文化促进会和宁波市音乐家协会共同倡议发起的宁波古琴学会成立仪式，在宁波图书馆永丰馆报告厅举行。赵家珍、杨青、王鹏、徐君跃、章怡雯等古琴名家受邀参会，中国民族管弦乐学会会长、宁波文艺大师吴玉霞也应邀出席为宁波古琴艺术的传承发展助力。

大会选举国家一级演奏员、青年古琴演奏家鲁淑玲为首届宁波古琴学会会长,授予台湾著名文化学者林谷芳为荣誉顾问,傅丹、赵家珍为荣誉会长、名誉会长,同时聘请杨青、王鹏、徐君跃、章怡雯为艺术顾问。

下午,赵家珍在宁波图书馆作《众妙之门——打开音乐的四维空间》的主题讲座,赠予广大琴友一枚开启古琴艺术之门的金钥匙。

晚上,《天一夜读》之"清聆·石上枯"名家名曲古琴音乐会在书韵飘香、幽静典雅的天一阁悠然奏响。

中国古琴学会副会长、宁波文艺大师王鹏,为大家解读了天一阁馆藏唐琴"石上枯"的发现、流传、名称溯源以及所蕴藏的艺术价值,并抚琴一曲《平沙落雁》。中国古琴学会副会长、秘书长杨青为大家带来了《宋琴解读》和一曲婉约、幽静的《半山听雨》,把听众的思绪带到了烟雨蒙蒙、清新宁静的春日山野。章怡雯、徐君跃、李令晨等嘉宾也纷纷登台献演,《苏武思君》《秋鸿》《仰湖山》等古今琴曲轮翻奏响,如丝丝秋雨飘逸,润人心目。宁波文艺大师、琵琶演奏家吴玉霞,则用她最擅长的琵琶,为大家弹奏出一曲工笔精细、清丽淡雅的《春江花月夜》,仿佛带人进入一幅星辰漫天、风光绮丽的山水长卷。中国古琴学会会长、宁波古琴学会名誉会长赵家珍,在为大家奉上了一曲荡气回肠的《潇湘水云》之后,又即兴演绎了一段"天一寄情",直抒胸臆,把她作为一个宁波琴人,在这个晚上的所思、所想、所感,淋漓尽致地宣释出来。

音乐会后,傅丹在接受采访时动情地表示:"宁波镇海刚刚成功创建'中国琵琶之乡',现在古琴学会也成立了,有这么多古琴名家大咖鼎力相助和支持,相信宁波的古琴事业一定能提高到一个新的高度,我们力争通过几年的努力,把宁波打造成长三角有影响力的古琴艺术传承中心。"

每每艺术盛宴过后,傅丹总喜欢坐下来与古琴相对,与琵琶相拥,

担任庆祝建党百年"唱支山歌给党听·500琵琶奏红歌"活动艺术总监及领奏

素心素手,轻抚琴弦,仿佛与琴进行跨越千年的对话。古朴的乐音,清新的旋律,仿佛能抵挡凡尘俗世的烦扰,带傅丹回到故乡临海那条悠长的紫阳街,回到听外婆弹琴的日子,回到最纯静的精神家园……

在民族音乐传承之路上孜孜不倦、奋斗终身的傅丹,何尝不是人们在这个忙碌内卷的时代苦苦追寻的精神家园的创造者与守护者呢?民族音乐动人、动情,民族音乐之路常走、常新,这条路一直在傅丹脚下延伸。艺无止境,作为肩负使命的民乐人,她永远在路上……

附录:

丹心最美是精神
—— 我眼中的傅丹

吴玉霞

"今天下午又一个琵琶传承基地落地,目前整个宁波市距离我们的目标只剩下2个了。等16个基地全部落实,你过来给大家讲课。"这是前几天傅丹老师发来的微信。

"好的。"我当即回复。

在宁波文艺界,没有人不知道傅丹。无论是琵琶演奏家的身份,还是宁波市文联主席、音协主席的地位,她是一位很受人尊敬的艺术家官员。这是她长期辛勤付出所获得的尊敬和爱戴。作为她的好友,常能在一些场域感受到这种被爱包围的"滋味",敬意油然而生。

傅丹,国家一级演奏员、琵琶演奏家、音乐活动家。她的头衔很多,宁波中华文化促进会主席、九三学社中央委员会委员、中国音乐家协会会员及中国音协琵琶学会顾问、中国民族管弦乐学会常务理事、浙江省音乐家协会顾问……她是一位阅历丰富、精力特别旺盛的文化官员,从她参加各类活动的印迹可以看出,"能者多劳"在她身上体现得淋漓尽致,这背后的执着精神与人格魅力令人赞叹。

我和傅丹老师相识已有40年，我俩有很多相似之处。不仅因为都是女性，还有我们相同的专业，彼此的个性、爱好、审美都很相像。从相识相知到相近相亲，犹如我们对琵琶的情缘一般——"大珠小珠"（我俩都属猪），默契融洽。虽然我俩年龄相差一轮，但相处时没有任何隔阂，也许是共同的追求和理想信念使然，非常投缘。得知宁波文化部门正在为她整理出版个人传记，作为她的闺蜜、忘年之交，自然不能缺席。

傅丹与琵琶的缘分可以追溯到1962年。当时年仅15岁的她，随临海"词调乐社"参加在宁波举行的全省曲艺调演，舞台上相仿年纪演奏者的一曲《阳春白雪》，为她开启了当一名琵琶演奏家的志向。作为琵琶大师卫仲乐先生的弟子，她对卫先生始终怀有一颗崇拜和感恩之心。常听她说起卫先生对她琵琶艺术生涯的巨大影响，"是先生教给我用琴叙述心声，使我从之前的'炫技'渐渐变成'以情为主'"。数十年来，她秉承对琵琶艺术的热爱与赤诚，始终坚守艺术追求，服务人民群众。一晃从艺近一个甲子，她的人生与琵琶艺术紧密相连，她把毕生充沛的精力都奉献给了民族音乐事业。

我俩是20世纪80年代在"上海之春"首届全国琵琶比赛上相识的，那时我20岁，傅老师32岁。我代表中直院团参赛，她担任江西省选手领队。虽然我们熟悉上海又会讲上海话，但因各自忙于赛前准备，故没有机会过多闲谈，只是从"比赛名册"中了解彼此，此后才逐步有了深入的交往。

她是一位非常亲切友善的琵琶人，基因里有畲族的乐观和开朗，原本姓雷，后改为傅丹。为此我还常开她玩笑，您这个"正主席"，因为傅姓让人以为是"副主席"，我还是直接称呼您"傅老师"吧。因其生活阅历丰富，使得她有南北兼容、官民同心之情。她当过兵进过文工团，当过歌舞团团员也任过团长，后来一步步发展，成为宁波文化界领军人物。她是一位"懂得演员心理"和"尊重艺术规律"的管理者,一向以事业为重的她,在"官兵"之间分寸拿捏得相当之好,她讲情义会"聊天",又有很强的亲和力和凝聚力,其敏锐的洞察力和热情的"煽动力"吸引着周围不同年龄的优秀人士,人们愿意和她交往,愿意和她探讨思想。为了推广艺术普及,她把周围的女干部们调动起来学古琴、弹琵琶、练书法。宁波的"一人一艺"政策实施,无不与这些理念、做法和领导干部们的共识有关。

记得20世纪80年代,她来北京参加中国民族管弦乐学会全委会,巧遇著名指挥家秦鹏章先生。当时我和秦先生同在中央民族乐团工作,秦先生介绍我俩正式认识。傅老师说她印象中当时的我清秀、内敛。而我俩真正的交情应该是起于2001年。当时宁波在为中国音乐家协会举办的"澳美通杯"全国琵琶大赛忙碌,时任宁波市音协主席、文化局副局长的傅丹老师,作为大赛组委会副主任兼秘书长,代表组委会邀请我为本次活动举行一场"吴玉霞琵琶独奏音乐会",我欣然答应并积极准备。活动吸引了业界诸多同行、专家。当赛事临近、比赛进入倒计时,原定我个人的专场突然临时变故需要加节目,致使主办方有些为难。当傅丹老师与我解释时,我的一句表示理解的话使一切回归了正常。活动很顺利,音乐会反响很好,媒体关注度也很高,我们的友谊也随之越来越深。

在我看来,傅丹老师是一个"南北通"。作为九三学社中央委员会委员、宁波中华文化促进会主席和宁波音协、宁波文联、宁波政协等领导者,她人脉广、人缘好,各行各业的朋友遍天下。她对琵琶艺术事业有着强烈的责任感和使命感,对宁波的音乐发展、艺术普及、市民文化、"一人一艺"等方面倾注了心力。她群众基础深厚,具有号召力、动员力,是一个工作干劲十足的女干部。她做事有条理,而且思路清晰,干脆利索。记得2005年,曾在宁波召集多位艺术家做"百场经典"赏析会,思路刚有,就很快得到各方的积极响应并全面铺开。她还是一位重亲情、讲友情的"妈妈"级朋友,愿意为年轻人排忧解难,因此很多年轻人亲切地称她为"傅妈妈",数十年来不管年龄多大,身份几经变化,依然如此。她不仅在艺术美育中倾注心力,在专业引导方面也是不遗余力,如叶晓红、徐明慧等年轻演奏家,都是在她的直接关怀下成长进步的。

生活中的她比较随意,由于天生丽质,生活上并不讲究,没有南方女性的那种娇气和自恋,给人更多的印象是像个"铁娘子",似乎有使不完的劲儿。她先生说她在外看似"活蹦乱跳",回家就"蔫了"像条"虫"。她的日常生活平淡自然,不过分修饰,但衣着得体,淡雅素丽,无论是女儿精选的时尚风衣还是朋友馈赠的普通丝巾,在她身上都显得美丽动人,常有人比喻她为"美协主席"(美貌协会主席)。

从她诸多的社会兼职和繁忙的工作节奏中,可以感受到她对推进文化繁荣发展的充沛热情和使命担当。她经常到基层做琵琶艺术传播,上至专业领域,下至中小学校。我与她关于宁波丹霞琵琶工作室的活动交流最多。她是一个热心肠,哪里有活动需要支持,方圆几百里不成问题。因此她在业内赢得了好口碑,不同年纪的各类人物都愿意和她交往。由于她集多种工作身份和角色于一身,做事大度大气、雷厉风行,不顾及门户,不参与流派纷争,只做有利于琵琶事业发展的事情,大家都很尊重她。

为了提高宁波地区的民乐演奏水平,她曾多方引进资源,为宁波的艺术舞台提供优秀作品。这些年,被她邀请到宁波举行音乐会或参与各类演出的名家大家不计其数,当代优秀的琵琶演奏家几乎都有受邀在宁波演出的经历,特别是为宁波镇海走出去的琵琶名家举办专题活动,如2019年王惠然作品音乐会,2020年王范地学术研讨会等受到好评。

我与她的深度交往应该是近些年。记得2016年，傅老师联系我，告知宁波为推进"一人一艺"文化项目，正在征求意见打算引进文艺人才，即宁波市委宣传部引进12位文艺名家设立"大师工作室"，希望我能够作为民乐演奏家代表参与其中。我听说此事时，并没有太多的想法，也没有特别关注，仅凭着对傅老师的信任就答应了，并积极主动参与，没想到还真成了新宁波人。

"宁波帮"全世界有名，而宁波人的吃苦耐劳精神和超前意识也是闻名全球的。傅老师的工作速度也是属于超前的，我说她总是以十六分音符的密度，而且是连续前十六分音的节奏操盘掌舵。2019年10月18日第二届世界"宁波帮·帮宁波"发展大会，上午刚当上宁波荣誉市民的我，下午就被她安排去宁波一所非常有名的私立小学——镇海蛟川双语小学考察琵琶基地。每次我在甬的一周行程，基本都是满满的超负荷，但感觉忙碌而充实，作为新宁波人的角色担当，自然应有一份自觉。宁波除了"商帮文化"，其文化历史的厚重也是有传统的，对浙江省宁波市象山县中南部重镇定塘镇的考察，我记忆犹新。定塘镇全村现900多人中有200多位大学生，3位博士和数位硕士，真是文脉传承，底蕴深厚。尤其是通过为大家演奏和现场观摩，目睹了老百姓丰富的文娱生活和情趣。

相传是一种文化，相承是一种精神。宁波在提倡王阳明心学精髓与推崇"知行合一"方面有自己的独特性。在小学建立艺术馆全国并不多见，以特色办学为指导原则的宁波形式多样。行知琵琶艺术馆，是在傅丹老师的倡议和推动下，于2019年6月开馆的。记得活动当天，来自全市的各级领导相聚在鄞州区行知小学，在由傅丹老师亲自题写馆名的"行知琵琶艺术馆"内，大家佩戴鲜艳的红领巾，仿佛回到曾经的少年时代。揭幕仪式俭朴而隆重，我的"珠玉"、傅丹的"纳西古乐"、叶晓红的"敦煌"三件琵琶，带着我们满满的热忱和期望，将永久陪伴这所琵琶馆。现场为学校捐赠乐器的那一幕曾经引起很多人的羡慕，其激励作用无可估量。诸如此类，还有2018年，为弘扬中华文化，推动民乐艺术，拓宽学习空间，培养综合素养，营造"向真、向善、向美、向上"的校园文化，我们一行还走进象山丹城第六小学，开展中华经典文化进校园活动。当时首期琵琶学习者80位学生和28位家长的报名热情，令我至今难忘。

关于中国音乐"小金钟"——全国琵琶展演以及"小金钟"永久落户宁波事宜，傅丹老师费尽心思，四处奔波。2019年中国音乐"小金钟"全国琵琶展演，能如此顺利地在宁波镇海举办，与她的辛劳分不开。她事无巨细、亲力亲为的工作状态让人印象深刻。大至文函，小至细节，包括接待规格，餐饮、酒店与赛场的距离等方面她都多次实地考察。为此，我都和她去过四五次。除此，她和宁波市委宣传部和文联的相关同志前往次数就更多了。

丹霞琵琶工作室在宁波中华文化促进会的指导下顺利进行，社会反响好，培养了一批批优秀学员，并在此基础上于2018年3月成立了宁波琵琶学会，其中的会长、副会长、秘书长等骨干均来自高级研修班学员。丹霞琵琶工作室在傅丹老师的精心安排下，还参与了很多具体工作，如中国音乐"小金钟"展演、阿拉宁波音乐节、丝路琵琶甬江行、艺术普及进校园、建立琵琶传承基地、提倡"零基础学琵琶"概念等，并于2016年我们联合出版了教材《零基础学琵琶》。

"优雅的修行"是宁波文艺大师工作室琵琶研修班教学课程，傅丹老师作为研修班的督导，每一期的开学典礼、结业仪式都会亲临现场。她的每一次讲话，对学员们都是很好的激励，有时她也会参与我的讲课，表达她的解读视角。记得我在琵琶研修班讲《霸王卸甲》时，她曾经对学员们饱含深情地说：《霸王卸甲》是一首著名的琵琶大套武曲，取材于楚汉相争的垓下之战。我弹这首作品受卫仲乐先生的影响很深，他给了我很多引导，比如什么是文曲武弹，什么是武曲文弹？《霸王卸甲》也有激烈的战争场面，擂鼓声、呐喊声、马蹄声……非常悲壮，而弹奏这一类的武曲，不仅仅要有力度，还需要突出其中的"情"。项羽与虞姬分别时那种难舍难分的感情，要表现出一波三折和如泣如诉。演奏者只有自己为情所动，才能打动人心，取得好的效果。

她是文化普及的热心推广者。在宁波市康宁医院的多功能厅，傅丹老师结合该院的心理健康特色业务，作了题为《音乐漫步·愉悦生活》的专场艺术讲座，从音乐艺术与舒缓压力、提升生活品质的观点出发，带领大家充分领略琵琶艺术的魅力。

傅丹老师的日常丰富多彩，依她的性格，忙忙碌碌是一种享受和生活乐趣。愿她健康快乐，艺术之树常青。

2020 年 7 月 9 日

后记

秋光绚丽，金风送爽。初秋时节，宁波市文联为我书写的个人传记，到了收官阶段。面对洋洋几十万言的书稿，我常深感惶恐与忐忑。文章千古事，得失寸心知。我知道，宁波有我这样艺术成就的大有人在。

我的前半生坎坎坷坷，但内心依旧充满阳光。每次命运跌宕，总有知遇之人出手相助，让我一次次跌倒，又一次次爬起来。为此我常怀感恩之心，是你们的一次次善心之举，激励我，一路坚持，走到今天。

十一届三中全会以后，拨乱反正、改革开放的中国气象一新，我也迎来了人生的崭新阶段。在组织的关怀下，我走上了领导岗位，取得了一些成绩。所有这些，无一不是在组织和同志们的关怀帮助下获得的。一个人能有所成就，固然是自己努力的结果，但更离不开组织的培养、社会的关爱、家人的支持。尤其我们搞音乐的，更离不开众多知音的精神支撑。那么多浩大的文化工程、文艺活动，仅凭一己之力，我莫能完成其中万一。

我时时感到欣慰，为自己终生选择音乐，为自己能以纤纤素手为国乐艺术的传承弘扬续上一个悠扬音符而欣慰。有人说，能在年轻时候就选定自己的人生方向，并一生为之努力，是一种幸福。年轻时没有走弯路，虚度光阴，一辈子在音乐中快乐地工作、生活，是一种幸福。我的晚年别无所求，只想为弘扬中华文化、传承国乐乡音竭尽绵力。而今，书已成稿，承蒙高占祥部长热情作序，韩启德主席为书名题字。感谢两位作家辛勤的劳动，同时感谢这本书采写过程中给予支持、厚爱的各位领导、老师、亲人和朋友。

傅　丹

2022年3月7日

图书在版编目（CIP）数据

丹心胜金：傅丹艺术人生／楼伟华，帕蒂古丽著
． —— 宁波：宁波出版社，2022.7（2022.11重印）
ISBN 978-7-5526-4555-2

Ⅰ．①丹… Ⅱ．①楼… ②帕… Ⅲ．①传记文学—中国—当代 Ⅳ．① I25

中国版本图书馆CIP数据核字(2022)第063120号

丹心胜金　傅丹艺术人生
楼伟华　帕蒂古丽　著

责任编辑	苗梁婕
责任校对	秦梦嫄
装帧设计	杨　子　陈　龙
出版发行	宁波出版社
	（地址：宁波市甬江大道1号宁波书城8号楼6楼　邮编：315040）
印　　刷	宁波白云印刷有限公司
开　　本	710mm×1000mm　1/16
印　　张	22.25
字　　数	285千
版　　次	2022年7月第1版
印　　次	2022年11月第2次印刷
标准书号	ISBN 978-7-5526-4555-2
定　　价	100.00元

如发现缺页或倒装，影响阅读，请与出版社联系，电话：0574-87248279（版权所有　翻印必究）